王晋康——著

追杀K星人

K星走狗

北京理工大学出版社
BEIJING INSTITUTE OF TECHNOLOGY PRESS

图书在版编目（CIP）数据

追杀K星人／王晋康著. — 北京：北京理工大学出版社，2016.1
ISBN 978 - 7 - 5682 - 1412 - 4

Ⅰ . ①追… Ⅱ . ①王… Ⅲ . ①科学幻想小说-小说集-中国-当代
Ⅳ . ①I247. 7

中国版本图书馆CIP数据核字（2015）第256155号

出版发行 / 北京理工大学出版社有限责任公司
社　　　址 / 北京市海淀区中关村南大街5号
邮　　　编 / 100081
电　　　话 / （010）68914775（总编室）
　　　　　　（010）82562903（教材售后服务热线）
　　　　　　（010）68948351（其他图书服务热线）
网　　　址 / http：//www.bitpress.com.cn
经　　　销 / 全国各地新华书店
印　　　刷 / 北京欣睿虹彩印刷有限公司
开　　　本 / 880毫米×1230毫米 1/32
印　　　张 / 11.125　　　　　　　　　　　　　　责任编辑 / 刘汉华
字　　　数 / 233千字　　　　　　　　　　　　　文案编辑 / 刘汉华
版　　　次 / 2016年1月第1版　2016年1月第1次印刷　　责任校对 / 周瑞红
定　　　价 / 32.80元　　　　　　　　　　　　　责任印制 / 马振武

序一　大器晚成，不老长青
——刘慈欣

　　王晋康是一位大器晚成的作家。20世纪的90年代，"并非铁杆科幻迷出身"（他一向的自我评价）的王晋康，为了给十岁儿子讲故事，偶然闯进科幻文坛，一击而中，以《亚当回归》获当年银河奖的首奖。从此以后几乎年年得奖，成了科幻文坛收金最多的得奖专业户。他也是一位"不老长青"的作家，自那时起到今年的22年间坚持创作，量多而质稳，是科幻文坛公认的"恒星"。他的作品风格沉郁苍凉，叙述冷静简约，思维清晰，文笔流畅，构思巧妙，悬念迭起，尤其是富有深厚的哲理意蕴，以"哲理科幻"在中国科幻文坛独树一帜。迄今他已经创作短篇小说80余篇，长篇小说20篇，共500余万字。虽然近年来他与我见面时，常常说他年届望七，脑力已经衰退，由衷羡慕年轻作者的精力，但他实际上仍保持着可观的创作速度，每年都要出一到两个长篇。2015年年底，另一部长篇《天父地母》又将问世。

　　笔会见面时他曾经对我说过：文学创作，尤其是相对小众的科幻文学创作，是一件残酷的事。当你在书店看到那堆天拥地的书籍，当你在网上看到浩如海量的网文，你会由衷地认为，在这么多选择中，有读者选择了你的书，那是一种缘分，甚至是一种惠赐。一位作者，哪怕只有少量作品能够经受时间的无情淘汰而留存于世，那也是他的福分，是他的骄傲。对此我也深有同感。我觉得，抱有这样的敬畏来写作，其作品也会博得读者的尊敬。

在另一次笔会上他曾说：像刘慈欣、何夕这样的中年作者是站在现在看未来，年轻作者是站在未来看未来，而只有他，因为年龄和阅历，已经不能深切地融入日新月异的科技社会了，所以是站在过去看未来。也许事实确是如此，但这并不代表"陈旧"或"僵化"，而是另一种独特的视角。正因其独特和稀缺（像他这个年龄段仍坚持一线写作的科幻作家已经屈指可数了），也就有独特的价值。

我们希望科幻文坛的"老王"能够不老长青，继续保持旺盛的创作精力，为读者奉献更多的、具有独特视角的好作品。

序二 王晋康——构筑中国科幻的根基

——《科幻世界》主编 姚海军

科幻小说最积极的意义之一，是能够使读者明了人类即将面临的选择。科幻作家喜欢在一个个具有特别意义的选择点上，铺陈故事，展现一条条未来之路，并表达他们对选择的企盼与隐忧。

对整个人类种族命运的关注赋予科幻小说以厚重感，而这种厚重却是中国科幻长期缺乏的。我们需要恣肆宏大的想象，需要灵动幻化的意象，需要文学层面上的探索，但是，如若没有这种对现实与未来的关注和思考，中国科幻无疑将成为沙上之阁。王晋康作为作家提出"核心科幻"的概念（认为以哲理性思考为重点的作品是科幻小说的两大核心之一）表明，他对科幻现状以及自己的创作方向有着准确的把握。现实的回报是，王晋康成了一个有鲜明特色的科幻作家，一个广受读者欢迎与推崇的科幻作家。他对中国科幻的贡献便是在固守科幻核心价值理念的同时，将哲学思想引入科幻，进而使我们惊奇地看到了中国科幻正在成形的坚实根基。

王晋康的人生履历有着"文革"一代人共同的曲折。他1948年生于河南镇平，1966年高中毕业，1968年下乡当了三年"知青"，1971年当上了工人。1978年恢复高考制度，王晋康以优异成绩考入了西安交通大学动力二系，毕业后在河南油田及石油第二石油机械厂从事技术工作，曾任该厂设计研究所副所长、高级工程师。

虽然大学期间就喜欢舞文弄墨，但王晋康的科幻创作却可谓大器晚成，他科幻之路的开端颇具传奇色彩。在取得了初步的成功后，1994年某日的《中国石油报》发表了一条题为《十龄童无意间"逼迫"父亲，老爸爸竟成了科幻"新星"》的新闻，道出了王晋康如何在儿子的"逼迫"下创作出他的第一篇科幻小说《亚当回归》的有趣过程。出人意料的是，这篇带有强烈偶然性的作品不仅改变了作者后来的生命轨迹，也改变了中国科幻的面貌。自《亚当回归》在《科幻世界》（1993年第5期）发表始，一个新时代——王晋康独领风骚的时代便开始了。"王晋康时代"这种提法也许会引起争议，但不可争议的事实是：从1993年初登科幻文坛到1999年宣布不再参加银河奖评奖，王晋康创造了连续6年蝉联银河奖的辉煌纪录。在2014年的第25届银河奖颁奖典礼上，王晋康以构思宏大的《逃出母宇宙》第18次捧起了中国科幻银河奖奖杯。

王晋康的创作特色在他的处女作《亚当回归》中就已经有了充分的表现，最明显的是人类社会被高科技催化变异所导致的伦理道德上的新旧冲突。在这个故事中，王亚当，一个200年前的宇宙探险家，如同实验室中的一只小白鼠一样被作者置于传统人类已经被新智人取代的未来。迷惘、困惑，甚至反抗，新旧交替的所有矛盾都汇集于王亚当一身，作者所要表达的哲学思辨由此顺理成章地展开。王晋康的哲学思考并不深奥，但却是有趣味的、大众的，它恰到好处地调动了青少年（《科幻世界》的核心读者群）对科技主导下的人类历史可能会出现的转折的好奇心。

对待技术超速发展的问题，王晋康的心态是矛盾的。这体现在王亚当最终的选择以及在这个选择过程中所流露出的无奈上。作为最后一个自然人，王亚当顺应了历史的潮流，但同时他却不得不放弃作为一个我们所理解的人应该拥有的快乐。生命的意义在这里受到了严重质疑。这种矛盾在后来的《义犬》（1996）以及《生命之歌》（1995）等多篇作品中得到了印证。

与《亚当回归》一样，《义犬》和《生命之歌》的核心内容实质上都是新人类对旧人类的取代：人类用自身的智慧在本体上孵化更具优势的新人类，然后科学家们便不得不面临两难的抉择。在《义犬》中，新人与旧人的冲突已经到了不可调和的程度，因而作者在结尾不得不利用主人已经形消影散的外星智慧飞船，使新人与旧人捐弃前嫌，以逃避选择的困境。但另一方面，跨越浩瀚星空苦苦寻觅主人的"义犬"的出现，却暗示了作者达观的选择。

在《生命之歌》中，王晋康的选择与《亚当回归》截然相反。这一次，他终于完全站在了旧人类的立场上，让他的主人公毁灭了新人类"先祖"，在幻想的世界中，为我们争取了一二百年的时间。

《生命之歌》当数王晋康最好的作品之一。它的成功除了在于人物形象的成功塑造以及主人公牵动心弦的抉择外，还在于它令人炫目的具有开拓性的科幻内核和对生命本质的思考。这篇作品也为王晋康赢得了广泛赞誉。

科幻小说的人物塑造似乎一直是个难题，以至于当我们回顾我们的科幻史时，很难在头脑中形成几个立体的人物形象。王晋康在人物塑造方面较为成功，这主要体现在他对狂人科学家的刻画上。痴迷不悔，用生命挑战科学的林天声（《天火》，1994）；癫狂乖戾，复制自己烟消云散的胡狼（《科学狂人之死》，1994）；以及在数易其身，掌握长生秘诀，在孤独中参悟生死之道的李元龙（《斯芬克司之谜》，1996），这些人物身上虽然仍残留着公式化的影子，但在某种程度上已经具备了独立于文本之外的生存体能。

在提携后辈方面，王晋康尤为令人敬重。1999年年底，已经发表出版科幻小说三十余篇（部）的王晋康主动提出不参加1999年度银河奖的评奖。在给《科幻世界》的信中，王晋康诚恳地表达了自己的心声：希望我国唯一的科幻奖项能给年轻作者更多的鼓励。随后，他进入了为期一年的修整期。

在读者的企盼中，王晋康于2001年重返科幻领地，于是又有了《50万年后的超级男人》《他才是我》《替天行道》等一系列佳作。《替天行道》是王晋康的又一力作，同时也是新世纪初年，中国科幻的收获之一。在这篇作品中，王晋康以科幻作家特有的使命感对我们的国家所面临的现实给予了深切地关注。著名科幻作家、新华社记者韩松在评价这篇作品时说："《替天行道》和《乡村教师》都意味着从郑文光和童恩正时代开创的现实主义、英雄主义和爱国主义的回归。"

最近几年，王晋康的创作重点转移到了长篇创作上，相继出版了《生死平衡》《十字》《蚁生》《与吾同在》《逃出母宇宙》等长篇力作，他的《时间之河》单行本也将于近期与读者见面。

丰富的人生经历给了王晋康无尽的生活感悟，同时也使他的作品带上了几分苍凉、几分凝重。在我国的科幻作者群落普遍比较年轻的背景下，王晋康因而显得与众不同，他似乎是另一个纪元遗存下来的恐龙，正以他独有的优势和新生代一起构筑着中国科幻的根基。

目　录

百年守望

克隆之殇

1

昊月国际能源公司的采掘基地设在日照较长的月球南极。采掘机夜以继日地工作着，从坚硬的洛格里特（月壤的正式名称）中采掘和提炼出宝贵的氦3，再用无人货运飞船送往地球。这个作业过程全部由主电脑广寒子管理。"广寒子"意指"广寒宫的得道真仙"——不用说，主电脑设计者肯定熟悉中国古典文学。整个基地只有一名员工，是一个蓝领工人，负责处理那些电脑和自动机械不好处理的零星杂事，人员三年一换。氦3的年产量为200~250吨，基本可以满足整个地球的能源需求。

毫不夸张地说，正是昊月公司的贡献，使地球进入了一个全新的氦盛世，一个使用干净能源和充裕能源的时代。公司创始人施天荣先生也因此成为时代伟人。

2

在月球基地工作的最大好处是安静，没有大气，听不到陨石的撞击声和采掘机的轰鸣声。从地球来的无人货运飞船在降落时同样是悄无声息，轻轻的一次震动，那就是飞船抵达基地了。这是武康三年合同期中最后一次物资补充，他像往常一样去卸货口接收货物。但这次和以往不同，短短几分钟后他就气喘吁吁地返回，匆匆撞开生活舱门，怀中抱着一个身穿太空服的躯体。太空服的面罩上结满了冰霜，看不清那人的容貌。武康急迫地喊着：

"广寒子！广寒子！货船中发现一个偷渡客，已经冻硬了！"

面容清癯、仙风道骨的广寒子迅速无声地滑过来——实际这只是广寒子拟人化的外部躯体，它的巨型芯片大脑藏在地下室里——冷静地说：

"放到治疗台上，给他脱去太空服，我来检查。"

武康卸下那人的面罩，情不自禁地吹了一声口哨："哇！曾祖父级的偷渡客！广寒子，我和你打赌，这老牛仔至少80岁啦！"

那人满面银须浓密虬结，皱纹深镌如千年核桃。虽然年迈，但仍算得上一个肌肉男。广寒子笑道：

"我才不会应这个赌。山人掐指一算便知他的准确年龄是81岁。"它迅速做了初步检查，"没有生命危险，是正常的冬眠状态，只要按程序激活就行。武康你还是去接货吧，我一个人就行。"

武康返回卸货口继续工作，等他再次返回治疗室，那位"曾祖父级的偷渡客"刚刚苏醒。他缓缓地打量着四周，声音微弱地说："已经……到月球……了吗？请原谅……我这个……不速之客。"他的浓密银须下面绽出一抹微笑，话语慢慢变连贯了，"不必劳……你们询问，我主动招供吧。我叫吴老刚，今年81岁。我这辈子一直有个心愿，就是把这把老骨头葬在幽静的月球，而偷渡是最快捷、最省钱的办法。"

武康大摇其头："我整天盼着早一秒离开这座监狱，想不到竟有人主动往火坑里跳，还要当千秋万世的孤魂野鬼！"他安慰老偷渡客，"老人家您尽管放心，月球上有的是荒地。只要您不嫌这儿寂冢，我负责为您选一个好坟址。"

老人由衷地感谢："多谢了。"

"不过你别急，您老伸腿闭眼之前尽管安心住这儿，好心眼儿的广寒子——就是基地的主电脑——一定会殷勤地照顾您。至于我呢，很遗憾不能陪您了，过几天我就回地球啦！"他喜气洋洋地说。

"谢谢你和广寒子。你要回家了？祝你一路顺风。"

通信台那边嘀了一声，武康立即说："抱歉，我得失陪一会儿。现在是每周一次的与家人通话时间，绝不能错过的。"他跑步来到通信台，按下通话键，屏幕上现出一个年轻妇人，穿着睡衣，青丝披肩，身材丰腴，嘴唇性感，清澈的眸子中盈着笑意。武康急切地说：

"秋娥，只剩13天了！"2秒钟后，秋娥也说："武康，只剩13天了！"

月地之间的通话有4秒多钟的延迟（单程是2秒），所以两人实际是在同一瞬间说了同样的话。双方都为这个巧合笑了。秋娥努力平抑着情绪，说："武康你知道吗？我是那样饥渴地盼着你。"她轻笑着，"包括我的心，也包括我的身体。"

这句隐晦的求欢在武康体内激起一波强烈的战栗，他呻吟道："我也在盼着啊，男人的愿望肯定更强烈一些。见面那天，我会把你一口吞下去。"

秋娥笑道："那正是我想干的事，不过不会像你那样性急，我会细嚼慢咽的。"她叹息一声，负疚地说，"武康，三年前我们不该吵架的。这些年来我对过去做了认真的反省，我想，我在夫妻关系中太强势了。"

三年前他们狠狠干过一架，武康正是盛怒之下才离开娇妻，报名去了鸟不拉屎的月球。"不，不，应该怪我，你在孕期中脾气不好是正常的，我不该在那时候狠心离开你。我是个不会疼老婆的坏男人，更是个不称职的爸爸。等着吧，我会用剩下的几十年来好好补偿你和儿子。"

秋娥拂去怨痛，笑着说："好的，反正快见面了。我不说了，把剩下的时间给你的小太子吧。"她把3岁的儿子抱到屏幕前，"小哪吒，来，给爸爸说，爸爸我想你。"

小哪吒穿一件红肚兜，光屁股，脖子上戴着一个银项圈。他用肉乎乎的小手摸着摄像头，笑嘻嘻地说："爸爸我想你！"

看他喜洋洋的样子，不像是真正的思念，只是鹦鹉学舌罢了，毕竟他只在屏幕上见过爸爸。但甜美的童声击中武康心中最柔软的地方，眼中不觉泛酸。他不想让儿子看见，迅速拭了一下眼睛，笑着说："我的小哪吒，我很快就回去了，耐心等着我！"

"妈妈说，我再睡13次觉就能看到你了，对吗？"

"应该是16次，还要加上从月球飞到地球的三天旅途。"

小哪吒屈起小指头，一个一个数到16，最后没把握地说："我不知道数得对不对。"

"没关系，妈妈会帮你数。你只管安心睡觉就行了。小哪吒，想让爸爸给你带啥礼物？"

儿子不屑地说："那个破地方能有啥礼物！对了，你给我带100个故事就行。我最爱听故事。我会讲好多好多的故事。"

"是吗？会不会讲哪吒的故事？我是说神话中那个哪吒。"

"当然会！哪吒是爸爸的三太子，有三件宝贝。他惹祸了，爸爸训他，他就自杀了。妈妈偷偷为他塑了个神像，又让爸爸发现后打碎了。后来哪吒的老师，叫紫阳真人的神仙，用莲节摆了一个人形，把哪吒的灵魂往里面一推，他就活过来了！"

"这就完了？"武康笑着问。

"还长着呢，等我闲了慢慢给你讲。"儿子口气很大地说。

"好，等我回家，再赶上你闲的时候，给我细细讲吧。"这个故事触动了武康的心，不由长叹一声，"这个哪吒的爸爸可算不上个好爸爸。"

秋娥见丈夫的情绪有些黯然，连忙打岔："咱家哪吒就太幸运啦，有个最疼他的好爸爸。"她忽然用余光瞥到一个陌生人，"咦，基地中多了一个人！墙角那人是谁？"

武康回过头，见偷渡客扶着广寒子立在墙角："噢，那是一位勇敢的老牛仔，81岁了还冒死偷渡，以便葬在月球。"

秋娥低声埋怨丈夫："你该事先提醒我，有些枕头上的话不该让外人听到的。"

广寒子扶着偷渡客走过来，笑着说："哟，这句话太伤我的自尊心了。秋娥，你说枕头话可不是第一次，是不是眼中一直没有我这个人？"

秋娥机敏地说："当然有你这个'人'，但你哪里是'外人'，我早把你看作家里的一员了。"她转过目光，对陌生人嫣然一笑，"喂，勇敢的老牛仔，你好。祝你早日实现愿望——哟，这话大大的不妥，应该说'祝你顺利实现愿望——但尽量晚一点'，至少在你100岁之后吧。"

"谢谢了，很高兴听到这样的双重祝福。"

十分钟的通话时间很快到了，双方告别，屏幕暗下去。但武康还在对着屏幕发愣。三年的孤独实在过于漫长，这些年如果不是有广寒子的友情，他早就精神崩溃了。现在，越是临近回家他越是焦灼，真是度日如年，几乎每晚都梦见妻子与小哪吒依偎在怀里，醒来却是一场空。

广寒子非常理解他的心情，走过去轻轻揽住他的肩膀，不过没说什么安慰话。它知道这个蓝领工人很爱面子，虽然想妻儿快想疯了，但最怕外人看到"男人的脆弱"。这些年来，它与武康的相处已经很默契了。

在他们身后，偷渡客的心中同样激荡着剧烈的波涛，浑浊的老眼中波光粼粼。孤独的武康在尽情倾吐对妻女的思念，但他不知道，此刻的"在线通话"只是电脑广寒子玩的把戏，是逼真的互动式虚拟场景。屏幕上那位鲜活灵动的秋娥，还有娇憨可爱的小哪吒，实际只是活在一个名叫"元神"的电脑程序中。

更为残酷的是，13天后，也就是武康终于要返回家园的那一天，等待他的实际是客运舱中的气化程序。

而这一切，其实都是偷渡客造成的。他在50年前签下过一份合同，为了"一碗红豆汤"出卖了自己克隆体的永世生存权。捎带卖出的还有他31岁前的人生记忆，那对虚拟的母子正是以他那些记忆为蓝本创造出来的。至于这位克隆人武康，他的真实人生其实只有短短三年，即在月球基地工作的这三年，前28年的记忆也是从偷渡客的记忆中输入他的大脑的。

这些年来，偷渡客的良心一直不得安宁。这次他以81岁的高龄冒死偷渡，就是想以实际行动做一次临终忏悔。

武康带偷渡客到餐厅吃饭去了，广寒子开始呼叫位于地球的公司总部。这是机内通话，外人听不见也看不到。而且——这才是真正的在线通话。公司董事长施天荣先生现身了。他与那位偷渡客是同龄人，同样的须发如雪。广寒子首先汇报：

"董事长，有一桩突发事件，今天的无人货运飞船中发现一名偷渡客。"

4秒钟的时间延迟后，屏幕上的施天荣皱起眉头："偷渡客！地球上的装货一向处于严格的监控之中，外人怎么能混进飞船？"

"他恰恰不是外人。"广寒子叹道，"尽管相隔50年，但见面第一眼我就认出他了。这个自称吴老刚的人就是基地的第一任操作工、17代克隆武康的原版，那位老武康。"

仍是4秒钟的延迟，董事长苦笑道："这个不安分的老家伙！他到月球干什么？"

"据他说，他想来实现太空葬。"

董事长缓缓摇头："不，这肯定不是他的真正目的。"

"当然不是。我想——他恐怕是来制造麻烦的。"

"是的，他肯定是来制造麻烦的。当然我们不怕他，昊月公司在法律上无懈可击。不过，"他沉吟着，"也许这个不安分的老家伙会铤而走险，使用法律之外的手段？对，一定会的。广寒子，你尽量稳住他，我即刻派应急小组去处理，至多四天后到。"

广寒子摇摇头："完全不必。你未免低估了我的智力，还有我闭关修炼53年的道行。何况我和老武康曾经共事三年，完全了解他的性格，知道该如何对付他。这事尽管交给我好了。"

董事长略作思考，果断地说："好，我信得过你，你全权处理吧。要尽量避免他与小武康单独接触。必要的话，可以把小武康的销毁提前进行。至于老武康想太空葬，你可以成全他。"稍稍停顿后，他又提醒，"但务必谨慎！老武康是自然人，受法律保护。你只能就他的意愿顺势而为，不要引发什么法律上的麻烦。"

"请放心，不会出纰漏的。"

"好的，董事会完全信任你。祝你成功，再见。"

武康没有忘记他对偷渡客的许诺，第二天，他要去露天基地对采掘机进行最后一次例行检查，走前邀老人同去：

"挑选墓地是人生大事，您最好亲自去一趟，挑一处如意的。身体怎么样，歇过来了吗？"

老武康没有立即回答，用目光征求广寒子的意见——他知道后者才是基地的真正主人。广寒子笑道："哪里用得着挑选，月球上这么多陨石坑都是最好的天然坟茔。从概率上说，陨石一般不会重复击中同一块地方，所以埋在陨石坑最安全，不会有天外来客打扰他灵魂的清静。"

但说笑归说笑，它并没有阻止。老武康暗暗松了一口气，赶紧穿上轻便太空服，随武康上车。时间紧迫啊，距武康的死亡时间满打满算只剩12天了，他急切盼着同武康单独相处的机会。

在微弱的金色阳光和蓝色地光中，八个轮子的月球车缓缓开走，消失在灰暗的背景里，在月球尘上留下两道清晰的车辙。广寒子把监视屏幕切换到月球车内，监视着车上的谈话。一路上武康谈兴很浓，毕竟这是他三年来（其实是他一生中）遇上的第一个人类伙伴。他笑嘻嘻地说："老人家，说实话我挺佩服您的。81岁了，竟然还敢冒死偷渡！"

老人笑道："我可是O型血，冲动型性格。再说，到我这把年纪，连死都不怕，还有什么可怕的？"

"您是不是有过太空经历？我看您很快适应了低重力下的行走。"

老人含糊应道："是吗？我倒不觉得。"

驾驶位上的武康侧过脸，仔细观察老人的面容："嗨，我刚刚有一个发现：如果去掉您的胡须和皱纹，其实咱俩长得蛮像的。"他开玩笑，"我是不是有个失散多年的叔祖？"

老人下意识地向摄像头扫了一眼，没有回答，显然他不愿（当着广寒子的面）谈论这样的敏感话题。然后监视器突然被关闭了，屏幕上没了图像也没了声音。这自然是那位老武康干的，他想躲开电脑的监视，同小武康来一番深入的秘密谈话。广寒子其实可以预先采取一些补救措施，比如安装一个无线窃听器等，但它没有费这个事。那位老武康会说什么，以及小武康会有什么反应，完全在广寒子的掌握之中，监听不监听都没关系。

它索性关了监视器，心平气和地等着两人回来。

两小时后，月球车缓缓返回车库。两人回到屋里，老武康亢奋地喊：

"太美啦！金色阳光衬着蓝色地光，四周是千万年不变的寂静。这儿确实是死人睡觉的好地方，我不会为这次偷渡后悔的。广寒子，我的墓地已经选好了！"

广寒子知道他的饶舌只是一种掩饰，但并未拆穿，故意说："任何首次到月球的人，都会被这儿的景色迷住。我想你肯定是第一次到月球吧？"

"当然当然！我是第一次来月球。"

武康说："广寒子，准备午饭吧，我去整理工作记录，一会儿就好。"

他坐到电脑前整理记录，表情很平静。但广寒子对他太熟悉了，所以他目光深处的汹涌波涛，还有偶尔的怔忡，都躲不过广寒子的眼睛。可以断定，刚才，就是监视系统中断的那段时间内，老武康已经向他讲明了所有的真相，但少不了再三告诫他要镇定，绝不能让狡猾的广寒子察觉。那些真相无疑使武康受到极大的震动，但他可能还没有完全相信。

这不奇怪，武康一直在用"我的眼睛"看"我的人生"。现在他突然被告知，他的人生仅仅是一场幻梦，他的妻儿只是电脑中的幻影，如此等等，他怎么可能马上就接受这个真相呢？

这真是太荒谬、太残酷了！

两人平静地吃过午饭，武康说他累了，独自回卧室午睡。广寒子遥测着他的睡眠波，等他睡熟，悄悄把老武康唤到远处的房间里。

"有朋自远方来，不亦乐乎。"广寒子微笑着，直截了当地捅破了窗户纸，"武康，我的老朋友，很高兴50年后与你重逢。"

老武康颇为沮丧，但并没有太吃惊。他叹息道："我这张老脸早就风干了，没有多少过去的影子了，我还特意留了满脸胡子，可惜还是没能骗过你这双贼眼！不过，我事先也估计到了这种可能。"

广寒子笑道："我就那么好骗？山人有容貌辨识程序，可以前识50年后推50年，何况你的声音没变。老武康，这些年尽管咱们断了联系，但我一直在关注着你。秋娥是在五年前去世的，对吧？"

"是的，她去世五年了。"

"你的小哪吒，今年应该53岁了吧？我知道他快当爷爷了。"

"对，谢谢你惦着他。"

广寒子摇摇头，感伤地说："时间真快啊，所谓洞中只数月，洞外已百年。在我心目中，他还是那个娇憨调皮的光屁股小娃娃。"

老武康讽刺地说："是啊，你要用这个模样去骗各代武康嘛。正如那句格言：谎言重复多次就变成了真实，哪怕是对说谎者本人。"

广寒子平静地反讽："这也是靠你的鼎力相助嘛，正是你提供了有关她娘俩的记忆。"它拍拍老武康的肩膀，直率地说，"咱们是老朋友了，不妨坦诚相见。讲讲你时隔50年重回月球的目的吧，你当然不是为了什么太空葬。"

事已至此，老武康也就不隐瞒了："当然不是为了什么狗屁太空葬，我这把老骨头葬哪儿都行，犯得着巴巴地跑到月球上来？实话说，我这次来是为了拯救——拯救这位武康的性命，也拯救我自己的灵魂。"

广寒子冷冷一笑："先不说拯救小武康的事，先说你吧。50年前，在你告别月球返回地球之后，你已把自己的克隆体的永世生存权以2000万卖掉了！怎么，现在你后悔了？是不是2000花完了？"

老武康面红耳赤："我那时年轻，想问题太简单，我当时的确觉得把几十个口腔黏膜细胞，再加三年的工作经验和生活记忆换成2000万是非常划算的生意。"

"没错啊，太划算啦！这笔钱几乎是白捡的，你本人没有任何损失嘛。"

"不对。现在我想明白了，我卖出的每个口腔黏膜细胞都被你们制造成了一个个活生生的人，但他们却终生生活在欺骗中、囚禁中，他们是21世纪最悲惨的奴隶——这不行，我没法接受。"

"你还少说了一条——他们的人生只有短短三年！"广寒子说，"倒不是克隆人的身体不耐久，而是因为他们熬不过孤独。在荒远的月球上，他们最多只能坚持三年，再长就会精神崩溃。所以昊月公司只好以三年为轮回期，把旧人报废，用新的克隆人来替换。"

"没错，我再清楚不过了——我本人熬过那三年后就差点崩溃。"

"但有一点你还没意识到呢。你不光害了各代武康，还害了秋娥母子——我是指虚拟的秋娥母子。尽管他们只是活在那个'元神'程序中，但那个程序很强大，可以说他们已经有了独立的心智。小哪吒毕竟年幼，懵懂无知，但秋娥就惨了，甚至比克隆人武康还要惨：她得苦苦熬过三年的期盼，然后程序归零，开始新一轮的人生，新一轮的苦盼。到这一代为止，她的苦难实际上已经重复了十七次。"

老武康沉默了。过了一会儿他恨恨地说："没错，是我签的那个合同害了他们，我是个可恶的浑蛋！但你的老板更可恶，他为了节省开支，才想出了这个缺德主意。"

广寒子摇摇头："不，你这样说对施董不公平。算上给你的2000万，这个主意并不省钱。他的目的是避免'人'的伤亡。你很清楚，月球没有大气，陨石撞击相当频繁，这种灾难既无法预测，也基本不可防范。你工作的那三年，就有两次几乎丧生。"

老武康冷笑一声："那克隆人呢？他们的命就不是命？我听说17代克隆人中，有两代死于陨石撞击。"

广寒子心平气和地说："一点儿不错，他们的命确实不是命——在当时的法律以及施董那代人的观念中，克隆人并非自然生命，珍视生命的观点用不到他们身上。"老武康想反驳，广寒子又抢先说道，"我这不是为施董辩解，更不会赞成他的观点，要知道我本人也是非自然生命啊。我只是客观地叙述事实。公平地说，施董那时是从人道的立场出发，做出了一个不人道的决定。"

老武康不服气，但也想不出有力的理由反驳，低声咕哝道："狡辩。"

"而且从法律上说，对你的克隆完全合法，他们用2000万买了你的授权啊，这种做法很慷慨，甚至超前于当时的法律。"

老武康不耐烦地说："那也不能改变他是浑蛋这个事实，至多是一个合法的浑蛋。而且——浑蛋名单中还有你呢！尽管你只是一台电脑，只是执行既定的程序，但你毕竟亲手气化了一个个克隆人。你手上沾满了武康们的鲜血。广寒子，我想问一句，50年来你兢兢业业，用秋娥和小哪吒的音容笑貌欺骗各代武康的感情——你对满怀渴望走进客运舱的武康们冷酷地执行销毁程序，当你干这些勾当时，就没有一点儿内疚？"

广寒子平静地说："你刚刚说过，我只是一台电脑，电脑是没有感情的。"

"少扯淡！咱们是老朋友，我知道你的智力有多高——绝对进化到了'智慧'的层次，完全能理解人类的感情。你忘了我对你的评价？我一直说你是'好心眼儿的广寒子'，就是嘴巴有点不饶人。"

广寒子点点头："对，我记得这句话。好吧，看在这句话的分上，这次我会尽力成全你。"

老武康怀疑地紧盯着广寒子，长叹一声："我怎么觉得你的许诺来得太快了一点儿，这么快就放下屠刀立地成佛了？"

"没错，我还是50年前那个好心眼儿的广寒子，否则，昨天我给你解除冬眠时，恐怕就要出点小失误啦！那会儿连小武康都不在现场！"

老武康一惊，想想确实如此，不免有点后怕。他闷声说："我这个计划策划了十年，看来还是有纰漏。"他求告，"好心眼儿的广寒子，我的老朋友，求你放可怜的小武康一马吧。"

广寒子平静地说："你放心，我会妥善处理的。"

广寒子和老武康之间已经把话挑明了，现在它和他都悄悄等着小武康的反应。但六天过去了，小武康这边竟然没有动静。他照常睡觉、吃饭、做日常工作、收拾打算带走的随身行李、在健身机上跑步。他比往常显得沉默一些，但考虑到他马上就要告别这种生活，有这种情绪也属正常。广寒子不动声色地旁观着，老武康则越来越沉不住气——要知道七天后小武康就要"返回地球"，而客运舱中等待他的将是死亡！他会不会固执地拒不听从老武康的警告，仍要按原计划返回？真要那样的话，老武康死都闭不上眼！

这天晚上，小武康照例锻炼得满身大汗，冲了个澡，很快入睡了，并且睡得很香。老武康睡不着，在床上翻来覆去地折腾。广寒子轻悄地溜进来，立在床边，淡淡地嘲讽道："老武康，睡吧。老年人可经不起这样折腾。我这两天够忙了，你别再让我抢救一个中风病人。说句不中听的话——早知今日，何必当初呢！"

老武康这会儿没心思与它斗嘴，半抬起身，压低声音说："广寒子，如果——万一——小武康仍照常走进客运舱，你真的会启动气化程序？"

广寒子没有正面回答："你放心，他绝不会走进客运舱的。我相信这一两天内他就会有大动作。"

"大动作？"

"等着瞧吧。事先警告你一句，他的反应很可能超出你的预料，甚至超出我的控制范围。"它长叹一声，"老武康，你历来爱冲动，如今已经81岁了，处事还是欠思虑。不错，你在晚年反省到自己的罪孽，冒着生命危险来到月球，这种行为很高尚。但你是不是把各种善后事宜统统考虑成熟了？比如说，救出小武康后，咋给他安排生活？"

"他应该回到人类社会，他应该成家，真正的家，而不是现在的镜花水月。他应该得到三年工资再加一笔公司赔偿。我本人也会尽力补偿：我把地球上的家产都留给他了，哪吒也同意在我去世后照顾他。"

"想得真周到啊！但你能肯定，这确实是小武康想要的东西吗？"

老武康有点茫然："应该是吧，这都是人之常情。"

"不，你并没有真正站在他的角度来思考。他的一生，只有对秋娥和小哪吒的思念。他们是他的全部，没有了他俩，他活着就无生趣。现在他已经知道，地球上并没有那个秋娥和小哪吒，他们只存活于芯片内，圈禁在一个叫'元神'的程序中。你想在这种情况下，他会不会独自回到地球，却任由秋娥和小哪吒继续被可恶的电脑禁锢？"

老武康得意地说："对这一点我早有筹划。"

"什么计划？"

"暂时保密。"

"就凭你那点智商，还想跟山人玩心眼儿？说吧，是不是你那个与两份口腔黏膜细胞有关的计划？"

老武康吃吃地说："你……已经知道了？"

广寒子很不耐烦："说吧，别耽误时间。"

"那……就告诉你吧，我已经事先取得了秋娥和哪吒的口腔黏膜细胞，还有两份授权书，其中秋娥的那份是在她生前办的。我来基地的目的，就是想逼昊月公司答应这件事：克隆出一个31岁的秋娥和一个3岁的小哪吒，并把'元神'程序中的相关记忆分别上传给他们。这样，武康回地球后就能见到真正的妻儿了。广寒子，这个计划应该算得上完美吧？"

广寒子看着他渴望的眼神，叹息着摇头："看来你真是用心良苦啊，我真不忍心给你泼冷水，可惜这条路行不通。"

"为啥行不通？"

"因为'元神'程序中的有关信息并非拷贝于本人的记忆，而是从你的记忆中剥离出来的，是第二手的、非原生的、不完整的、不连续的。用这些信息来支撑一个两维虚拟人——那没问题，但无法支撑一个三维的克隆人。"

老武康的脸色顿时变得惨白："真的不行？"

"真的不行。如果硬用它们来做克隆人的灵魂，最多只能得到一个精神不健全者。"

老武康十分绝望："但我的妻子已经过世，无法再拷贝她的记忆了！"

"即使能拷贝也不行，那只能重建'另一个'秋娥或哪吒，而不是和小武康共处三年的'这一个'。两者分离了50年，已经失去了同一性。"

"那该咋办？这个难题永远没有解了？"

"你以为呢？"广寒子没好气地挖苦他，"我不想过多责备你，但事实是：自打你在那份卖身契上签上自己的名字，你就打开了潘多拉魔盒，放出了三个不该出生的人，也制造了一个无解的难题。关于这一点，小武康肯定比你清楚，否则他不会做出那样的决定。"

"啥样的决定？你已经知道了他的打算？"老武康急急地问。

广寒子平静地说："一个绝望的决定——六天前那次出外巡检中，就是在你告诉他真相之后，他从工地悄悄带回几包TNT。他做得很隐秘，连你也没发现，但我在生活舱空气中检测到了突然出现的 TNT 分子，而扩散的源头就在那间地下室内——你知道那儿是我的大脑，而我恰像人类一样，对自己大脑内的异物是无能为力的。"

老武康震惊："他想炸毁你？他要和你同归于尽，包括程序中的母子两个？"

"没错。这正是那个貌似平静的脑瓜中，正准备要做的事情！别忘了，他和你一样是 O 型血，冲动型性格，办事只图痛快，不大考虑后果的。尽管他还没最后下定决心——他也许是不忍心让一个巴巴赶来报信的老头儿一同陪葬吧？"广寒子讥讽地说，"其实你不会有意见的，求仁而得仁，你将得到一场壮丽的太空葬！但我呢，我这个已经具有智慧的家伙还不想死呢！"

老武康沉默了一会儿，担心地问："你打算咋办？为了自保先动手杀他？"没等对方回答，他就坚决地摇头，"不，你不会杀他。"

"为什么不会？求生是所有生命的最高本能。而且你说过，我这个'在册浑蛋'曾冷酷地执行过一个个克隆人的气化程序。"

"你那是被动执行命令，与这次不一样。依我的直觉，你一定不会主动杀他。"

"你的直觉可不灵，至少你没直觉到小武康血腥的复仇计划。"广寒子放缓口气，"好了，睡吧，安心地睡吧。至少今晚咱俩是安全的，我断定小武康还没最后下定决心。"`

第二天，像往常一样吃过早饭，小武康平静地说："广寒子，把过渡舱打开，我想再去露天工地检查一次。"

广寒子提醒他："再过20分钟，就是每周一次的与家人通话时间，这是你返回地球前的最后一次了。你还要出去吗？"

"你先开门吧。"

广寒子顺从地打开气密室内门，问："武康，你今天想到哪儿活动？请告诉我，我好提前为你准备。"武康没有回答，取下太空服开始穿戴，广寒子提醒他，"武康请注意，你穿的是舱外型太空服（用于不乘车外出），你今天不打算乘太空车吗？"

武康没回答，继续穿戴着，背上氧气筒，扣上面罩。然后推开尚未关闭的内门，返回生活舱："广寒子你打开通话器，我要与家人通话。"

这个决定比较异常，因为过去他与家人通话时从没穿过太空服，那样很不方便。但广寒子没有多问，顺从地打开通话器，还主动把太空服的通话装置由无线通话改为声波通话。旁观的老武康则紧张得手心出汗。他已经断定，小武康筹谋多日的复仇计划就要付诸实施了！所以他先用太空服把自己保护起来。太空服的氧气是独立供应的，不受广寒子控制，这样小武康就无须担心某种阴谋，比如生活舱内的气压忽然消失。舱外型太空服的氧气供应为48小时，有这段时间，一个复仇者足以干很多事情了。此刻老武康的心里很矛盾，尽管他来月球的目的就是要鼓动小武康反抗，但也不忍心老朋友广寒子受害。至于自己的老命也要做陪葬，倒是不值得操心的事。这会儿他用目光频频向广寒子发出警告，但广寒子视若无睹。

小武康与家人的"在线通话"开始了。当然，这仍然是广寒子玩的把戏——其实这么说并不贴切，"元神"程序虽然存在于广寒子的芯片大脑内，但它一向是独立运行，根本用不着广寒子干涉。连广寒子也是后来才发现，在它母体内悄悄孕育出了两个新人，两个独立的思维包，只是尚未达到分娩阶段罢了。

照例经过4秒钟的延迟后，屏幕中的秋娥惊讶地说："哟，武康，你今天的行头很不一般哪！"她笑着说，"已经迫不及待啦？还有六天呢，你就提前穿上行装了。"

武康回头瞥了广寒子一眼，淡淡地说："不，不是这样。最近几晚我老做噩梦，穿上这副铠甲有安全感。"

秋娥担心地问："什么样的噩梦？武康，你的脸色确实不太好。你不舒服吗？"

"我很好，只是梦中的你和小哪吒不好。我梦见你们中了巫术，被禁锢在一个远离人世的监狱里，我用尽全力也无法救出你们。"

他说这些话本来是想敲打广寒子，不料却击到了妻子的痛处。秋娥的情绪突然变了，表情怔忡，久久无语，这种情绪在过去通话中是从未有过的。武康急急地问："秋娥，你怎么了？你怎么了？"

秋娥从怔忡中回过神，勉强笑着："没什么——等你回家再说吧。"

"不，我要你这会儿告诉我！"

秋娥犹豫片刻后低声说："你的话勾起了我的一个梦境。我常做一个雷同的梦，梦中盼着你回来，而且眼看就要盼到了，可是突然天上有一个声音说，你盼不到的。于是就在你将要回来的那一天，这个梦将会回到三年前，从头开始。一次又一次重复，看不到终点。"

通话停顿了，沉重的气氛透过屏幕把对话双方淹没。忽然小哪吒的脑袋出现在屏幕中：

"爸爸，我也做过这样的梦，还不止一次！"他笑嘻嘻地说。

他的笑让一旁的老武康心如刀割，广寒子悄悄碰碰他的胳膊，示意他镇静。过了一会儿，小武康勉强打起精神安慰妻儿：

"那只是梦境，别信它。都怪我，不该说这些扫兴的话。"

秋娥也打起精神："对，眼看就要见面了，不说这些扫兴的话。喂，小哪吒，快和爸爸说话！"

"不，儿子你先等等。秋娥，我马上要回地球了，今天想问一些亲人朋友的近况，免得我回去后接不上茬。"

"当然可以，你问吧。"

他接连问了很多家人和熟人的情况，秋娥都回答了。广寒子不动声色地听着，知道武康是想从这些信息中扒拉出虚拟世界的破绽。但这样做是徒劳的，因为上传给武康的记忆与虚拟秋娥的"记忆"来自同一个资料库，天然吻合，无法从中找出逻辑错误，就像你无法提着自己的头发把自己拽离地面。但广寒子这次低估了这个蓝领工人。问到最后，武康突然换了问题：

"昊月基地已经开工53年了，在我之前应该有17位工人，但广寒子的资料库中没有他们的任何资料。他们早就回地球了，你听说过他们的消息吗？"

"哟，这我可从没注意。"

"是吗？你再仔细想想。你这样关心我，不会放过与他们有关的报道吧？因为从中你能多了解一些月球基地的日常生活。"

"我真的没有注意到。也许他们都没有抛头露面，也许他们都和昊月公司签有保密协议。"

"不，我本人并没有签保密协议。而且我也没打算回地球后对这三年保密。以我的情况推想，他们不会守口如瓶的。"

大概是因为心绪不佳，秋娥对于武康的追问有点不快："这件事干吗这么着急？等你回来后再细细盘查也不迟。武康，儿子在巴巴地等着呢！"

"好吧，来，小哪吒，和爸爸说话。"

于是武康完全撇开这个话题，一直到通话结束都没再捡起来。但广寒子知道他的撇开是因为已经有了确凿的答案。在为武康搭建的谎言世界中，有关各代工人的部分的确是最薄弱的环节。没办法，因为前17代工人除了原版武康外，都是完全雷同的克隆人，又都在这个封闭环境里生生灭灭。如果要完全从零开始来建构他们回地球后的生活，包括他们与社会的各种联系，那无异于重建一个人类社会，信息量过于浩瀚了，而且难以做到可验证。所以，这个谎言世界只能是封闭的，对系统之外的信息干脆省略。这正是虚构世界的罩门和死穴。这个蓝领工人虽然学识不足，但足够聪明，一下子找到了它。

也就是说，武康此时已经知道了那对母子的真实身份，知道这种"在线通话"是怎么一回事。但不管心中怎么想，他还是善始善终地完成了最后一次通话。这可以说是出于丈夫和父亲的本能，他不会草率地掀开裹尸布，让"妻儿"看到残酷的真相。

双方依依告别：

"再见，地球上见！"

"再见，在地球上等我！"

秋娥（虚拟的）心很细，虽然心绪不佳，也没忘了向老偷渡客问好。老武康走上前，与她通过屏幕碰了碰额头。此时老武康心神激荡，激荡中也包含某种微妙的情愫。屏幕上的年轻女子是他50年前的"妻子"，但眼下她的身份更像是女儿或儿媳。对妻子的爱恋和对后辈的疼爱掺杂在一起，难免有点错位。

这对母子是根据老武康年轻时的记忆构建的，构建得非常逼真，但与记忆相比也有细微差别。比如，真实秋娥爱向左方甩头发，虚拟的秋娥则是向右方。其实真正的差别还不在这些细枝末节，而是他们的"元神"。"元神"程序做鉴定运行时，曾让老武康看过。那时，秋娥和哪吒的形象明显单薄和苍白，就像是初次登台的话剧演员。现在，在重复演出17次之后，秋娥母子已经相当真实饱满，几乎是呼之欲出了。

这么说，"元神"程序并非简单的归零循环，它有潜在的强化功能。依刚才秋娥和哪吒的梦境，他们在归零后还能残留一些对"前生"的模糊记忆。

通话结束了，武康在屏幕前又枯坐了好一会儿。之后他回过头来盯着广寒子，目光像刺刀一样锋利冷冽。手里握着一个自制的起爆器，大拇指按在起爆钮上。

"广寒子，我想你已经知道，今天我为啥先把太空服穿上了。"

广寒子叹息道："我知道。武康，你我一直是朋友。如今走到这一步，让你这样提防我，我很难过。"

"那我也很难过地告诉你，这位偷渡客，或者说老武康，在七天前已经跟我说明了真相，但我不信，或者说不愿相信，于是刚才我又找秋蛾印证了一下！"

"其实你不必用这样的方法，你直接问我就可以。"

广寒子随即调出了有关17代武康的信息（不包括老武康的）。这些都是严格保护的隐藏文件，过去武康没发现过，更不能打开。在屏幕上，17代武康一代一代地重复着同样的生活，重复着对妻儿的刻骨思念，这些场景是武康十分熟悉的。也有一些他从未看到的场景：两代武康死于陨石撞击（其中一个只活了两年）；其他15代武康在熬够三年后急不可待地走进过渡舱，先聆听公司预录的热情洋溢的感谢词，然后满怀幸福的憧憬，躺进那艘永远不会启用的自动客运飞船。透明舱盖缓缓合上，一声铃响，舱内顿时强光闪烁，白烟弥漫。白烟散去，一个活人化为虚无。然后一个新的28岁的武康在地球那边被克隆出来，由无人货运飞船运到月球基地，放在治疗床上被激活，输入28年的记忆，同样的故事再次开始。

武康看着这些场景，眼中怒火熊熊，双手止不住地颤抖。广寒子看看他拿着遥控器的右手，温和地提醒道：

"武康，先别急，镇静。我想你一定还有一些疑问。请尽管问，我会像刚才一样坦诚相告。"

"好，我问你，程序中的秋娥和哪吒是不是真有其人？"

"有，是依据老武康50年前上传的记忆构建的。不过我得说明一点，因为'元神'程序的功能十分强大，又经过了17次运行，可以说是重生17次，如今的秋娥和哪吒已不同于50年前，他们差不多已经'活'了，但还是……"

"也就是说，我回地球是找不到他们的？"

广寒子叹息道："恐怕是这样。"

武康面色惨然："好啊，既然如此，那我就陪他娘儿俩一同去天国吧。"

广寒子看着武康作势要按下拇指，平静地说："好的，我乐意陪你们同去。武康，我的朋友，你以为只有你们仨是受害者吗？其实我也是最大的受害者之一。如果我是个头脑简单的低等级电脑，那就一生安乐。可惜我有智慧，有自己的是非观。我干的那些事违反我的本性，可我还得一次一次地干下去。你受的苦难只有三年，然后在幸福的憧憬中安然死去；秋娥母子的受难也可以说只有三年，因为每三年程序就会基本归零；只有我所受的折磨已经是17次方的叠加，还不知道什么时候是终结！"

武康冷冷地说："你干吗非要这样委屈自己？你完全可以中止

它，没人拦得住你。"

"是啊，我早就想这样做了，可惜我的程序中还有一个优先级的任务，或者换一种说法也未尝不可——我受到更高层面的道德束缚，那就是保住地球人的生命线。这个基地从某种意义上说确实是地狱，但这个地狱保障了60亿地球人的生存权。它一旦被毁，也许在短短十年内，地球人就会有100万死于饥馑，300万死于环境污染。武康，我也想用一包TNT结束这儿的苦难，一了百了。可是，如果我像你一样按下拇指，就要为几百万条人命负责。"

这番话让武康的怒火更为炽烈："那么我呢？我这个渺小的克隆人就该心甘情愿地去死，以换得那几百万人的生存？"

在刚才那一段时间，老武康从这儿悄无声息地消失了。这会儿他悄悄返回，躲开小武康的目光，向广寒子暗示着什么。广寒子知道他的意思，但佯装没有看见。它对小武康温和地说："当然不是。你同样有权活下去。这50年来，我一直在努力寻找一个能顾及各方利益的解决办法，可惜至今没找到。如果只是想逼昊月公司结束这里的不人道状况，改为雇用真人，那不算困难。但最大的问题不在这儿，而在于三个本不该来到世界上的人——你、秋娥和小哪吒——你们该怎么办？你即使回地球也不会幸福的，因为那儿没有你深爱的妻儿；而秋娥母子呢，别人也许认为他们只是程序中的幻影，删掉就行了，但我想，你恐怕不会同意这样的观点。"

小武康脸上的肌肉抖了一下，咬着牙没有回答。

"武康，你在绝望中想带着秋娥母子与基地同归于尽，我理解你的心情。但坦率地说，这是一个糟糕的决定。不说别的，至少你无权代秋娥来决定她自己的命运。我有个建议，你不妨考虑一下：在你下决心按下起爆钮前，为什么不先听听秋娥的意见呢？你把所有真相告诉她，然后和她商量一下，共同做出决定。"

武康纵然怒火熊熊，听到这儿也不由得瞪大眼睛，非常吃惊。同样吃惊的还有老武康。这个建议的确有些匪夷所思！让武康去询问一个"程序中的人"是否愿意自杀，而且前提是向她道出真相——那娘儿俩其实不是活人！ 还有一个更大的问题：那对母子是存在于"元神"程序中，而这个程序又存在于广寒子的芯片大脑中。武康又怎么能相信秋娥的回答不是广寒子在捣鬼呢？

这些弯弯太绕了！

小武康沉默着。老武康提心吊胆，广寒子则含笑不语。世上没人比他对武康了解更深。这个蓝领工人深爱妻儿，是把屏幕上那对母子当成真人来疼爱的，所以他绝不会否认他们的存在——既然如此，他当然会尊重秋娥，想听一听她的意见。广寒子断定，只要劝动他与妻儿再见一次面，事态就可能会改变。

良久，武康终于开口了："好的，接通电话。"

4秒钟后，秋娥出现在屏幕上。她的目光先是专注地望向屏幕之外，显然小哪吒正在那儿玩耍。等她转脸发现屏幕上的丈夫，表情立时变得有些惊愕："武康，出了什么事？咱们刚通过话，你说那是最后一次通话。"

"没什么，我只是想在走前再看看你和儿子。"

"武康，你就别装了。要是我不能透过眼睛看出你的心事，我就不是你妻子了。你那儿肯定出了啥大事，这一点毫无疑问。快告诉我！即使是天大的不幸，我也会和你一块儿扛。"

武康勉强笑道："真的没什么。这次你肯定看走眼了。"

秋娥当然不相信他的搪塞，思忖片刻后问："是不是你的行期要推迟了？"

武康笑着说："没推迟啊。不过——我只是打个比方——要是我的身体已经不适应地球重力，你和儿子愿不愿意来月球陪我？我不会勉强你们，毕竟这儿太荒凉了。"

秋娥没有丝毫犹豫："那儿确实太荒凉，不适合孩子的成长。不过，如果不得不走这一步，我和小哪吒都心甘情愿去陪你，哪怕陪你一生。哪吒过来！爸爸要问你话。"

武康的眼睛湿润了："别别！别惹小家伙哭鼻子，我只是随便说说而已。我很快就回家了。"

秋娥没有听他的，她从屏幕上消失，少顷抱着儿子回到屏幕前。儿子这次全身赤裸，连肚兜也没穿，手上、肚皮和小鸡鸡上满是泥巴。他笑嘻嘻地说："爸爸你要问啥？快问，我正捏泥人呢。"

武康笑着安抚他："没啥，你玩去吧。秋娥，真的没出事。通话时间到了，再见。"

妻子目光狐疑，显然没有放弃担心，但武康执意不说，她也没办法。分别前她谆谆嘱咐着："记住我的话，不管多大的不幸，我都会和你一起扛……"

武康果断地结束这次通话，陷入长久的沉默。这些天，他一直把愤恨和绝望压在心底。他打算在证实了老武康所说的真相后，就带上妻儿去天国，同时拉几个垫背的：昊月基地，还有冷血的广寒子（自己竟然曾把它当朋友）。但再次与母子见面后，这个复仇计划如沸水浇雪一样融化了。秋娥娘儿俩一向拴在武康的心尖上，这次见面格外揪心。他们那样鲜活灵动，惹人爱怜。他们有权活下去，哪怕是在虚拟世界里。

刚才秋娥说她愿意来月球陪他一生，实际情况是——他打算不回地球了，留在这儿陪娘儿俩，直到地老天荒。但仔细想想，这条路其实走不通。关键是没办法打破真实与虚拟世界的阻隔，让三人真正生活在一起。如果仍维持在谎言世界中，那是不能长久的。但如果向他们说明真相，又太残酷了。

怎么办？他在绝望中内心激烈冲突，找不到出路。广寒子同情地看着他，柔声说："武康，我想你现在该明白我的苦衷了。50年中我之所以没改变那个不人道的程序，就是因为找不到更好的出路。"它忽然改变了语气，又说，"不过，很庆幸这世上并非我一个人在关心这件事。自打老武康来到这儿，事情有了转机。"

武康和老武康的眼睛都亮了，屏息静听。

"老武康带来了一个好消息：他已经握有秋娥和哪吒的冷冻细胞，还有两人的授权书。"

老武康疑惑地问："可是你说过……"

"对，我说过，眼下那对母子的元神还太弱，不足以支撑一个三维的克隆人。但我告诉你们一个小秘密：'元神'程序每三年一次的归零重启，其实并非绝对的归零。武康你回想一下，上次通话时，秋娥曾提到她经常做一个梦，说她似乎知道这个过程会多次重复？"

武康还不想同"冷血"的广寒子说话，只是冷冷地点头。

"那是'元神'程序有意为之。这个程序是我的创造者编写的。直到今天，我一直不知道我的创造者是谁，只知道他肯定是个中国人，因为他在系统中的每一点设定都有深意。像'元神'，每运行一次，在系统内外的亲情互动中，程序中的人物都会有所强化。这个'元神凝聚'的过程，在程序中还规定了明确的期限——35次重生之后，虚拟人的元神就会足够强大，可以支撑一个肉体的真人。那时，老武康准备的细胞就有用处了。"

老武康喜出望外："真的？那我这趟没有白来！"

小武康的脸膛也亮了，喃喃地说："35次重生，那是105年。也就是从今天起的55年之后？"

"对。"

老武康困惑地问："广寒子你是不是打算让小武康守在月球别走了，再等55年，直到秋娥母子重生？可那时武康都86岁了。"

广寒子看着小武康，没有回答。小武康想想，很干脆地说："那不行。要是让秋娥和哪吒在每一次重生之后，仍然面对同一个武康，一个越来越老的武康，谎话会穿帮的。"他又思考很久，对广寒子说："广寒子，这三年咱们一直是割心换肝的好朋友，但经过这些事之后，我真不知道还能不能相信你。"

广寒子平静地说："我仍是你的朋友。"

老武康赶忙敲边鼓："武康，你可以相信它，别看它不得不干一些坏事，但心眼儿还是好的。听我的，没错！"

武康下定决心说："好，我相信你，相信你刚才说的话。那么——就让一切保持原状吧。我是说，把我气化，换一个新的克隆人，让'元神'程序仍然三年一次归零；照这样一次次轮回下去，直到秋娥和哪吒修成真身。"

这个办法未免残酷，但冷静想想，应该是唯一可行的路了。老武康不忍地望着小武康，伤心地说："这对你太不公平了！"

"没关系，只要秋娥和哪吒能活过来，并和丈夫团聚，我在阴间也会笑醒的。再说，我好歹已经有了一个三年的人生，虽然短一点，但始终保持着强烈的回家念头，这样的人生其实也不错。幸福不在生命长短，蜜蜂和蝴蝶只有几个月寿命，不是照样活得快快活活？"他笑着说。

他看来真正想通了，表情祥和，刚才的戾气完全消失了。他关了手中的遥控器，随手扔掉，又取下太空服头罩，略带嘲讽地问老武康："刚才你和广寒子挤眉弄眼，是不是搞了什么小动作？把我安在地下室的炸药包引信拆除了？"

老武康窘迫地点头。他这次"教唆于前"又"叛变于后"，对小武康而言实在有点儿不地道。

正在这时，广寒子忽然突兀地说："董事长先生，你可以露面了。"

施天荣突然出现在一面屏幕上。其实早在武康穿上太空服时，广寒子就悄悄打开了与公司总部的通话设施，并一直保持着畅通。它想让那位董事长亲眼看到事态的发展，因为——对一位过于自信的商界精英来说，这样的直观教育最有效。广寒子笑着问："施董，你刚才已目睹了事件的全过程。我想问一句，当武康按着起爆钮时，你的心跳是否曾加速？当武康与妻儿在感情中煎熬时，你是否感到内疚？我一直很尊敬你，但我认为你50年前的这个决定不算明智。你死抱着'克隆人非人'的陈腐观点，结果为自己培养了怒火满腔的复仇者。如果刚才真的一声爆炸，你会后悔莫及的。"

施天荣虽然很窘迫，但毕竟是一个老练的大企业家，很快便恢复平静，大度地说："你说得对，我为自己的错误而羞愧，而且更多的是感动——感动你以天下苍生为念，一直忍受着心灵痛苦，默默尽你的本分；尤其是今天，你用爱心和智慧化解了一个无解的难题。你是真正的仁者和智者，我不知道如何表达我的感激。"

"恭维话就不必说了，先对你的受害者道歉吧。"

"武康——我是说年轻的这位，我真诚地向你道歉。公司愿做出任何补救，只要能减轻你的痛苦。这样好不好，我们可以按你的意见让那儿保持原样，即重复'元神'程序每三年一次的归零循环，直到秋娥和哪吒修成真身。但你本人回地球吧，公司负责安排你的后半生。"

　　"不，我不会离开秋娥和哪吒而活着，那不过是一个活死人而已。"武康冷冷地一口回绝，"你现在能做的最好补救，是让我忘掉我已经知道的真相，仍旧像前几代克隆人一样，怀着回家的渴望走进气化室去。要是能那么着，我就太幸福了。你能做到吗？"施天荣很窘迫，他当然做不到这一点。"算了，我不难为你了，我自己来试着忘掉它吧。"

　　施天荣想转移窘迫，笑着说："喂，老武康，过来一起向小武康道歉吧，你在这件事中也有责任。"

　　老武康闷声说："光是道歉远远不够，我会到地狱中去继续忏悔。"他讥讽道，"尊敬的董事长，我有个小问题，50年前就想问了。那时你亲自劝我签那个合同，你说几十个口腔细胞简直说不上和我有什么关联。但你为啥不克隆自己的细胞呢？它们同样和你'简直说不上有什么关联'啊，还能省下2000万呢！"

　　施天荣再次窘住，这次比上次更甚。广寒子不想让主人过于难堪，笑着为他转圜："那是施先生知道珍爱自身，哪怕是对于几个微不足道的口腔细胞。当然，这种自珍仍是一种自私，是比较高尚的自私。但是老武康，我要再说一句不中听的话，如果你在签合同时也能有这种品德，那就不会有后来的事啦了。"

　　老武康满脸沮丧，闭口无语。广寒子又说："施先生，我也有一个小问题，今天趁机问问吧。我一直不知道自己的创造者是谁，只能推断出他肯定是个中国人，因为他在创造中留下了不少中国元素，比如用中国神话为我命名，在我的资料库中输入《论语》《老子》《周易》等众多中国典籍。你能否告诉我他的名字？"

施天荣略一沉吟，之后说："就是我本人。吹一句牛吧，我在创建昊月公司之前，是一个相当不错的计算机专家。"

"是你？"广寒子虽然智慧圆通，此刻也不免惊奇。在它的印象中，施先生的政治观点无疑偏于保守。但在"元神"程序中，他实际为电子智能的诞生悄悄布下了棋子，这种观点又是超乎寻常的激进。这两种互相拮抗的观点怎么能共处于一个大脑内而不引起死机呢？

施天荣敏锐地猜出它的思路，平和地说："你不必奇怪。科学家和企业家——这两种身份并非总能一致的，它俩常常干架。"他笑着补充道，"所幸人脑不会死机。"

广寒子试探地问："那我再问一个相关问题吧——你是否事先弄到了秋娥和哪吒的细胞？我只是推测，既然你为'元神'程序设计了那样的功能，如果不事先弄到两人的细胞就说不通了。"

施董本不想承认，但在今天的融洽气氛下也不忍心说谎，便笑着说："我无法取得两人的授权书，当然不会干这种非法的事了。不过，也许，我某个富有前瞻性又过于热心的下属，会瞒着我去窃取它的。"

广寒子半是玩笑半是讥刺："董事长先生，我一向尊敬你，现在又多了几分敬佩——为了你的前瞻性，也为你有那样富于前瞻性和主动性的下属。"

施董打了个哈哈："不，你过誉了，你才是一个值得敬佩的仁者和智者。套用法国文豪大仲马的一句自夸吧：我一生中最为自傲的成就是创造了你，一个电脑智能，不仅有大智慧，而且冷冰冰的芯片里跳动着一颗火热的心。两位武康，你们同意我的评价吧？"

小武康没有接腔。虽然他已经基本原谅了广寒子。老武康则满心欢喜，到现在为止，他的冒险计划可说是功德圆满——纵然计划本身漏洞百出。他搂住广寒子硬邦邦的身体，亲昵地说："当然同意！早在50年前我就给出这个结论了。"

五天后，小武康又和妻子通了一次话。面对妻子忧心忡忡的眼神，他抢先说："秋娥，通报一个好消息。前几天广寒子为我做临行体检，曾怀疑我的心脏有问题，不能适应地球重力。现在已证实那是仪器故障。一场虚惊。"

秋娥眼神中的担忧慢慢融化，然后喜悦之花开始绽放，再转为怒放："也就是说，你仍旧会按原定时间返回？"

"对，马上就要动身了，三天之后抵达地球。"

"哈，这我就放心了！哼，你个不老实的家伙，前天竟然想骗我！那时我就知道，你肯定有心事。"

"是的是的，你是谁啊，我的心事当然瞒不过你的眼睛。怎么样，你的牙齿是否已经磨利了？"

他是指上次秋娥说的 "要细嚼慢咽"那句话。秋娥喜笑颜开："早磨利了，你就等着吧。"

武康继续开玩笑："呀，我又忘了提醒你，说枕头话时要注意有没有外人……"

"你是指那位勇敢的老牛仔？没关系，我已经把他算成家人了。"

她把儿子抱到屏幕前，让他同爸爸说话。小哪吒用小手摸着屏幕，好奇地问："爸爸你今天就动身？"

"对。"

"真的？"

"当然啦！"

"不骗人？"

"不骗人。"

"可为啥昨晚我又做那个梦？"他疑惑地问。

这句话忽然击中武康，感情顿时失控，眼中一下子盈满泪水。小哪吒很害怕，转回头问妈妈："妈，爸爸咋哭啦？"

武康努力平抑情绪，哑声说："小哪吒，别怕，有妈妈保护你呢，我也很快回家去保护你！"

被幸福陶醉的秋娥失去了往常的警觉，抱过小哪吒亲了亲，幽幽地说："都怪盼你的时间太长，孩子都不敢信你的话了。哪吒，这次是真的！"

"对，儿子，这次是真的！"

他们在屏幕上依依惜别。

广寒子接通地球的公司总部，办公室里，施董偕董事会全体成员肃立着，郑重地向小武康鞠躬致谢，道了永别。之后，武康平静地走进过渡舱，躺到那个永远不会启程的自动客运飞船里。预录的公司感谢词按程序开始自动播放，在已经得知真相后听这些致辞，真是最辛辣的讽刺。老武康想把它关掉，小武康平静地说："别管它，让它放吧。"

致辞播完，广寒子说："武康，我的老朋友，与你永别前，我想咨询一件事。"

"你说。"

"你走后，我会如约让这个程序继续下去。对秋娥和小哪吒我会保密，永远不让他们知道真相。但对于一代代的武康呢？是像过去一样瞒着他们，还是让他们知道真相？武康，作为当事人，你帮我拿个主意，看哪种方式对武康们更好。"

这是个两难的选择，瞒着真相——武康们会在幸福中懵懵懂懂地死去；披露真相——武康们会清醒地感受痛苦，但也许会觉得生命更有意义。躺在"棺材"中的武康长久沉默，广寒子耐心地等着。最后武康莞尔一笑："要不这样吧——让他们像我一样，在三年时间里不知道真相，然后在最后13天把真相捅破。"

也就是说，让各代武康都积聚一生期盼，然后在最后13天里化为一场火山爆发。老武康对这个决定很担心：这个过程是否每次都能有满意的结局？每一代武康的反应是否都会一样？小武康把这个难题留给了广寒子，也算是他最后的、很别致的报复吧。广寒子没有显出畏难情绪，平静地说："好的，谨遵老朋友的吩咐。"

"永别了，好心眼儿的广寒子，"小武康在最后时刻恢复了这个称呼，"替我关照秋娥和小哪吒，还有我那些不能见面的孪生兄弟。你本人也多保重，你的苦难还长着呢。还有您，老武康，虽然您没能改变我的命运，但我还是要谢谢您——不，这话说得不合适，应该说：您没能改变我的死亡，但已经改变了我的命运。"

老武康泪流满面。

"现在请启动气化程序，让新的轮回开始吧。" 气化程序开始前，小武康喃喃地说了最后一句话，"这场百年接力赛中，我真羡慕那个跑最后一棒的兄弟啊。"

追杀K星人

K星走狗

1

于平宁一杯接一杯地往肚里倒酒，目光冷漠地环视这家小酒馆。他正休假，工作期间他是不喝酒的，因为"工作就是有效的麻醉剂"。但休假期间，只有睡觉时他才与酒杯暂别，他需要酒精来冲淡丧妻失女的痛苦。

已经八年了。

他今年38岁，身材颀长，五官端正，面部棱角分明，额角刻着一道深深的伤痕，鬓边有一绺醒目的白发，穿一件半旧的灰色夹克衫，敞着领口。八年前他参加世界刑警组织西安"反K星间谍局"（局内人常称反K局），从一名无名小卒已晋升到中校。每逢休假，他都要回家乡古宛城，在一些烟雾腾腾、酒气汗臭混杂的小酒馆打发时光。他希望在这儿拾到一些儿时的回忆，把他的"自我"再描涂一遍，包括对妻女的痛苦思念。

反K局极端残酷的工作使他逐渐丧失了自我。

快把一瓶卧龙玉液灌完时，腰间的可视电话响了。他取下来，液晶屏幕上是局秘书新田鹤子小姐的头像。于平宁低声喝道："休假期间不许打扰我！"

新田鹤子在屏幕上焦急地连连鞠躬，就像阿拉伯魔瓶中关着的小精灵："对不起，于先生，请你不要关机，老板有急事找你！"

老板是指反K局的局长伊凡诺夫将军，自从参加反K局他就在这老头子手下。这俄国人古板严厉，甚至可以说是残忍，但为人刚正，对于平宁一直很好。既然是老头子亲自出马，一定有急事，休假要提前结束了。

屏幕上出现便装的伊凡诺夫将军，他难得地微笑着，简洁地说："很抱歉打扰了你的休假，你必须马上返回。"

酒店里人声鼎沸，女招待穿着超短裙，脊背裸露，在各个桌子间忙碌。酒鬼们高声猜拳行令，瞅空还要在女招待身上摸一把，引起一片哄笑。于平宁忧郁地看着这一群人，难免有些羡慕。这些人无忧无虑，不知道地球与K星的战争已迫在眉睫。实际上早在八年前，K星人就向地球展开间谍战，但是地球政府对此事一直严格保密，害怕造成全球性恐慌。试想，如果有一天你得知你的上级、朋友甚至爱人、孩子都可能是K星制造的与原型一模一样的生物机器人，他们守在你身边，伺机咬你一口，那时你对这个世界的信念还能保持吗？

全世界只有数百人了解实情，他们默默地扛着这副沉重的枷锁——这副本该50亿人共同肩负的枷锁，于平宁是其中一个。

于平宁驾驶着白色风神900，这是2153年的新产品，时速可达300公里，有自动导航和防撞功能。不过他没有使用自动挡，从中学起他就喜欢体育，拳击、散打、攀岩……样样精通，手动驾驶时速300公里的汽车更是一种乐趣。他沿着宁西高速公路西行，很快就看到秦岭逶迤的山峰，前边出现了一个巨大的公路隧道。

已经八年了，但每次走到这里，他仍然感到噬人心肺的痛苦。八年前，他是位于十堰风神汽车公司的一名工程师。有一次他带妻子和女儿去西安度假，行至此处，忽然看到前边山凹飞升起一块下圆上尖的东西，颇似农夫的斗笠，被一团阴冷的绿光浸透，似乎本身也是一块绿色透明体，飞起来极其轻灵飘忽。乍一见他并没想到这是飞碟，毕竟这只是炒了几百年的陈旧神话，但是女儿菲菲唱歌似的喊道："爸爸、妈妈，这是飞碟，是E.T！"

她拍着小手在座位上蹦跳，要爸爸快开过去找外星人玩。妻子笑着按住女儿，为她系牢安全带。他从后视镜中看到这最后一幕，妻女的这幅遗照永远刻印在他脑海中。几秒钟后，汽车电脑忽然失控，于平宁急忙换到手动挡，但随之他觉得天旋地转，陷入半昏迷状态。失去操纵的汽车冲过高栏，撞在隧道口。

在这场车祸中只有于平宁捡回了一条命，在脸上、身上增添了几十道伤疤。妻女火化前，他像一尊石像一样，在两具残缺不全的尸体前守了一夜。第二天，人们发现他的鬓角新添了一绺耀眼的白发。

世界刑警组织派了精干的班子来处理这件事，由一个俄国人伊凡诺夫带队。于平宁从他那儿得知，K星飞碟是在一星期前发现的，行踪飘忽鬼祟。由于它们对雷达来说基本是隐形的，所以极难发现。这次是K星人第一次试图劫持地球人，虽然没有成功。

伊凡诺夫苦笑着说："我们还曾准备隆重欢迎外星文明的使者呢，但显然他们不是来做客的。"

几天后，反K星间谍局匆匆成立。伊凡诺夫打电话来问他愿意不愿意参加，于平宁毫不犹豫地答应了。

酒劲开始上涌，是一种舒适的疲倦感。今天喝得过量了。他伸个懒腰，快速抓握手指，手指节啪啪地脆响。这是他的习惯。他揉揉眼睛，知道今天不能坚持了，便把开关定在自动导航挡，目的地定在西安，汽车便根据导航信号自动行驶。

天已黑了，高速公路上汽车如潮，像是逆向流动的一红一白两条河流，于平宁把驾驶椅放倒，扎牢睡眠安全带，很快进入梦乡。他梦见了妻女，她们在恐惧地尖叫，一架飞碟带着惨绿色光雾，幽灵般地扑过来。他想冲出去，手脚却不能动弹，直到那惨绿色把他淹没……

醒来时已到临潼。睡了一觉，他觉得精神焕发，有一种勃勃的新鲜感。但他随即又回想起那个梦境，目光顿时阴沉下来。

那个梦境似乎隐喻着他们的处境。在K星人的高科技间谍手段下，地球人几乎是无能为力的。反K局只有以十倍的献身、百倍的果决才能勉强维持一种苟安局面。

有时于平宁觉得，反K局简直是以巴战争中巴勒斯坦的自杀勇士。所以反K局的行事残忍、无法无天，也就可以原谅了。

2

反K局位于西安北边一座小山包下，与皇陵相距不远。几十座小平房星罗棋布，外貌很简朴，就像一座农场。实际上这儿戒备森严，配备有地球上最先进的电子警卫手段——至于这些手段对K星人有无作用就不得而知了。于平宁走进大门，电子警卫对他的指纹、声纹、瞳纹和唇纹做了检查，然后说："欢迎K37号，局长在办公室等你。"

伊凡诺夫将军见到于平宁，心中颇感欣慰："你看起来气色很好，像新摘的葡萄一样新鲜。"于平宁往常休假回来可不是这样，在酒缸中浸泡一个月后，他总是烦躁颓唐，精神疲倦，要几天后才能恢复。反 K 局超强度的工作使所有人都处于崩溃边缘，他们只有在休假期间才能喘口气，在海滨、滑雪场和女人胸脯上得到放松。唯有这个于平宁，每逢休假就把自己禁锢在对妻女的思念中，他的痛苦历经八年而不衰。伊凡诺夫也是一个老派的人，注重家庭生活，所以他对于平宁休假期间的酗酒从不加指责。

屋内还有一个人，便装，黑发，戴金丝边眼镜，肩膀很宽，坚毅的方下巴，衣着整洁合体。这会儿正冷静地打量着于平宁。伊凡诺夫介绍说："这是李力明上校，053 实验室的安全负责人。"

于平宁知道 053 实验室，它是一个绝密基地，从事着一项与外星人有关的非常重要的工作，但具体内容不得而知。它的安全是由反 K 局内另一个系统负责的，于平宁与他们交往很少。他同李力明握手时，觉得对方的手掌很有力，骨骼粗壮，动作有弹性，一看便知是搏击好手。

伊凡诺夫说："事情很紧急，开始介绍吧。"

李力明简明扼要地介绍了事情经过：053 实验室的研究已接近成功，昨天实验室的四位主要研究者乘一架直升机前往山中基地做实验前的最后一次检查。飞至宁西公路某处时，直升机突然从雷达上消失，14 分钟后又突然出现。李力明没有放过这点异常，立即将飞机召回做安全检查。"我对机上人员解释说，有人举报飞机上安有炸弹。在不引起四个人怀疑的前提下，对他们尽可能详细地检查和询问，但无论是飞机还是机上人员都没有发现异常，驾驶员说飞机一直在正常飞行，如果不是有那么一点蛛丝马迹的话。"

于平宁看看他，他忧郁地说："四个人的手表和机上的钟表都很准时，只有驾驶员的手表慢了14分钟，正好是14分钟。驾驶员却赌咒发誓，说他的劳力士手表绝对不会出差错。这也是可信的，每次任务前我们都要校对时间。"

他继续说："当然，你们很清楚K星人的伎俩。他们常从时空隧道中把人劫走，十几分钟后又送回一个一模一样的复制人。所以我们不敢有丝毫疏忽，即使这次的证据很不充分。"

伊凡诺夫补充道："我们已得到情报，正好在李力明上校所说的方位和时间，有人曾看到飞碟的绿光。但雷达上一无所见，可能是飞碟的隐形技术又提高了。"

李力明说："两件异常事件加在一块儿，促使我们不得不采取行动。所以伊凡诺夫将军把你召回来了。"

于平宁怀疑地问："K星人会犯这样愚蠢的错误？他们难道独独忘记把驾驶员的手表也拨快，以补回进入时空隧道的14分钟？"

李力明苦笑着说："我和你有同样的怀疑，但053基地的重要性不允许我们有丝毫侥幸心理。从另一方面说，尽管K星人的文明高得不可思议，但出现疏忽也并非不可能，人类在管理猴子时也会忘记锁笼门啊。"

于平宁把他的话梳了一遍，问道："好吧，现在我来问几个问题。第一点，你们怀疑机上五个人至少有一个被调包？"

伊凡诺夫和李力明相互看看，坚决地说："我们是这样认为。"

"第二点，你们为什么不把五个人隔离开来做严格的审查？我们已改进了新式测谎仪，对K星人心理的研究也有很大进展。"

李力明再次苦笑道："你的问题说明你对K星人的生物间谍技术还不大了解。我介绍一点内情吧，尽管这多少泄露了053基地的研究方向。K星人过去劫持地球人后，送回来的是一个模样相似但内心不同的假冒者，咱们辨认这种白皮黑心的间谍已经不困难了，所以他们改变了策略。我们发现，他们现在换回的是白皮白心的真人，与原型一模一样，从外貌，包括指纹、声纹、体臭等；到内心，包括童年的隐私记忆、对K星人的憎恶等。

"当然，如果真的完全相同，K星人就不会这么费心费力了。复制的生物机器人在意识深处有一个程序，也就是他们要达到的某个特定目标——比如说，窃取053基地的研究成果并把基地破坏，这样，复制人就本能地锲而不舍地朝这一目标前行。但是，"他阴郁地强调，"这个目的是潜意识的，本人并不知道，就像海龟和中华鲟按照冥冥中的指令无意识地向繁殖地域回游。当复制人破坏053基地时，他会找出种种理由，自己（作为地球人）认为正当的种种理由。因此，只有在造成既成事实后，这个间谍才可能暴露，不过对我们来说为时已晚。对此我们无能为力，至少到目前为止无能为力。我们只知道某处有炸弹，却连定时器走动的嚓嚓声都听不到。"

他描绘的阴森图像令人不寒而栗，三个人都面色阴沉。

于平宁问："第三点，让我干什么？"

李力明看着将军。伊凡诺夫简洁地说："你去找到他们，尽量加以甄别，然后把复制人就地处决。"

那片惨绿色的光雾。杀死他们！……于平宁冷笑道："让我一个人去甄别真假猴王？我是地藏王脚下的灵兽谛听？你们很聪明，让我承担误杀的罪责。"

伊凡诺夫冷冷地说："这罪责我来承担。不错，我们可以把五个人关起来仔细甄别，但甄别清楚的可能性是微乎其微的。那时我们怎么办？我们没有任何理由关押他们，但又不敢放他们。一旦某个复制人融入053基地的人群，他就能轻而易举地破坏基地。要知道，K星人发动战争的日子屈指可数，而053实验室的成果对战争胜负至关重要。"停一会儿他又说，"我们无路可走，在研究出甄别方法之前只有狠下心肠。无罪推定的法律准则在这儿不适用，我们是有罪推定——对可能是K星间谍的人，只要找不到可靠的豁免证明，就一律秘密处决。"

一片惨绿色光雾弥漫在眼前，仇恨逐渐膨胀。杀死他们！……于平宁闷声道："驾驶员我不管。"我只答应杀死四个人。

李力明低声说："好吧，驾驶员我们处理。"

"四个人在哪儿？"

"我们让这四个人休假了，借口是试验场要做最后一次安全检查。这样做……如果必须处决某个人时，不会对053基地造成震荡。这是四个人的地址、电话号码，还有照片。"

于平宁接过来。字条上有三男一女，其中一个美国人和一个日本人已经回国，还有两个中国人。"我先从美国人开始，让自己的同胞多活两天，你们不会反对我这点私心吧？"

临分手时，李力明紧紧握住于平宁的手说："将军对你评价极高，我真心希望你用非凡的直觉，从待决犯中甄别出几个无辜者，多少减轻我的自责。当然，鉴定结果要绝对可靠。"

于平宁冷冷地看着他。"鳄鱼的眼泪。"他想说，但李力明先说出来了："这恐怕是鳄鱼的眼泪。"

他的声音很沉闷，忧伤但十分真诚。于平宁没有再刺他，同他轻轻握手。临走他问："如果四个人一并处死，难道不会影响053实验室的研究？"

"当然，这四个人是实验室的中坚，好在项目已接近尾声，开创研究方向时需要天才，进行正常研究时只要资质中等的人就可以。"

于平宁点点头，同老将军告辞。老人送到门口，话语中有一丝伤感："小于，我就要退休了，是我自己要求的。年纪不饶人，我的思维已经迟钝，不能胜任这项工作了。小于，你好好干。"他没有说他已经建议上司破格提升于平宁。于平宁同他紧紧握手，然后转身走了。

忽然听到身后有人轻声喊他，扭过头，见新田鹤子正责备地望着他。他笑了，以往每次出发时鹤子都要与他恋恋不舍地告别，但今天心情沉重，把这一点给忘了。他反身吻了她的额头，笑着拍拍她的脸，转身大踏步走了。

3

十小时后，于平宁已到达美国得克萨斯州的旁帕。他租了一辆奔驰700型轿车，出城向西疾行，在当地时间12点钟找到莫尔的乡间别墅。

"乔治·莫尔，70岁，声名卓著的生物工程学家。妻子珍妮·莫尔，68岁。老派的美国人，注重家庭生活。"

这是纸上对莫尔的介绍。

他戴上红外夜视镜，戴上薄手套，轻捷地越过栅栏。这是一幢半地下式的建筑，平房显得很低矮，草坪修剪得整整齐齐，院内有一个游泳池，池水映着星光。透过红外夜视镜，他看到草坪上有几道稀疏的红线，这是普通的红外线防盗设备，对他毫无威慑。

他猫腰提着激光枪，轻轻跨过那几道红线，一边还心不在焉想着其他事。他记得中学时曾读到过，法国一位科学家曾从一例罕见的血友病中，考证出很多姓莫尔的欧洲人原来是地中海黑皮肤摩尔人后裔。几百年的同化使他们忘记了自己的祖先，仅留下莫尔这个姓氏，但遗传密码中还顽强地保留着摩尔人的特征。

一个消亡的民族。地球人会不会也消亡在K星文明中？

忽然他的眼角余光瞥见草丛中竖立起的一条黑影，是蛇头，微风中传来轻微的环尾碰击声。蛇头轻灵地点动着，令它看起来像是两个脑袋。他没有想到经常修剪的人工草坪中竟然还有凶恶的响尾蛇，幸亏及时发现，他的随身物品中可没带蛇药。

他举起激光枪瞄准响尾蛇，准备开枪，忽然瞥见不远处有一棵树，略为犹豫后，他轻步挪过去折下一根树枝，试了试，枝条很柔韧。他把手枪放到左手，手持树条微笑着向响尾蛇逼近。响尾蛇用它颊窝中灵敏的红外线传感器，感受到一个大动物的36℃的体温。它凶狠地弓起身子准备扑过去，就在它扑出的瞬间，于平宁猛力一抽，干净利索地把蛇头抽飞。

蛇身在草丛中扭动着。于平宁欣喜地想，我还记得少年时的绝技。

他摸近房舍，听听屋内没有动静，就把激光枪调到低功率挡，在走廊门的玻璃上划了一个洞，伸手进去轻轻把门打开。

莫尔夫妇睡在一张巨大的水床上，于平宁轻轻摸到莫尔夫人那边，用高效麻醉剂向她的鼻孔喷了一下，随后他绕过去，把莫尔拍醒。

莫尔睁大眼睛，恐惧地盯着面前的枪口。于平宁简短地说："跟我来，我不想杀死你的妻子。"

老人扭头看看熟睡的妻子，尽量轻手轻脚地下床，他不知道妻子已被麻醉，害怕水床的振荡会把妻子惊醒。走到门口时他回头留恋地看看妻子，神情悲伤。

两人坐在客厅的沙发上，于平宁冷冷地看着老人，心想："我要尽量加以甄别，但我实际上已经知道了这个老人的下场。"他问："你是在053实验室工作？"

老莫尔已从最初的恐惧中镇静下来，从参加053实验室起他就为今天做了心理准备。他愤恨地骂道："动手吧，我什么也不会告诉你，你是个K星畜生！"

于平宁冷笑道："我是K星人？"

"你这条狗！你这条K星人的臭走狗！"

于平宁摆摆枪口："听着，莫尔先生，我不愿在这儿多费时间，我也不希望你的妻子醒来，使我不得不多杀一个人。如果你能用可靠的方法证明你是地球人，我会很高兴同你喝一杯的，否则我只好得罪了。"

老人沉默一会儿，问道："谁派你来的？是不是053实验室的什么人？我想你对一个死人不妨说实话。"

于平宁略为沉吟后回答："李力明。"

"这条毒蛇！"老人愤恨地骂道，"他昨天突然命令停止实验，我已经觉得奇怪了，可惜我没把他揭露。"

于平宁疲倦地想：又多了一个K星间谍，K星间谍下令让K星间谍去杀K星间谍，一个怪圈，蛇头咬住了蛇尾。

"不要玩游戏了。我最后一次问你，有没有办法证明？"

老人冷笑道："我当然有办法证明。不过，你有什么办法证明你自己是地球人？在你没有自我证明之前，我绝不会向一个K星间谍泄露这个秘密。"

又一个怪圈。他知道证明的方法，但只有在你自我证明之后才能说出来，可是你又不知道自我证明的方法。

好了，于平宁想，我已经尽力甄别了，可以心安理得地开枪了。他声音低沉地说："开枪前我想告诉你，你们四个人乘坐的直升机曾在时空隧道中消失14分钟，你们中至少一人被K星人调包。如果不能从四只核桃中挑出一只黑仁的，我只有把四只全砸开。将来要是证明你是冤枉的，我会到你墓前谢罪。"

老人目光中闪出一丝犹豫。他开始怀疑了，于平宁想，在没有证明之前，他已对自己是谁产生了怀疑。作为053基地的专家，他肯定知道那个秘密：在潜意识未浮现以前，复制人的心理是对原件的认同。

他无法证明自己是自己。他无法揪着头发把自己揪离地面。

老莫尔的嘴张了张，也许他是想说出他的证明方法。不过他最终走到门前，对着暗蓝色的夜空傲然扬起雪白的头颅："开枪吧，你这条狗！"

在开枪时，于平宁黯然地想，几乎可以肯定自己错杀了一个地球人。他无法排解自己的负罪感，但他知道，自己不得不如此。

莫尔夫人醒来时已是阳光灿烂，丈夫不在床上。她在客厅的沙发上发现了丈夫的尸体，胸前放着一朵小白花。她手指颤抖地拨通了警察局的电话。

警车呼啸着开来，汤姆警官详细地勘察了现场。老莫尔是激光枪致死的，面容很平静，死亡时间约为凌晨1点。胸前的小白花是在院里采摘的。从脚印看，作案者有30多岁，身高1.8米左右，中等体重。没有留下指纹和其他痕迹。

莫尔夫人悲恸欲绝，从她那儿没有了解到有价值的线索。他们仅得知莫尔刚从中国回来度假，这是他在家的头一晚，谁料死亡也接踵而至。

汤姆把小白花小心地收在塑料袋中。这朵小白花是什么用意？是对死人的嘲笑，还是哀悼？他觉得小白花上附有凶手的人格，或者他是绝对冷血的野兽，或者他有浓厚的人性。

一名警察拎着一条蛇和沾有血迹的树枝过来："是在草丛中发现的，凶手看来很厉害，动作敏捷准确。不过他为什么不用激光枪来对付蛇呢？"

汤姆也想不通，一般来说，职业杀手就像一架精确走动的机器，他们不会在小事上无谓地冒险。他反复把玩这根枝条，总觉得上面有凶手的影子。

回到警车上，汤姆警官对部下说："几乎可以肯定是政治性谋杀。在电脑里着重查询近两天进入美国的外国人，尤其是从中国来的。"

回到警察局，他们看到了查询结果。汤姆在一长串嫌疑者名单中盯着一个中国人的名字：唐天青，35岁，身高1.81米，头天从中国乘飞机来，案发当天凌晨5点离开美国去日本。他的护照倒是毫无破绽，但时间与身材太吻合了。汤姆警官把上述情况向世界刑警组织做了通报。

4

当天傍晚，日本长崎海滨的裸体浴场。

夜色朦胧，来享受日光浴的人已经离开，还有不少裸体者躺在洁白的沙滩上、凉椅上。当衣冠整齐的于平宁走过来时，有人不解地看着他。

于平宁漫不经心地走着，犀利的目光扫视着沙滩上的游客。他在一张气垫上找到自己的目标。一对裸体男女在拥抱接吻，男的有40岁，身材粗短、臃肿，他的同伴是一名黑人妙龄女子，曲线玲珑，臀部凸起，像一只母豹一样健美。

"中野康成，日本人，40岁，著名脑生理学家，单身，喜爱临时性关系。"

关于这一点李力明曾补充道："他尤其喜欢黑人女子。"

中野康成气喘吁吁，两只手快活地在女人身上忙活。忽然觉得有人在盯着他，抬起头，看见一个衣冠楚楚的陌生人立在面前，面无表情。他对来人的无礼很恼怒，正要发作，来人彬彬有礼地说："是中野康成君吗？"

中野狐疑地点点头。这个不速之客怎么认识自己？他特意赶到一个陌生城市来寻欢作乐，连身边的女子也不知道自己的真实姓名。知道他去向的，只有负责053基地安全的李力明上校，因为他曾要求随时同他联系——也许还有无所不知的可怕的K星人。

"是否让女士回避一下，我有些急事同中野君商量。"

来人说着纯正的日语，恰恰因为太纯正，中野知道他不是日本人，很可能是中国人。他千里迢迢追到这儿，绝不会是为了寒暄天气。不过，既然他让先把这黑妞赶走，看来不会有什么恶意，一个杀手是不会让目击者逃生的。他笑着拍拍女人的屁股："你到汽车里等我，我十分钟后一定回来。"

十分钟。如果来人不怀好意的话，他应对此有所顾忌。黑妞扭着腰肢走了，暮色已重，周围的人都在寻欢作乐，没人注意他们。于平宁在他面前蹲下，直截了当地问："给我讲讲053基地的情况。"

中野吃了一惊，看来来人不是053基地派来的信使。他胆怯地看看于平宁："是研究猩猩的智能行为。"

于平宁掏出激光枪，扣动扳机，在沙地上烧出一个黑洞，一缕青烟袅袅上升。他冷酷地说："也许这把激光枪能帮助你恢复记忆，快说！"

我要把他置于生死之地后再甄别。

中野因为恐惧而微微发抖。053基地的研究是绝密的，泄露机密的人会受到严厉的处罚，甚至是反K局的秘密处决，但毕竟激光枪的威胁更现实。他声音发抖地说起来："……K星人和地球作战的最大优势，就是这种足以乱真的第二代复制人。如果有那么七八个地球首脑被复制人调包，而他们的潜意识是把战争引向失败，那地球还有什么指望？为此，在053基地集中了世界一流的科学家，研究出一种装置，称之为'思维迷宫'，可以有效地识别第二代复制人。"

"是否已经成功？"

"基本成功。但你知道，地球人能够擒获并确认的复制人极少，迄今为止，我们基本只对地球人的潜意识做过实验。这些实验准确度极高，能够清晰地显影出地球人的潜意识，比如，一个孩子的恋母情结、弑父情结。至于用到K星第二代复制人身上的效果，目前还不清楚。"

于平宁深思良久，问道："如果杀死你、莫尔、安小雨、夏之垂，这个项目会不会中断？"

中野的大脑飞快地运转着，力图摸清对方的心理脉络。此人极可能是一个K星复制人——有K星人潜意识的第一代复制人，他的目的是什么？是要破坏"思维迷宫"的研究，还是为了窃取'思维迷宫'的技术秘密？是要杀死还是俘获自己？他要据此调整自己的答案。

他小心地回答："不会中断，但要略略推迟。"

"'思维迷宫'的原理？"

中野讨好地笑道："你已经问到核心机密了。这项装置非常精巧复杂，但其原理不难明白。160年前有一个中国人建立了醉汉游走理论——醉汉的每一步是无规律的，但只要他的意识并未完全丧失，那么大量的无序的足迹经过数学整理，就会拼出某种有规律的图形。如果意识完全丧失，足迹经过整理后仍然发散。053实验室的安小姐据此开发出'思维迷宫'的方法，可用以剥露出K星复制人的潜意识指令。被试人在回答提问时，会对潜意识的秘密做出潜意识的粉饰、开脱、回避、自我证明……就每一个答案本身来说毫无破绽，但只要提问次数足够多，再经过'思维迷宫'系统的数学整理，就会从乱麻中理出一条隐蔽的主线。以上是粗线条的介绍，要想彻底弄清它的原理、结构和技术细节，可能要两个月时间。

"你不能杀我，我还很有用。"

于平宁冷冷地说："你是否猜到我是K星间谍？"

中野迟疑地回答："猜到了。"

"那么你泄露这些秘密不觉得良心不安？"

中野贱笑道："上帝教导我要珍惜生命，为了它，我还能做得更多。"他露骨地暗示。

那片惨绿色的光雾。杀死他们！……于平宁毫不犹豫地扣动扳机。激光枪射出一道红色的光束，光束经过处留下一道青烟，没有响声。

中野丑陋的裸体仰卧在气垫上，额头一个深洞，两眼恐惧地圆睁着。于平宁看到那个黑妞正犹犹豫豫地往这边走，便不慌不忙向另一边走了。附近的游客似乎看到红光一闪，他们抬起头，漠不关心地看着，又自顾寻欢作乐。

于平宁想，他几乎可以肯定又杀了一个地球人，但杀死这个贱种，他的良心不会受到太大的谴责。

那女人在中野的尸体前发抖。太可怕了，幸亏那个杀手不屑于杀她。"我该怎么办？"她紧张地思索着。她不想见警察，她是专在达官贵人圈子里做皮肉生意的，可不想卷进一场凶杀案。

她看看四周，没人注意，就悄悄溜走。在嫖客的汽车里，她急急忙忙检查他衣服中的钱包，把美元、日元揣在怀里。包中还有一叠人民币，看来他去过中国，那么，那个英气逼人的杀手——额上的伤疤使他更具男人气质——恐怕也是中国人。

钱包中还翻出了驾驶证和护照，原来嫖客的确叫中野康成。她想了想，把嫖客的衣服和证件在地上堆成一堆儿，然后开着中野的车子找到一间电话亭。她通知警察局，海滨浴场有一具尸体，他的证件和衣服放在停车场的空地上。没等对方问话，她就急忙挂断。

"我已经为自己留了后路，这样警察就不会怀疑我是凶手了。再说，"她在心底窃笑着，"这样多少对得起这叠钞票，数额还真不少哪。"

她驾驶红色丰田一溜烟逃走了。

长崎警察局的远藤次郎警官立即赶到现场。死者证件表明他是东京人，八年前到中国西安一个动物智能研究所任职，40岁，单身。两天前刚从中国回来度假，是激光枪致死的。

在场的游客对警察的询问很不耐烦。不！我们什么也没看见，天太黑。再说我们来这儿不是给凶杀案当证人的。只有两个游客说凶手个子较高，约1.8米，穿戴整齐，看背影像个年轻人。

有一名泰国游客提供了一点有价值的细节，他说凶手来这儿后先把一名黑人女人赶走了，凶手走后那黑妞还回来过。黑妞很漂亮，胸脯很高，臀部凸出，走路带有弹性，像一头猎豹一样舒展，所以他印象很深。

远藤陷入沉思中，自然这个黑人女子就是报案者。凶手为什么放过她，是同谋，还是心存怜悯？这些细节勾起他的回忆，他立即通知警察局查询近日世界刑警组织的案情通报。

果然查询到一个相同的案例，是在美国旁帕市，疑凶身高相同，使用同样的激光枪，行凶中也同样放过同床熟睡的死者妻子。疑凶唐天青是昨天，5月28日凌晨离开美国飞来日本，而且……远藤瞪大眼睛，美国的死者也是在西安动物智能研究所工作，是前一天刚从中国回来度假的。这就绝不可能是巧合！远藤果断地说："毫无疑问，这是一起政治谋杀。立即寻找报案者，这种黑人高级娼妓在日本很少，一定不难找到。通知美国警方把凶手照片传真过来，找到报案者后由她辨认。通知中国警方，对西安动物智能研究所进行调查，并对有关人员进行监护——很可能，这轮凶杀还未结束。"

5

"安小雨，女，28岁，未婚，卓有成就的数学家。"

照片上的安小雨十分清纯，像一个天真未泯的中学生，笑得很甜，眸子里甚至还未消尽绯色的幻想。于平宁犹豫地想，不知道自己能否狠下心向她开枪。已经错杀了两个地球人，对此他几乎是百分之百肯定。"我是在干不得不干的事，但这并不能减轻良心的谴责。我就像身赴地狱的席方平，两个鬼卒正操着大锯忽忽隆隆锯开我的心脏。等他们解开我身上的绳索时，我就会裂成两片，扑在地上。"（注：席方平是《聊斋》中的人物，为报父仇去阴司告状，被阎罗王以酷刑折磨，锯成两半。）

但是，他苦笑着想，正因为错杀了两人，安小雨是K星间谍的可能性就更大了，高达50%。

晚上9点，他驾着一辆租来的豪华风神900型轿车（他喜欢驾驶中国汽车），停在安小雨居住的公寓前。进公寓大门需要磁卡，所以他在等着一名持有磁卡的房客。

这是川鄂交界的一处浅山，公寓后面是清郁的竹林，竹子很高，枝干挺拔，微风中竹叶沙沙作响。透过栅栏望去，公寓很整洁，但算不上豪华，看来安小雨口袋里没有多少钞票。

也许先赶到丹江口新湖去解决夏之垂更好一些？如果可以肯定夏之垂是间谍，就不用向安小雨开枪。如果夏之垂又是错杀，那安小雨就一定是K星间谍，再向她开枪就心安理得了。

于平宁冷笑一声，在心里嘲笑自己的矫情。你不过是用愚蠢的逻辑游戏试图减轻良心的痛苦，他想。他在美国和日本留下了不少痕迹——本来可以不留的，但他不愿多杀人，那两个无辜女子不在他的使命之内。他要赶在追捕之网合拢前把剩余两个解决。很可能这个清纯秀丽的小女孩就是K星间谍，她会在甜笑中把几十亿人推向死亡，你大可不必奉送这样廉价的怜悯。

来了一辆车，驾驶者降下车窗，把磁卡塞进读卡器，大门随之无声地滑开。于平宁赶快随那辆车开进院内。

他来到安小雨租住的203室。侧耳细听，屋内只有哗哗的淋浴声。他看看走廊无人，就掏出一根合金钢丝，轻易地捅开门锁。他稍稍推开门，从门缝里看清客厅无人，便闪身进屋，轻轻把门锁上。

屋内像鸡蛋壳一样整洁，窗明几净，茶几上摆着水果、鲜花和几碟精致的茶点。厨房内已备好几样菜肴，似乎是在准备迎接客人。这会儿浴室内喷头已经关掉，玻璃屏风上挂满水珠。于平宁从容地坐到沙发上，从烟盒里抽出一支香烟。

安小雨在浴室听见外边有打火点烟的声音，她笑着高声问："是老狼吗？我马上出来。桌上有你爱吃的茶点，你先吃吧。"

夏之垂原约定10点钟到，他今天竟然没踩着钟点来，可是件怪事。这位绅士是十分注重拜访女士的礼节的，虽然他们之间早就用不着彬彬有礼了。安小雨擦干头发，忽然扑哧一声笑了。老狼，她一直这样谑称自己的情人。她曾笑着告诉他，这是有历史掌故的，你可以去查查《笑林广记》：尾巴上竖是狗，"下垂"是狼嘛。〔注：《笑林广记》上有一则笑话，一位尚书借谐音巧骂一位侍郎，说路边的那只"是狼（侍郎）是狗"？不料该侍郎才思敏捷，反唇相讥，说"下垂是狼，上竖（尚书）是狗"。〕

安小雨披着雪白的浴衣出来，发现沙发上并非自己的情人。"你是谁？"

于平宁掏出激光枪，缓缓地说："两天前，053实验室的一架直升机曾在时空隧道中消失14分钟，可以肯定机上五个人中至少有一个人被K星复制人调包。我希望你能同我配合，把你的身份甄别清楚。如果不能从四只核桃中挑出那只黑仁的，我只好全砸开。"

不要重复这些滥调了，于平宁厌倦地想，反正你要杀她。那片惨绿色的光雾。杀死他们！……不要怪我残忍，我是为了人类。

安小雨脸上的恐惧凝固了："你把那三人全杀了？"

于平宁摇摇头："夏之垂是第四个。"

安小雨紧张地瞟了一眼时钟，再过20分钟，夏之垂就会捧着一束鲜花准时赶到。她知道来人绝不是地球人，如果是反K局派来的审察人员，他就不会不知道"思维迷宫"装置已基本成功，可以用来挑出那只黑仁的核桃。凶手一定是第二代K星复制人，他在为K星卖命时还自以为是为地球尽职。

不过不要妄想唤醒他，在潜意识指令未完成前他是不会罢休的。她知道自己很难逃脱了，自从参加053实验室，她已做好心理准备。在这生死关头，她还暗自庆幸刚才没有直呼情人的名字。

一定要保住老狼，保住我的爱，也为"思维迷宫"的研究保留火种。快点，不能再犹豫了！

于平宁敏锐地察觉到她在看时钟。"不必担心，"他平静地说，"我不是嗜血杀手，你的客人即使赶来，我也不会动他一根汗毛。"

我愿为你做那么一件事情，他苦涩地想。

安小雨在心底苦笑：如果你知道客人就是你的下一个目标呢？不能再耽误。永别了，我的爱！

她声音发抖地问："我可不可以吸支烟？"

于平宁点点头。她胆怯地走过来，坐在沙发上，伸手去烟盒里摸烟，她的浴巾散开了，酥胸白得耀眼，于平宁下意识地把目光避开。忽然白光一闪，一把水果刀向他劈来。于平宁矫捷地闪开，激光枪同时亮了。安小雨慢慢地倒在地上，胸膛上有一个深洞。她的表情慢慢冻结，最后凝结为安详的微笑。

于平宁垂下枪口，苦涩地看着安小雨的尸体，久久未动。

你又错杀了一个地球人，但这是命中注定的。他小心地抱起安小雨的尸体，平放在沙发上，用浴巾盖好。从桌子上的鲜花中挑出一只白色的水仙，轻轻放在她的胸膛上。

他把汽车开到门口，还像刚才那样等着一辆回公寓的汽车。几分钟后，一辆白色豪华风神900开到门口，验过磁卡后开进院内。于平宁趁大门还未关闭时开车出去。进院的那辆汽车中走出一个穿咖啡色西服的绅士，捧着一束鲜花，步履轻快地向203室走去。这肯定是安小雨的情人，于平宁觉得愧疚。

他驾车以300公里的时速向丹江口开去。只剩最后一枚核桃了，它肯定是黑仁的，所以向夏之垂开枪时，不用再良心不安。快去把他干掉，我的刑期就结束了。

6

日本警察的工作效率很高，第二天就找到那名黑人娼妓的行踪。她正在东京，又傍上一名阿拉伯富豪。

远藤警官立即乘机赶到东京，他们来到这家极豪华的"春之都"酒店。那黑妞刚在室内游泳池裸泳完毕，正躺在白色凉椅上歇息。看见两名便装男子在光滑如镜的大理石地板上小心地走过来，她甚至懒得用浴巾把自己遮盖一下。

来人出示警察证件。"什么事？"苏娣不耐烦地问。

远藤直截了当地问："昨天你是否在长崎，和一名叫中野康成的顾客在一块儿？"

苏娣嫣然一笑，她几乎已把这事忘了。

"对，是我报的案。你们不会怀疑我是凶手吧，我只是不想卷入。你知道，我干这行当，可不想上报刊头条。"

远藤安慰她道："对，我们只是想了解一些情况。如果苏娣小姐配合，在你的阿拉伯富豪回来之前我们就会离开。请你看看，凶手是不是这个中国人？"

苏娣接过唐天青的传真照片。嘿，当然是他！她对这人印象很深，两道剑眉英气逼人，目光冷漠，额上有条深深的伤疤，这些都更增添男人的魅力。哪天能同他上床，肯定比这个阿拉伯富豪强多了！

苏娣忽然莫名其妙地泛出想保护他的冲动。也许是感谢他昨日手下留情？还是想为他日邂逅留下点希望？她笑着摇头："No，no，那人……怎么说呢，长得很粗俗，大嘴，脸上没有伤疤，说话似乎带大阪口音，像是日本人。绝对没有照片上这么漂亮。"

远藤很失望。他十分怀疑这个唐天青就是凶手，各种情况太巧合了！已经查到他于昨天离开日本回到中国，正好又与长崎谋杀案的时间吻合。但苏娣不会是他的同谋，她没有为他掩护的动机。

他阴沉地说："我想苏娣小姐一定清楚，做伪证是犯罪的。"

苏娣多少有些后悔自己的孟浪，不过事已至此，她只有硬撑到底。她朝远藤飞了一个媚眼："当然，我懂。干我这个行当，你想我会同警察过不去吗？凶手不是这人。"她肯定地说。

远藤回到东京警署时，看到了中国警方发来的电传："唐天青已回国，此人无前科，审查未发现疑点，正进一步调查。"

远藤很沮丧："只好重新设定疑凶了。妈的，我真不愿承认自己错了！"

他没想到，中国警方的回文有反K局插手。

午夜于平宁赶到丹江口。他把车停在湖旁，略微打了一个盹。醒后他下车来到湖边，一条大坝把这里变成烟波浩渺的人工湖，疏星淡月，四周是青灰色的远山。他长伸懒腰，活动一下筋骨，像往常一样快速抓握手指，然后回到车内。

他多少有些奇怪，平时他快速抓握手指时会啪啪脆响，今天却没有。不过没有时间去想这些琐事了，他告诫自己，你的目标还未完成，要赶在天亮之前解决最后一个。

丹江口新湖湖畔是一幢连一幢的豪华别墅。这儿山清水秀，是中国的地理中心，又是亚洲蓄水量第一的水库，所以近20年来，这儿成了科技界、商界新贵们的集聚地。他找到夏之垂的别墅，把汽车停在黑影里，翻身跳进栅栏。

他轻而易举地破坏了院内的防盗设备，踅到房前。正在这时大门外响起汽车马达声，他忙藏在黑影里。雪亮的汽车大灯穿透夜色，大门自动打开，一辆风尘仆仆的白色汽车开进院内，进入车库，车主人匆匆进屋。

于平宁冷笑一声。这个新贵肯定是寻花问柳去了,这个K星复制人倒是没有忘记地球人的癖好。屋内响起一阵哗哗的淋浴声,很快熄了灯,看来他已十分疲乏,草草洗浴后便入睡了。于平宁仍用激光枪打开门,闪进卧室,夜色朦胧中,看到夏之垂背向门口正在熟睡,他轻轻走过去。

忽然,他直觉到某些不妥。这种感觉是从夏之垂的汽车进院后产生的,但究竟是什么,他一时说不清楚。他加倍警惕地轻步上前,用激光枪挑开他身上的毛巾被。忽然灯光唰地亮了,身后有人切齿喝道:"举起手!"

他一愣,慢慢丢下手枪,举起双手,从眼角瞥见一只双管猎枪正对着自己的后心,床上堆着一叠衣服。夏之垂的头发是干的,衣帽整齐,他根本没有洗澡。

"夏之垂,男,34岁,著名心理学家,兴趣广泛,爱好打猎。"

李力明还告诉他,夏之垂为人机警,他的枪法差不多可与专业射手媲美。

他忽然悟到不安的根源。刚才看到这辆车和这个人的背影时,有一种模糊的熟悉感,是在安小雨的公寓中见过,夏之垂就是安小雨等待的情人。

夏之垂绝对料不到一个温馨之夜变成凶日。他用安小雨给的钥匙打开门,看见安小雨盖着浴巾正在沙发上熟睡,胸脯上放着一朵白花。这个小精灵,这只装睡的小猫咪。他笑着悄悄走过去,吻吻她的双唇，双唇还是温热的，但刹那间他觉出异常，惊惧地喊："小雨！小雨！"

没有回声。他颤抖地揭开浴巾，在她乳沟左侧发现一个光滑的深洞，是激光枪的伤口。安小雨手中还握着水果刀，但神态十分安详，身上看不到被强暴的痕迹。夏之垂悲愤地跪在沙发前，泪水滴落在死者身上。

他的直觉告诉他，这绝不是一件暴力凶杀案。凶手是有双重人格的人，他冷酷地向安小雨开枪后，又把尸体放端正，盖好浴巾，甚至放上一朵白花以表示无言的忏悔。

可是，是什么使安小雨在迎接死亡时这样安详？……忽然脑中电光一闪，他忍住悲痛，迅速向美国和日本拨了电话，几分钟后他就知道了真相。

莫尔、中野康成都已被害，疑凶是一个30多岁的中国男子。他知道这是K星人的杰作。凶手的双重性格正符合K星第二代复制人的特征，那是潜意识中的K星人指令和原身意识中道德观的冲突。

小雨死前显然已经了解真相，她用水果刀逼迫凶手早开枪，是为了避免她的情人和凶手相遇。只有这样才能解释她的安详表情。

我的爱。他低下身，深情地吻着死者的双唇。我一定要为你报仇！

他忍痛告别小雨，没有丝毫延误，立即开车返回。如果他没有猜错，凶手就在刚才与他相遇的那辆风神900上，他一定会赶到丹江口去杀最后一个人。

从实验突然暂停，让四个人休假，到三个人相继被害，这是一个精心组织的阴谋，主谋肯定在反K局内部。他要捉住凶手，问出幕后人。

他没有向警察通报，"不，我一定要亲手捉住和宰了这个畜生！"

夏之垂冷酷地命令：

"走到墙边，把手支在墙上，脚向后移。"

于平宁顺从地照办了。后脑勺遭到一记猛击，他眼前一黑，晕了过去。

等他醒来已被绑得结结实实，是拇指粗的强力尼龙绳。他揶揄地想，这下子好了，不用担心死后裂成两半了。夏之垂居高临下地看着他，用激光枪指着他的胸膛，切齿道："你这个畜生，你这个丧失自我的僵尸！我要告诉你你究竟是谁，你是K星人复制的第二代生物人，他们杀了于平宁后用你调包。你潜意识中的指令是杀死'思维迷宫'研究四名主要人员。我要杀死你，为了我的小雨，为了莫尔、中野，为了人类。"

于平宁冷冰冰地看着他，在心里冷笑：浑蛋，我当然比任何人都清楚我究竟是谁。夏之垂凄厉地笑道："我真想一刀一刀地碎割了你。不过用不着了，当你知道自己究竟是谁，你就会受到最严厉的惩罚。你的幕后主使是谁？快说！"

于平宁冷笑道："我的幕后主使？是我对K星畜生的仇恨。"

夏之垂冷冷地说："我知道你的使命还未完成，在你没杀死我之前，你的自我感觉还是一个正人君子。那么快说是谁派你来的？"

于平宁挣扎着坐起来，靠在墙上，冷笑道："我可以如实奉告，一点都不遗漏，希望这些事实不至于影响你对自己的信心。"他简要说了李力明派他来的经过。"四个人我已经杀了三个，我想都杀错了，无论是品德高尚的莫尔、安小雨，还是人品龌龊的中野，盖棺定论，他们都是地球人。这样一来疑犯就只有你一个了。当然，正如你刚才所说，在没有完成使命之前你是不会清醒的。"他讥讽地说。

夏之垂目光中闪过一丝犹疑。他摇摇头，抖掉这片疑云，仇恨地说："这些鬼话你留着对死神去说吧。如果我对自己或任何人有怀疑，我自然有办法甄别。为了我的小雨，我一定要宰了你！快祈祷吧，不管是向地球的上帝还是K星的上帝。"

于平宁用肩膀顶着墙，慢慢站起来："我想你是犯了一个错误，你不该扔下猎枪用我的激光枪。"

夏之垂冷笑道："不必为我担心。在053实验室这是常见武器，我会用。"

于平宁微笑道："但今晚我有一点疏忽，这点疏忽很可能救了我。我在割门玻璃时把手枪的功率调到低挡，忘记调回来了。低挡激光枪在这个距离杀不死我。"

夏之垂惊惧地低头看了一眼，不错，是在低功率挡，他急忙用大拇指推换挡位，向于平宁开枪。就在这一瞬间，于平宁迅速低头，用嘴从衣领上拔出一根毒针，噗地吹到夏之垂身上，同时敏捷地闪身躲开。他觉得左臂一麻，随即无力地下垂，知道左臂已经被激光枪割断了，被同时割断的绳索散落在他身边。

夏之垂的喉咙咯咯响着，慢慢地倒下去，双眼一直仇恨地瞪着于平宁。激光光束随着他的身躯在屋中划过，被扫断的落地灯、书架等哗哗地倒下来。于平宁突然觉得极度疲乏，浑身全散架了，他慢慢地倒下去。

我的使命已完成，他想，然后他的意识缓缓地分散。意识混沌中他看到鬼卒解开他身上的绳索，四天来一直捆着他的绳索，于是他便分成两半，扑倒在地上。

7

李力明得知四个预定的目标已解决三个，于平宁正赶往丹江口，估计最后一个就在今晚解决。

这个结果已在他预料之中。虽然他真诚地希望于平宁能从待决犯中甄别出几个无辜者，但他知道这是不现实的。他对于平宁不大满意，于平宁的行动留下不少活口。当然，李力明本人也不忍心祸及无辜，不过，万一反 K 局被牵涉进去，那些终日喊人权博爱的政治家和记者一定会把反 K 局撕碎。

那将是整个人类的灾难，在奶油中长大的公子王孙们怎能理解与 K 星人斗争的残酷！

吃过晚饭，他忽然有一种不祥的预感——当 K 星间谍混入053基地的阴谋破产后，K星人一定会直接向"思维迷宫"装置下手。这种预感没什么证据，但却越来越强烈。他在间谍战中已经身经百战了，这种第六感从未欺骗过他。

他在办公室急急地踱步。随着时钟的嘀嗒声，他觉得越来越焦躁。一定要采取行动。可是怎样行动？怎样向别人解释？单凭他毫无根据的预感，连伊凡诺夫将军也不会相信。

时钟已到11点。他终于下了决心，让我一个人承担罪责吧，我一定要在12点前完成。

他唤来技术部主任捷涅克。要想进入"思维迷宫"所在的地下室，必须他们两人用两把钥匙同时操作，才能打开门锁。他阴郁地说："伊凡诺夫将军向我通报，K星人今晚很可能向那个装置下手。我想咱俩今晚守在那里。"

捷涅克犹豫着，这样做不太符合安全规定。李力明瞪他一眼："是否还要按部就班地请示？我告诉你，莫尔、中野、安小雨，很可能还有夏之垂都已经被害了。凶手不明，不过可以认定是K星人下的毒手。"

捷涅克异常震惊。这四人是053实验的中坚，竟然在几天内全部丧生，达摩克利斯之剑已悬在头顶了！他意识恍惚地跟李力明来到地下室。

卫兵向李力明敬礼，李力明还礼后简洁地说："加强警戒，今晚可能有情况。我和捷涅克主任在里面值班。"

两个门锁距离两米，他们分别对付一个，经过长达十分钟的复杂操作，一米厚的钢门缓缓升起。两人进去后钢门又缓缓落下。

地下室与外界严格地隔绝，是一个无声的世界，即使是轻微的赤足行走声、呼吸声，都会被极度灵敏的拾音器收到，放大为霹雳般的巨响。这样，外部守卫的士兵就会迅速进入戒备。

李力明进门后顺手关掉这套系统。他目光奇异地看着捷涅克，后者感到惶惑不解。李力明慢慢地说："以后你们会理解我的。"

猛烈地把捷涅克打晕，看看手表，已是晚上11:30分。要赶快，我一定要在12点前办完。

他急忙坐在主电脑的键盘前。053实验室为了应付突然事变，在唯一的"思维迷宫"装置上设有自毁机构，只要输入一套复杂的指令，装置就会在一声巨响中化为灰烬。

他实在不忍心毁掉它。这套装置是科技界的精英们殚精竭虑费时两年才搞成的，其中也有他的不少心血。一旦被毁，地球人该怎么识别K星复制人？

不要犹豫了。一旦K星人得到这个装置，那将对人类造成更大的危害。

手表的嘀嗒声在密室里像一声声雷鸣，也像一记记鞭抽。他横下心，飞速地敲击键盘，把自毁指令输进去。不过那些根深蒂固的怀疑仍在啮着他的心，K星人今天会对这个装置下手？如果K星人得到它，会对人类造成多大危害？是否毁掉装置是更大的危害？……

在敲击最后一道指令即自毁时，他的怀疑也达到顶峰，但是他仍无法说服自己收回自毁指令。

他在两种念头的激斗中痛苦地呻吟着。好吧，我仅仅来一点小改动，我只把时间推迟一分钟，这微不足道的时间不会影响我的使命的。

输完指令，他立即离开地下室，对门卫吩咐："捷涅克主任在里面值班，我明天来换他。"

他回到自己的办公室，失神地盯着时钟。我实在不忍心目睹装置的毁灭，不过我确信自毁指令一定会执行。

时钟敲响12点，在令人窒息的死寂中又过了一分钟。现在，我确信自己的使命已经完成。他的精神一下子散架，似乎听到身体自内向外的碎裂声。

8

断臂的剧痛使于平宁悠悠醒来，一种莫可名状的恐惧开始叩击他的精神之门。他呆呆地瞪着虚空，忘了疼痛。

我究竟是谁？究竟干了什么？

几天来他一直辛辛苦苦，锲而不舍地去完成一个目标，像在苦苦追赶一个飘飞的幽灵。幽灵忽然消失，他发觉自己已经堕入地狱。

为什么他一定要杀这四个人？即使他们中有一个K星间谍，也能用"思维迷宫"来甄别。那个日本人早就告诉他这个秘密，为什么追杀后两个人时他不愿想到这一点?

那片惨绿色的光雾。杀死他们! ……于平宁忽然打起寒战,连续的不可遏止的寒战。那片绿光并不是思念妻女引起的幻觉,而是在宁西公路上真实情景的潜记忆!莫尔和夏之垂都没有说错,自己——严格说不是自己,而是自己的原形,曾被K星人劫持、消灭、换了个一模一样的复制人。于平宁的所有记忆所有情感(包括对K星人的仇恨)都被保留,只是在潜意识中多了一道罪恶的指令。

他对K星人的仇恨被改头换面,变成替K星人卖命的狂热。

他的颤抖越来越厉害。他站起身,用力抓握手指,不,没有那种清脆的咯咯声。他苦涩地想,这大概是K星人复制工程的唯一疏忽。

他忆起夏之垂曾对他指出的一点事实:当复制人完成K星人的指令后,当他意识中不再有这个毒瘤时,他就复原了,变回一个真正的地球人。

你在梦中残杀你的母亲,现在你要清醒地欣赏自己的杰作。

一条响尾蛇游过来,一双毒眼。它得意地狞笑着,一滴一滴地往他心中滴着毒液。不过他的痛苦很快就麻木了,麻木到可以清醒地思维。

是谁知道他回西安的路线和时间?伊凡诺夫、李力明、新田鹤子,当然不排除K星人也能窃听到。

是谁夸大时间的急迫性,要求他尽快把四个人消灭?伊凡诺夫和李力明。

是谁告诉他至今无法甄别复制人？是李力明。但作为053基地的安全负责人，他明知道"思维迷宫"的研究已基本成功。

他奇怪如此简单的答案自己竟然没想到，而他素来是以思维清晰自负的。不用说，是那个潜意识指令在干扰着他的思维。

李力明肯定是一个复制人，是一个和自己同样可怕的K星间谍。

我要杀死他，为安小雨、夏之垂他们报仇。为我，不，为于平宁报仇。

他的感觉已经麻木。抖掉绳索，爬起来，机械地检查了自己的断臂，伤口很光滑，激光枪切断它的同时也起到止血作用。他在起居室找到药箱，用一只手困难地把伤口扎好。又艰难地把夏之垂的尸体放到床上，盖好。在院里找到一朵白色的野花，把它放在夏之垂的胸前。

干这一切时他很冷漠，似乎是在梦游状态。然后他带上激光枪，坐进他的风神900，把挡位放在自动导航挡，目标定在053基地所在的神农架。风神车飞驰而去。

早上7:30分，他到达053基地。他平静地向门卫通报了姓名，要求见李力明。那边很快回话，说他可以进来。大门打开了。基地很平静，看来四个人的死讯还未传到这里，一名警卫把他领到李力明的办公室便走了。于平宁表情痛苦，右手托着断臂，用肩膀顶开门走进去。激光枪在断臂臂窝里藏着，可以很方便地抽出来，李力明不是等闲之辈，他必须小心。

但眼前的情景是他没有预料到的，李力明眼睛布满血丝，神情颓丧，正在狠命地灌酒。他冷冷地盯着于平宁，目光中满是鄙夷和刻毒的嘲讽。于平宁也冷冷地看着他。

"四个人全杀死了。"于平宁闷声说。

"我已经知道了，这正是我喝酒的原因。"

仇恨在胸中膨胀。于平宁哑声问道："你在庆贺胜利？"

李力明不回答，他又灌一口，恶毒地笑着，忽然问："你的指令已经完成了，你肯定也意识到了吧？"

血液冲到头上。于平宁愤恨地想，他在戏弄我，就像一条蛇在戏弄嘴边的老鼠。这个畜生。他抽出激光枪，声音苦涩地说："你这个复制人，K星人的走狗。"

李力明把酒杯摔碎，昂然迎着他的枪口走过来："开枪吧！你这个浑蛋复制人。告诉你，我的指令也完成了。"

于平宁缓缓地问："你的指令？"

"对，我的指令是毁掉'思维迷宫'装置，我已经把它炸毁，四个主要研究者也被杀光。地球人在几年内很难恢复元气。告诉你，我的指令完成后，我也复原了，变成了李力明，那个对K星人刻骨仇恨的李力明，哈哈！"

他笑得十分凄厉，像一只濒死的狼。于平宁的枪口慢慢垂下去，他怎么没想到这一点？他早该想到的。李力明和他是同病相怜。他的胸膛要爆炸，他也想凄厉地长号……但是一个念头忽然浮上来，他努力想抓住这根救命草。李力明已把"思维迷宫"炸毁了？为什么在基地内看不到一点异常？他迟疑地问："你把'思维迷宫'炸毁了？"

"我炸毁了！"李力明突然疯狂地喊，"我当然炸毁了！那装置在隔音地下室，人们还没有听到爆炸声。等他们打开地下室就一定会发现！"

求求你，于平宁，你不要再问了。我已经把它炸毁了，我绝对相信这一点。

于平宁紧紧地盯着他，这里面肯定有蹊跷。自认识李力明后，他对李力明一直有惺惺相惜之意。这个人意志坚定，行事果断，绝不在自己之下。为什么他突然这样歇斯底里？这不像他的为人。也许他说的是实情，由于地下室隔音，他们尚未发现装置被毁。但为什么他如此急切地想向自己证明这一点？

于平宁敏捷地思考着，思维逐渐明朗，摸到了可能正确的答案。李力明一定是以极顽强的毅力，迫使他本人相信那个装置已经炸毁，这样他才能从K星人的指令中苏醒过来。能做到这一点实在太难了啊！于平宁不敢追问下去，一旦李力明知道"思维迷宫"并未毁掉，他潜意识中的指令就会死灰复燃。那时他又会变成一个可恶的难以防范的K星间谍。

于平宁忽然朗声大笑，把激光手枪推向长桌对面的李力明，用仅存的右手抱起酒瓶豪饮起来："多好的酒，没想到死前还能喝上家乡的卧龙玉液。我告诉你，死前我们能干一件很不错的事，你我都可以为地球消灭的一个可恶的K星间谍。喂，把你的手枪扔过来。"

李力明也大笑起来。好，杀死这两个复制人，就再也不用担心某些事了。他把自己的手枪在长桌上推过去，捡起于平宁的手枪。两人坐在桌子的两端开怀痛饮，然后摔掉酒瓶。两个枪口慢慢抬起。于平宁微笑着说："有什么未了之事吗？"

李力明苦笑着说："有点放不下'那个人'的妻儿。不过，他们不会承认我是丈夫和父亲的。不想它了。"

于平宁也想起那个"于平宁"的妻女，想起她们死前的那一幕，想起新田鹤子无言的柔情，想起古板热肠的将军……他一挥手，高兴地说："瞄准眉心，我喊到三，咱们同时开枪。瞄得准一点，别丢丑。"

李力明笑着说："放心吧。我们可以来个竞赛，明天请将军来检查各自的弹着点。"

他们互道永别，于平宁兴致勃勃地喊："准备，一、二、三！"

9

接到报告后，伊凡诺夫将军很快赶到053实验室。李力明的办公室里，长桌两端，两个人对面坐着，脸上凝固着豪爽的笑容，眉心正中各有一个光滑的深洞。

基地的其他人用备用钥匙打开地下室，在里间找到捷涅克，刚一取下封嘴的胶带，捷涅克就喊："快检查自毁装置！"

仔细检查一遍之后，捷涅克松了一口气："昨天把我关在里间后，李力明启动了自毁装置。十分侥幸，这个可怕的K星间谍犯了一个可笑的错误。"他迷惑地说，"真的很奇怪，是一个十分可笑绝不该犯的错误。他准确无误地输进了整套指令，但预定自毁时间却定在23点61分。所以装置电脑拒绝执行。"

老将军心情沉重地回到李力明的办公室，沉默地看着两具尸体。他十分喜爱这两个部下，所以在心理上难以把他们同K星间谍联系起来。他沉重地扪心自问，我为什么如此轻易地听信李力明的话，草率地决定将四个人处死？即使怀疑四个人中有复制人，也可以用基本成功的"思维迷宫"系统来鉴别呀。仅仅是因为我老年昏聩吗？

莫非……我也被K星人调包？我也有一个潜意识的指令？他的心颤抖着，问："'思维迷宫'一切正常？"

"是的。"

"那好吧，我来做第一个被试者。"他步履沉重地走过去，坐在受试椅上，向部下严厉地吩咐，"如果鉴别结果是……立即向我开枪！"

格巴星人的大礼

长生阴谋

　　真想不到，格巴星人会选中咱们地球来送那件大礼，更想不到他们会选中我当样板。60亿人选俩，比人世上的皇帝皇后还稀缺，咋就轮上我了呢？我可从没巴望过好运气，我这辈子没受过老天爷的待见，个子低，长得丑，脑子笨，没文化，说话啰唆，挣钱少，35岁才说上一房丑媳妇。我只有一个优点，就是记性好，前朝古代的故事听一遍就能记牢。格巴星人挑中我的那天，我在河边扒沙，就是用刮板把河底的粗沙刮上岸，卖给建筑队，赚俩辛苦钱。干这活得俩人，我在岸上管柴油机和钢绳滚筒，媳妇翠英站在齐腰深的河水里管刮板。翠英那会儿已经怀孕了，干到半晌，我停下机器，走到河边喊："翠英你歇会吧，上来喝口水，你有身子了，可不能累着。"翠英说："行啊，我这就上去。"就在这时候格巴星人的光柱子一下把我罩住了。

　　60亿人只选中俩，另一个是位漂亮女人，又漂亮又高贵，我私下揣摸，格巴星人选中的一定是她，但光柱子一歪，把我也捎带进去了——当时是这么回事，我刚喊翠英上岸，一辆很气派的黑色轿车从坡上开下来，唰地停在我身边。右边的车门打开，一只脚伸出来，让我两眼一下子看瓷瞪了。那只脚——完全像电影中的女明星的脚那样漂亮，穿着细襻带的高跟皮凉鞋，皮肤白得像雪花膏，鲜红的脚指甲。两条细溜溜的光腿，穿着短裙。这个女人跳下车就噔噔地向河边走，怒冲冲的，好像刚吵过架。开车的男人比她年龄大得多，坐在司机位上不动，脸色阴得能拧出水。我扫了一眼，觉得这男人很面熟，是在地方电视台上见过，好像是俺们这儿的一个副市长。女的往河边走要经过我身边，她根本没正眼瞅我，擦过我身边往前走——河里的翠英直着嗓子喊："国柱！国柱！你看天上是啥？"我抬头看，不知道啥时候天上冒出来一个金晃晃的大船，模样我没来得及看清，因为就在这时候一道蓝色光柱子从船上射下来，罩住我和那个漂亮女人，俺俩就迷迷糊糊、晃晃悠悠被吸进去了。

后来好多人问我在格巴人飞船上看到了啥，问我格巴人是啥模样，我都说不知道。其实我模模糊糊见过的，只是不愿对外人说，怕大家对格巴星人生分。他们模样是丑了一点，不过只要心好，丑点又有啥关系。再说我也没看真切，那会儿就像是做梦，梦见格巴星人在我肚子里说话，梦见我被塞到一个圆筒里睡了一小会儿，后来就被放出飞船回到河边的老地方，我也就长生不老了。

我知道自己没文化，讲得乱，没头绪，啰里啰唆。其实我讲不讲清楚没关系，因为这件事人们很快都知道了，全世界都知道了，是李隽一五一十地告诉记者的。归总了讲是这样的：

格巴星人从很远很远的地方来到了地球。

格巴星人的科技比咱们高得多。

格巴星人很疼爱地球人，就像是老爷爷疼爱小孙孙。他们取走了地球上所有人的DNA，化验之后说咱们和他们天生有缘分，用行话说，叫啥子"同质蛋白质"。他们啥时候取的、咋取的，咱们都不知道。但格巴星人很讲信用，不但事后告诉了咱们，还要回赠咱一件大礼。

这件大礼当然就是我刚才说的长生了。他们要全世界的人们"充分讨论后进行全民公决"，如果51%的人赞成，他们就会对所有人进行长生手术。他们又挑中我（前边忘记说了，我叫鲁国柱）和李隽当样板，先让俺俩长生，再让俺俩"以自身感受来说服大家"接受这份大礼。

要说这样的好事还用得着"说服"？人人都巴不得。秦始皇还想长生哩，派了徐福去东海找仙丹，没找到，徐福不敢回国，流落到小日本，成了日本人的祖先……看我又扯远了，回头说正题吧。为啥这事还得"说服大家"？因为格巴星人有个条件：你要想长生，就得答应不再生孩子，一个也不许生了。这是为咱好，你想想，人人长生不老了，要是再生子生孙，地球不憋破了？格巴星人说那叫"生态崩溃"，他们说"决不容许这样的悲剧在地球上发生"。所以，格巴星人提的这个条件完全在理。

这么着我就长生了。长生这种事不是三天五天能验证的，可我打心窝里信服格巴星人的话。为啥？自从到格巴星人的飞船上走了这一遭，我就像是唐僧吃了草还丹，觉得身轻体健，浑身有用不完的力气。身上的各种毛病，像痔疮、鸡眼、狐臭等全都好了。翠英和邻居们老是很崇拜地看我，说我满面红光，头上有祥云缭绕，肯定已经脱去凡胎、得道飞升了。

村东头的陈三爷听说了，拄着拐杖颤颤巍巍跑到我家，说："柱子呀，那事是真的？啥子鸡巴星人能让咱长生不老？"我说："是真的，不是鸡巴星，是格巴星，他们真的能让咱们长生不老。"三爷说："人人都有份？"我说："人人都有份。"三爷说："也不要钱？"我说："不要钱，一分钱都不要。"三爷又问：

"到底是咋样长生不老？已经老的会不会变年轻？"

他这个问题问得很实在。陈三爷今年80多岁，快要油尽灯枯了，哪怕今后永远没病没灾，让他这样子活个千秋万载也没啥意思。这个问题我不清楚，没法子回答。不过临离开飞船时，格巴星人在我和李隽的肚子里都装了"电话"。你只用这么一想，脑子这么一忽悠——格巴星人的回答就从肚子里出来了。我拿这个问题在脑子里忽悠了一下，然后对三爷说：

"三爷，不会的，每个人在变长生那会儿是多大年龄，以后就永远是这个年龄。"

三爷很失望，气哼哼地说："不公平，不公平。鸡巴星人不好，还不如咱们的老天爷公平哩。"

我懂得他的意思：咱们的老天爷是公平的，每个人都有年轻和变老的时候，不过是早早晚晚罢了。但长生之后，年老的再不能年轻了，年轻的却永远年轻，全看格巴星人度化咱们那当口儿你是多大年龄，这有点撞大运的味道。我劝他：

"三爷你别钻牛角尖，不管咋说，能长生就不赖，总比已经死去的人运气好吧。再说，长生之后你身上的毛病全没了。俗话说，人老了，没病没灾就是福。三爷你说是不是？"

三爷仍是气哼哼地说："你猴崽子是饱汉子不知饿汉子饥，站着说话不腰疼。没病没灾就是福——这是不能长生时说的屁话。现在能长生了，三爷我也想回到二十郎当岁，娶个一朵花似的大姑娘，有滋有味地活下去。"

满屋的人都笑，说陈三爷人老心不老，越老心越花。三爷不管别人咋说，一个劲儿央告我："柱子，我是认真的，你给鸡巴星人说说，让我先年轻60岁再长生，行不？哪怕年轻40岁也行啊。"还威胁我，"柱子，鸡巴星人要是不答应，赶明儿丢豆豆时（村里投票是往碗里丢苞谷豆）我可要投反对票。"

我答应一定把他的意思说给格巴星人，这他才高兴了。这时明山家娃崽来喊我，怯生生地说："柱子叔，我爹想让你去一下。"

我立马跟他去了。明山是我朋友，年轻轻的得了肝癌，已经没几天活头。他家的情形那叫一个惨，屋里乱得像猪圈，一股叫人想吐的怪味儿；明山媳妇在喂男人吃中药，这半年来她没日没夜地照护病人，已经熬得脱了相，蓬头乱发的，也没心梳理。明山躺在床上，脸上罩着死人的黑气。我一看他的脸色心就凉了，这些年我送走过几个死人，有了经验，凡是脸上罩了这种黑气，离伸腿就不远了。我尽力劝他，说咱们马上就要长生了，格巴星人说，长生后所有病都会"不治而愈"。明山声音低细地问：

"国柱，啥时候投票？我只怕撑不到那个时候了。"

他的那个眼神啊，我简直不敢看。人到这时候，谁不巴望着多活几天。格巴星人让我和李隽说服大家接受长生，估计得半年时间吧。依明山的病情，肯定熬不过半年了。看着他有进气没出气的样子，我揪心揪肺地疼。要是这世上根本就没有长生——他死也就死了；现在，所有人都能长生，他却眼睁睁着赶不上，心里该多难受！那就像是世界大战结束时最后一颗子弹打死的最后一个人。我只能说："我尽量加快干，催格巴星人把投票时间提前，明山你可得撑到那一天啊。"我坐在病床前和他聊了一会儿，告辞要走时，明山媳妇可怜巴巴地说："国柱，你再留一会儿吧，和明山多说几句话。你来了，他还能唠几句。这些天他尽阴着脸一声不吭，咋劝也不行，这屋里冷得像坟地一样。"

这番话让我心里也"冷得像坟地一样"，不过没等我说话，明山就摆摆手："让国柱走吧，他有正经事。我还指着他把投票提前几天呢。"

我劝明山放宽心，一定要撑到那个时候，就回家了。

明天有专机接我和李隽到国家电视台接受采访，全世界的人都要看实况转播，这是格巴星人安排的。我心里很忐，咱这号人从没上过大台面，等对着摄影镜头时，怕是连话都说不出来吧。好在有李隽，那女人肯定能说会道，不会冷了场子。晚上我和翠英睡床上絮絮叨叨地说着话，算起来自打我从飞船上回来，家里就没断过客人，还没逮着机会和她好好聊呢。翠英当然举双手赞成长生，用不着我做啥说服工作。她搂着我兴高采烈地说："柱子，这事是不是真的？我咋老担心这是一场梦呢。长生不老——这是神仙才有的福气，秦始皇还轮不上呢，没想到一眨眼就来了。现如今你已经成神仙了，我也马上要成仙了，连咱们的儿女也跟着要成仙了。正应着一句古话：一人得道，鸡犬升天。你说是不是？"

我没说话。她正在兴头上，我不忍心泼冷水。她看出苗头，坐起身子看我："柱子，你咋半天不说话？你有心事？"

我小心地说："今天去明山家，他央我去催格巴星人快点投票，快点对咱们做长生手术，他怕是熬不了多久了。"

"提前是好事嘛，我也巴不得明天就变长生呢。"

我不由叹气。我知道自个脑子笨，可翠英比我更少根弦。我说："翠英，你咋没想到你肚里的孩子呢？你才怀上两个月，还得七八个月才能生，可格巴星人说过，要想长生就得答应一条：再不能生儿育女。"

"肚里已经有的孩子也不准生？"

"不准，只要是投票通过以后，从那天开始要一刀截断，一个也不许生。"

翠英压根儿没想到这一点，愣了。愣了很久，她非常坚决地说："那我就用剖宫产，赶在投票前一天去手术。我知道，四五个月的胎儿就能活。"

"可是——要是明天就投票呢？按明山的身体，他巴不得明天就投票。"

翠英呆住了。她当然不忍心说：别管明山，把投票时间尽量往后推一点儿；可要让她放弃肚里的孩子，更是门儿都没有。她就这么光着身子坐在暗影里发呆，半天不说话。我不忍心，拉过被子盖住她，劝她："其实你不用担心。我会尽量催格巴星人早点让投票，可是再快也在两三个月之后。60亿人呢，你想哪个人没有自己的小九九，商量起来肯定快不了。等两三个月后，剖宫产就能做了。"

翠英这下高兴了，抱着我猛亲一通。我知道她的心思：这下子孩子可以保住了，也不用在良心上对明山欠债。俺俩钻到一个被筒里亲热一阵儿，说起明天和李隽去国家电视台的事。翠英说："那个李隽我在河边见过，真漂亮，真风骚，嫦娥、七仙女也比不上她。柱子，你可给我老实点，你俩一块儿来来去去的，别让她给迷上。"我苦笑着说："你这不是瞎操心吗，人家是啥样人，咱是啥样人，她能看得上我？给人家提鞋也不配。"

翠英撇嘴："那可说不定。别忘了，如今这会儿，世界上就你俩是已经长生的人，那叫什么来着——不是一家人不进一家门。"

"你是说门当户对吧？"

"对，就是这个意思。喂，鲁国柱你个没良心的，你是不是已经存了这个贼心？要不你能说得恁顺溜！哼，门当户对！"

"呸，呸呸！真是娘儿们心思，我要真有那个贼心，还会操心把投票提前？要知道，投票一通过，所有人立马都长生了，世界上就不会只有我和李隽门当户对了。"

翠英想想我说得在理，放下心，咯咯笑着钻到我胳肢窝里，很快睡着了。我却有点睡不着，说来惭愧——翠英真是个憨女人，不该说那番话的，那番话真勾起了我的贼心。我当然知道这点心思不好，很卑鄙，搂着自家女人想另外一个女人。可是——想起李隽小巧的涂着红指甲的脚，两条细溜溜的长腿，颤颤悠悠的胸脯子，止不住心痒难熬。格巴星人为啥在60亿人中独独选中俺俩，兴许俺俩真有点缘分？要是这会儿怀里搂的是那个妖精……不能再想了，再想就走上邪道了。正在这时，怀里的翠英惊叫一声醒来，两眼傻呵呵地看着我。我心里有点打鼓——莫非她真猜到了我的"卑鄙心思"？

我问："翠英你咋啦？一惊一乍的。"

翠英说她做噩梦了，梦见她生了，是个闺女。可是一生下来格巴星人就来了，要把闺女的肚子割开，说要动手术，让她永远不能生育。翠英紧紧拉住我胳膊，难过地说："我咋把这事给忘了呢，咋把这事儿给忘了呢。咱的孩子能保住了，可是她长大后就再不能生儿育女了，是不是？"

我对她的脑筋简单直摇头："这事不是早就说清楚了嘛，要想长生，就不能再生孩子。你又不是不知道。"我劝她，"你甭把这事看得太重。生儿育女传宗接代——这是没有长生前的事。要是人们都长生了，哪还用得着传宗接代？以后咱都是半拉子神仙了，你看如来佛、观音菩萨和太上老君，还有基督教信的那个耶和华，哪个有儿孙？"

我的道理没把她说服，翠英张嘴就接上茬："谁说神仙没有儿孙？玉皇大帝就有，有七个闺女，有娘家外甥二郎神，七仙女还给他生了个姓董的小外孙。"

我给驳得张口结舌，恼火地说："反正要想长生就不能生娃，格巴星人这个条件完全在理。你痛快说吧，想不想长生？"

翠英干脆地说："我想，咋不想？不想长生的是傻×。可我也不想当绝户头。"

我对这娘儿们的固执真是没招儿。先前我根本没看重啥子"说服"工作——哪个人不想长生？根本用不着说服，没想到我在自己老婆这儿先碰卷刃。那晚我真称得上苦口婆心，反复劝她说："长生之后根本就没有'绝户头'这个说法，你自己千秋万代地活下去，咋能算'绝户'呢？"又说："你别替儿女瞎操心，说不定他们根本不想生娃哩。你看现在大城市里好多年轻人不要娃，两人有钱两人花，过得逍遥自在，何况是长生之后？"我说得满嘴白沫，连自个都没想到我这样能编，最后我说："赶明儿投票时你可不能投反对票哇，连自己老婆都反对，我咋去说服别人？"

翠英很勉强地答应了。

国家电视台转播大厅里挤满了人，黑压压的，怕得有几千人。另外还有13亿人，不，60亿人都在看着这次实况转播。格巴星人的飞船一直待在地球轨道上，他们也在看着。李隽和我一上台，下边哗地一下就开锅了，人们鼓掌、喊叫，后排的人站到椅子上。我的汗刷地一下子出来了，想往后退，主持人崔岳笑着把我推上去。

崔岳很老练，先跟我聊了几句闲话，稳住我的情绪。他说："这会儿摄影机还没开，随便说几句吧，你们紧张不？"李隽笑着摇摇头。她是真的不紧张，这号女人天生就是上舞台的，越是大场合她越是来劲，这会儿光彩照人，眼神飞来飞去，比我第一次见她时还漂亮。她侧脸看看我，甜甜地笑着说："我不紧张的，有鲁先生给我壮胆呢。"

我给她壮胆？这女人真会说话，也实在难以捉摸。你看她这会儿对我多和善，可俺俩坐同一架专机来北京，一路上她都没拿正眼瞅我，更不用说聊天了。我实打实地说："我有点紧张，有啥话都让李隽说吧，你们权当我是个摆设。"崔岳笑着聊了一会儿，宣布访谈开始。他对听众简单地说："今天可以说是人类历史上最重要的日子，所以我不想多说话惹人讨厌。两位长生者已经坐在我们面前，大家有什么话，有什么问题，请尽情地说、尽情地问吧。"

下面的手举得像树林。

这天李隽回答了大家很多问题，有时候我也说上一句半句。虽然我很紧张，回答起来一点都不难，因为——其实俺俩只是替格巴星人说话，所有问题的答案他们会立即送到俺俩的脑子里。听众中大部分人是赞同长生的，他们最迫切的愿望是赶紧投票、赶紧实施，跟明山兄弟是一个意思。也有不同意见，一个七八岁的小男孩问：

"叔叔阿姨，我长生之后会不会再长大？"

李隽甜甜地笑着："不会再长了，小兄弟，我真羡慕你，你会永远都是爱玩爱唱、天真可爱的小孩子，你多幸运啊！"

"那……我是不是永远都得喊别人叔叔阿姨、爷爷奶奶，而我自己永远当不了别人的叔叔、爷爷？"

人们都笑了，我也忍不住笑。这小崽子！还想着当别人的长辈哩！李隽也笑着说："没错，这点小小的缺憾恐怕是没法子补救了。"

"那，我是不是永远得向妈妈爸爸要零花钱？永远不能自己挣钱自己做主？"

我心里猛一动。乍一听这是小孩子家的傻话，细想想并不是没道理。要是小孩们永远不长大，永远靠着大人过日子，我想他们肯定会腻歪的——这可不是30年、50年，是千秋万载呀！

小家伙又问下去："还有我表姐家的小宝宝，才三个月大，他要是不长大，不是永远不会走路了吗？"

我心里又一震——立马想到了翠英肚里的孩子。走前我和翠英只惦记他（她）"能不能生下来"，还没想到"许不许长大"这一层呢。这个小男孩看似傻乎乎的，其实比我聪明得多，都问到点子上了。我不知道该咋回答他，就赶紧在脑子里问格巴人。这回格巴人没有立即回答我。我有点奇怪，莫非他们心里也没有现成的答案？我心里有点不安。究竟为啥不安，我却说不清楚。

稍过一会儿，格巴星人的回答从我肚子里出来了，肯定也同时回答李隽了。李隽笑着对大家说："是这样的，长生后，年老的人不能再变年轻，因为身体是不能逆向变化的；年幼的人则可以长大，你愿意在哪个年龄截止就能在哪个年纪截止。我再说明白一点吧：比如说，你可以在6岁的年龄上活1000年，等你腻了，再长大到10岁上活1000年，最后在25岁到35岁的最佳年龄上永远活下去。"

从这个回答上看，格巴星人明显对自己的计划做了修改。能这么着倒也不错，可是——下边也有人想到了我的想法，那是个60多岁的老太太，她站起来不满地说："那，等所有小孩子都长大后，世上不是再没有小孩了吗？要是世上没有一个小孩，咱们这样的老家伙活着还有啥意思！"

她说得对啊。小孩都要长大的，不会有哪个小孩愿意在四五岁的年龄上"截止"。那样，多少年之后，再没有抱着小孙孙乖呀肉呀亲不够的爷奶们了，没有这样的福分了。这也是个死结，没办法解开的，我赶紧在脑子中问格巴星人，很奇怪，这一次他们没有回答。

一个医生模样的人问："请问李女士和鲁先生，你们说人们长生后不会再生病，不会有病死者，可是意外死亡呢？比如飞机失事、战争、淹死等。意外死亡的缺额咋补充？"

李隽马上说："对这个问题格巴星人早就说过了，长生并不排除意外死亡。凡意外死亡的可以申请'补充性克隆生殖'，每个人只要把自己的细胞保存到冷柜中就行了。"

下边的人和场外的人又问了很多问题。有人问，长生之后，如果我当男人（或女人）当腻了——要知道这一生可不是几十年，而是千千万万年哪——能不能换换性别？格巴人说可以做彻底的变性手术；又有人问，如果一个人当老人腻歪了，能不能回头当年轻人？格巴人说这个问题已经回答过了，不行，除非他自杀后重新克隆。场外一个观众提了一个问题，我印象比较深。这人的头像没有在屏幕上出现，但说话的口气怒冲冲的，好像世上人都欠了他两斗黑豆钱。他说他坚决反对长生，为什么？因为"我今年53岁，好容易熬到副市长，还巴望着当上市长早点退休呢。要是人人都长生了，是不是下层的人永远再没有提升的机会？"

李隽立即怒声回答："格巴星人说，这是地球人内部的问题，你们内部解决吧，请不要拿来问他们！"

奇怪的是，这次格巴人并没有给我"打电话"，而在过去，他们总是同时回答俺俩的。兴许——这并不是格巴人的话，是李隽自己的意思？不知咋的，我心里冒出一个念头：问话的人多半是那天和李隽一块儿到河边、和她吵过架的那个老男人，李隽听出了他的声音，要不她不会这样不冷静。

下边立刻冷了场——人们以为这是格巴星人在发脾气，所以再说话就谨慎了。谁敢惹恼格巴人？谁敢拿长生来赌气？李隽大概知道自己的态度有点过头，忙换上笑脸，请大家继续提问。台下一个男人站起来说："我劝大家对这件事要谨慎。长生——这真是天上掉下来的大馅饼，不过我知道一句话：天上从来不会无缘无故掉馅饼的。再说我有一种感觉，从格巴星人回答问题的情况看，他们对于'长生社会究竟是什么样'好像并没有清晰的概念。这就奇怪了，难道他们自己并没有实现长生，而是把这项大礼先送给咱们？这样的大公无私是不是有点过头了？"

我不由暗暗点头。这个想法我刚才就有，可咱脑筋笨，理来理去理不清楚。这个先生一说，我才明白了我刚才为啥不安。我急忙把他的话在脑子里传给格巴星人，想听他们咋回答，他们平静地说："格巴星人确实还没实现长生，但我们将和地球人同步实施。"

这个回答让大家非常感动——他们的确大公无私啊，把最好的东西拿来和地球人同时分享。除了感动之外，听众们心里还有一点小九九——大家都为刚才格巴人的发脾气而担心，哪能再让这个说话不检点的家伙得罪他们。大伙儿七嘴八舌地责备他，说他是"以小人之心度君子之腹"。又抢白道，如果他不想长生，完全可以退出的，没人强迫他。这家伙见惹了众怒，长叹一声，闭上嘴巴坐下了。

电视访谈进行了很长时间，大伙儿的意见基本统一了：接受格巴人的大礼，而且要尽快！格巴星人对讨论结果也很满意。

这以后俺俩又去国外参加了几次访谈。不管在哪个国家，赞成长生的是大多数。当然林子大了啥鸟都有，也有一些反对的，反对的原因奇奇怪怪。比如有些中东地区的人反对说，他们"宁可自己不长生，也不愿他们的死敌永存天地间"；而他们的敌对方也反对说"放弃死亡就背弃了与上帝的盟约"；另外还有一些教徒虽然不反对长生，但坚决反对把已经怀孕的女人引产……不过这些反对的意见占不了上风。

没有访谈时我和李隽也闲不住。早在第一次访谈结束后，立即有个胖老板把俺俩拉到贵宾楼饭店宴请。是那个卖某白金的老板，想请俺俩做广告。他们说长生术之后，别的药都没用了，只有某白金会卖得更火。为啥？长生的人更需要聪明的脑瓜，也更值得为智力进行投资——想想吧，一次投资就是千千万万年的收益啊！广告的情节他们也想好了，让李隽"含情脉脉"地靠在我身上，两人一同念广告词：

如今人人都长生，长生的人更需要某白金！

胖老板把想法说完，李隽沉下脸，冷冷地横了我一眼，不说话。我再笨也能看出个眉高眼低，知道她不想和我这样的次等货色搅在一块儿。这女人像是会川剧的大变脸，眼一眨就变，在台上笑得十分甜，台下看我时眼神像结了冰。

我对公司老板说："我这丑样哪能上得了广告，你们拍李小姐一个人就行。"

胖老板坚决地摇头："不行，必须两人一齐上。为啥？鲁先生虽然——我实话实说，你别见怪——虽然丑了一点，可是你这张脸天生有亲和力，显着忠厚，对老百姓的口味儿。再说，男女演员之间的容貌反差大一点并不是坏事，天底下毕竟美人少、丑人多，你们俩这么一组合，让天下的普通男人都存了点指望，所以广告效果一定更好。"他笑着问李隽，"李小姐意下如何？敝公司准备拿出1.2亿做酬劳，你俩每人6000万。"

6000万！这个数把我吓坏了，6000万是多大的数，要是用百元票堆起来怕得有一间房吧！别说我，李隽也动心了，她略微想想，立即把冷脸换成笑脸，甜甜地说："我没意见。鲁先生你呢？——不过我要抗议老板你刚才说的话，谁说鲁先生丑？他的容貌……其实很有特点，很有男人味儿的。"

胖老板大笑："那就好，那就好！"

这事儿就这么敲定了，当场签了合同。宴会回去后我立即给翠英打了电话，那边是一声大叫："6000万！我的妈呀，咱俩卖沙得卖多少万年才能赚这么多！"

翠英喜洋洋的，隔着电话我都知道她笑得合不拢嘴。我警告她："广告可是我和李隽两人去做，老板说了，她得靠在我身上说那句广告词。我事先说明，你别吃醋。"

翠英略略停了一会儿，痛快地说："靠就靠吧，她在你身上靠一下，咱6000万就到手了，值！"

我问明山这些天咋样，翠英说他的病没有恶化，兴许是有了盼头，一口气在撑着哩。又笑着问我这几天打喷嚏不？陈三爷可是见天在骂你个"王八羔子"哩，骂你说话不算话，不让他变年轻。我苦笑着说："我确实给格巴星人说了，说了不止一遍，但格巴星人不答应，我有啥办法。"这时有人敲门，我说，"有人来了，过一会儿再说吧。"

挂了电话，打开门，原来是李隽，刚洗过澡，化过妆，穿一件雪白的睡衣，一团香气，漂亮得晃眼，也笑得很甜。我真没想到她会来我这儿串门，忙不迭地请她坐。她扭着腰走进来，坐到沙发里，东拉西扯地说着话，说："看来咱俩真有缘分，要不是那天我去河边，咋能让格巴星人选中咱俩？"又问我，"有了这6000万打算咋花？"最后她才回到正题，说："鲁哥（这是她第一次这样称呼我），你想过没有，全民公决之前，咱俩是世上唯一的两个长生人，投票通过后咱就啥也不是了。千万得抓住这个机会，多赚几个广告费。咱俩得拧成一股绳，可不能窝里斗，把价码压低了。"

原来她是怕我瞒着她接广告。我说："这回给了6000万，已经不少了呀。"

她自信地说："只要咱俩拧在一起，以后还会更高的。"

我痛快地答应了，说我一切听她的安排。谁跟钱都没仇，能多做几个当然乐意，又不是来路不明的钱。何况又有这样漂亮的女人来求我？李隽非常高兴，跑过来在我脑门上着着实实亲了一下，蝴蝶一样笑着飞走了。在她身后留下很浓的香气，害得我晕了半天才醒过神来。

不过俺俩的生意没能做大。倒是有好多家公司来谈，李隽把价码提得太高，双方磨了很久才谈拢。可惜没等签合同，投票就开始了，从那时起再没人找俺俩做广告。这事一点也不奇怪，原先俺俩是兔子群中的俩骆驼，自然金贵；如今所有兔子马上都要变骆驼了，原来的骆驼当然掉价了。听格巴星人定下投票时间后，李隽恼怒地说："当时真不该起劲地'说服大家'，应该把这个进程尽量往后拖的，现在后悔也晚了。"我劝她想开点，不管咋说，至少6000万已经到手，这辈子够花了。李隽怒冲冲地说："这辈子够花了？这辈子是多少年？别忘记你已经长生了！哼，猪脑子，鼠目寸光！"

泥人儿也有个土性儿，我好心解劝却吃了这个瘪，忍不住低声咕哝着："还不是怪你把价码提得太高，要不好多合同都签了。你把我也耽误了。"

说出口我就知道这句话不合适，正捅到了她的疼处。她脸色煞白，恶狠狠地瞪了我一眼，摔门走了，从那以后再不理我。

投票那天，全世界都像过年一样高兴。男男女女、老老少少全来了，重病号让人抬着来投票，吃奶孩由妈妈抱着投票——这中间就有我的小囡囡。翠英赶在投票前做了剖宫产，囡囡只有四斤重，好在娘俩都平安。至于投票的结果根本不用猜：95%的人同意接受长生。格巴星人非常守信，在计票完成后的第二天就开始了对地球人的长生术，把人们一个个吸到飞船里，做完手术后再放出来，两溜子人上上下下，就像是天上挂了两条人链子。他们的工作非常高效，但毕竟地球人多，60亿人做完，怎么着也得一年吧。

可惜这些人里没有明山，翠英在电话里说，明山到底没熬到这一天，是在投票生效前两天咽的气。这些天我只顾忙广告的事，几乎把明山忘脑后了，也没打电话问候他一声，不知道他在死前怨不怨我。

这中间格巴星人又把我和李隽请到飞船上去了一趟。见面时格巴星人显然非常开心，他们说非常感谢俺俩的工作，为了表示谢意，可以为俺俩提供一项特殊服务：就是把俺俩的容貌改造得"尽善尽美"，连身高也可以加高。打从那些合同泡汤后，李隽的脸一直阴着，这会儿一下子放晴了，她喜滋滋地喊："太好了！太好了！我一定要变成有史以来最美貌的女人，连西施、埃及艳后和特洛伊的海伦都比不上！"李隽一高兴也不对我记仇了，拉着我的胳膊说，"鲁先生，鲁哥，你要变成有史以来最美貌的男人了！"

我当然喜得了不得。要我说李隽已经够漂亮了，就是不改造也没啥；可我这辈子还没尝过当漂亮男人是啥滋味儿呢。要是这丑模样改造得像唐国强，身边傍着一个像李隽这样漂亮的女人……我赶紧勒住心里那匹脱了缰绳的马，问格巴星人："能不能把我媳妇翠英也算上？"格巴星人很温和地拒绝了，说不能开这个先例，他们只对"有特殊贡献者"提供这项服务。我很失望，但也没办法。

说起美丑，其实格巴星人才是真丑。他们的相貌我这次看真切了。不过，还是那句话，只要他们心好，丑点又有啥关系。他们其实长得非常像地球上的蛔虫，没有手没有腿，没有脸没有五官，没有奶子没有鸡鸡，就那么两头尖尖、身体弯曲的一根小肉棒。真的，活脱脱是人肚子里长的蛔虫。就是个头长一些，有猪尾巴那么长。看着他们的模样我直纳闷，他们连嘴巴也没有，咋吃饭呢？反正我知道他们不会说话，他们的话都是用电波送到我的肚子里。

提了那个建议后，格巴星人开始了正式谈话，并请俺俩转达给所有地球人。他们说：很高兴地球人做出了正确的选择，既是这样，他们不打算走了——不过请地球人不要担心，格巴星人决不会挤占地球人的任何生存空间，因为两种人类的生存空间是"立体镶嵌互不冲突"的。现在他们对自己也同步实施了长生术，将和长生的地球人共生共荣，一起活到地老天荒。

我说过我脑子笨，这些文绉绉的话听不大懂，还有些名词更难懂，像什么"肠胃营养环境"。我忍不住悄声问李隽："他们说的共生共荣是啥意思？他们说不占咱们的地儿，到底要在啥地方安家？"很奇怪，不知咋的，这会儿李隽的脸色死白死白，两眼瓷瞪了，胳膊腿也僵了。我着急地喊："李小姐，李隽，你这是咋啦？"她不吭声。我伸手推推她，她忽然像面条一样出溜到我脚下，两只手冰凉冰凉。

当时真把我吓坏了，好在有格巴星人在，以他们的科技，医治一个虚脱病人自然不在话下。他们很快把李隽弄醒了，把俺俩放出飞船。回到地球上后李隽一直瓷瞪着眼不说话，脸色发青，两条腿软绵绵的，由我拖着走。所以直到俺俩分手，我没敢再拿那个问题去烦她。

黑匣子里的爱情

非常时刻的异性相吸

"诺亚行动"的官方发言人迈克尔博士走上半圆形的讲台，首先向我点头示意。几十架摄像机对准他，镁光灯闪烁不停。

他的身后是一个极其巨大的白色屏幕，迈克尔强抑激动宣布道："再过一小时，'诺亚方舟'号星际飞船就要点火升空了，人类有史以来对外层空间最伟大的探索行动即将拉开帷幕。请允许我向各位女士先生介绍一些背景资料。"

宇航中心演播厅里灯光逐渐暗淡，屏幕上投射出深邃的宇宙，随着镜头逐渐拉近，一颗颗星星飞速后掠，看得我头晕目眩。等我睁开眼，镜头已定格在一颗白色的星星上。

迈克尔的声音似乎是在太空中飘浮："这是距地球5.9光年的蛇夫星座中的巴纳德恒星，星等9.54，天文学家已发现该星系有两颗行星。据估计，这里应该是近地太空比较适合人类居住的地方。'诺亚行动'就是要实地考察这两颗行星，为宇宙移民做好前期准备。"

"该飞船上有两名乘客，保罗先生和田青小姐，或者称他们为保罗夫妇吧，因为他们马上要在这里举行婚礼了。'诺亚行动'的重要目标之一，就是要在另一个星系上完成人类在地球上的生殖繁衍过程。所以，当他们在1000年后返回地球时，飞船上将增加一两名可爱的小乘员。"

讲台上一盏小灯亮了，把迈克尔的轮廓投影在暗淡的背景上。同屏幕上浩瀚深邃的宇宙相比，人是何等渺小！

一名女记者站起来笑道："飞船的半程是500年，如果在航行过程中不中止生命的话，这名小乘客回到地球时已是500岁高龄了。请介绍一下飞船上保存生命的技术。"

迈克尔笑道:"这正是'诺亚行动'得以实施的关键技术之一。科学家们已淘汰了落后的生命冷冻法,代之以更方便、更安全的'全息码保存法',局内人常戏称为'黑匣子法'。

"这要从85年前的一位科学怪人胡狼博士说起(注:胡狼的情况见拙作《科学狂人之死》)——不过,请允许我首先介绍一位德高望重的前辈,她是胡狼博士的生死恋人,龚古尔文学奖得主,120岁高龄的白王雷女士!"一束柔和的灯光罩住我的轮椅,会场上爆发出了波涛般的掌声。我微笑着向台下挥手致意。

啊,胡狼。

85年来,这个名字一直浸泡在爱和恨、苦涩与甜蜜的回忆中。我已经是个发白如银、行将就木的老妪了,但咀嚼着这个名字,仍能感到少女般的心跳。

这就是千百年来被人们歌颂的爱情的魔力。

近几十年来,科学家们声称他们已完全破解了爱情的奥秘。他们可以用种种精确的数学公式和电化学公式来定量地描述爱情,可以用配方复杂的仿生物制剂随心所欲地激发爱情。我总是叹息着劝告他们:"孩子们,不要做这些无意义的工作了,你们难道不记得胡狼的教训?"

但他们总是一笑置之,对一个垂暮老人的守旧和痴呆表示宽容。

掌声静止后,迈克尔继续说道:"85年前,胡狼博士发明了奇妙的人体传真机,可以在几秒钟内对一个人进行多切面同步扫描,把信息用无线电波发射出去。接收机按照收到的信息指令，由一个精确到毫微的装置复制出一个完全相同的新人。"

"不幸的是，在一次事故中胡狼博士和他的发明一起毁灭了。经过几代科学家孜孜不倦的探索，终于重现了这种技术，并做了一些重大改进。比如，扫描得到的信息并不是用无线电波发射，而是用全息码的形式储存于全息照片中，需要复原人体时再由机器读出。这种方法更为安全可靠。喏，就是这样的照片。"

他举起一块扑克牌大小的乳白色的胶片。大厅里一片喧嚷。尽管对这种技术大家都有所了解，不过，当看到一个活生生的生命可以压缩凝固到这么一块方寸之地时，不免发出感叹。

那名记者再次站起来，笑道："这种生命全息码如何保存？希望它在长达1000年的旅途中不会出现什么意外，否则我将控告你犯有过失杀人罪。"

记者们哄笑起来。迈克尔骄傲地指着面前一个小小的黑匣子，说道："请看，这就是保存胶片的匣子，它也即将成为保罗夫妇的洞房。这是近代最先进的技术之一。黑匣子的材料是钨的单晶体，厚度像一张薄纸，但密度极大，超过了白矮星的物质密度，其原子排列绝无任何缺陷。黑匣子密封后可以安全地抵挡任何宇宙射线。哪位先生如果有兴趣，请来试试它的重量吧！"

一名记者走上台，用尽全力，才勉强把黑匣子搬起来，累得满脸通红。在哄笑声中，他耸耸肩膀跳下台。

迈克尔笑道："我想大家对生命码保存的安全性不会再有疑问了

吧。现在，"他提高声音，"保罗先生和田青小姐的婚礼开始，我们请德高望重的白女士为他们主婚！"

乐声响起，天幕上投影出五彩缤纷的流星雨。一对金童玉女缓缓推着我的轮椅，走到天幕之下。男人身穿笔挺的西服，英俊潇洒，目光清澈；女子身披洁白的婚纱，清丽绝俗，宛如天人。他们静静地立在我的面前。

我微笑着扮演牧师的角色，我问保罗："保罗先生，你愿意娶田青小姐为妻，恩爱白头，永不分离吗？"

保罗微笑地看着新娘，彬彬有礼地答道："我愿意。"

"田青小姐，你愿意嫁保罗先生为夫，恩爱白头，永不分离吗？"

田青小姐抬头看看男子，低头答道："我愿意。"

人们欢呼起来。两人同我吻别，在花雨中，新郎挽着新娘缓缓地走向右边一道金属门。在那儿他们将被扫描、储存，然后他们的本体将化为轻烟——地球法律严禁复制人体，所以生命全息码和原件绝不允许并存。而且全息码也只能使用一次，不能复制——这使快乐中含有几分悲壮。

但这件事有一些不对头！

作为女人同时又是一个作家，我对男女之情的感觉是分外敏锐的，而且这种感觉并未因年龄耄耋而迟钝，这是我常引以为豪的事。虽然婚礼的气氛十分欢乐，但我感觉到一对新人未免太冷静、太礼貌周全，并没有新婚夫妇那种幸福发晕的感觉。这是为什么？我的目光紧紧追随着田青，从她的目光里读出深藏的不安。新娘在金属门前停下来，略为犹豫后撇下保罗，扭头向我走来："白奶奶，"她嗫嚅着说，"我可以同你谈谈吗？"

她的举动显然不在预定程序之内，迈克尔博士惊愕得张大嘴。我目光锐利地看着迈克尔，又看看保罗——保罗正疑惑而关心地注视着妻子的背影。我回转头微笑着对田青说："孩子，有什么话尽管说吧。"

田青推着我的轮椅缓缓走向休息室，大家惊奇地目送着我们。

"白奶奶，你知道吗？我和保罗是第一次见面——除了照片之外。"田青低声说。

我惊愕地问："是吗？"

田青点点头："是的。'诺亚行动'不仅要在外星系上试验人的生理行为，还要试验人的心理行为，所以宇航委员会有意不让我们接触，以便我们在一个完全陌生的星球上，从零开始建立爱情。"

我顿时哑口无言。

"可是，这爱情又是只许成功不许失败的！"田青激动地说，"因为还要求我们必须试验人的生殖行为！这不是一种强迫婚姻吗？就像中国古代的封建婚姻一样！"

我被愤怒的波涛吞没，这些科学偏执狂！他们在致力于科学探索时常常抹杀人性，把人看作实验品，就像胡狼生前那样。科学家们自然有他们的理由，但我始终不愿承认这些理由是正当的，难道科学的发展一定要把人逐渐机器化吗?

冷静一下, 我劝解田青: "姑娘, 你不必担心。保罗肯定是个好男人, 我从他的眸子里就能断定。你们一定会很快建立爱情的。你是否相信一个百岁老妪的人生经验?"

田青沉默着: "问题不在这儿。"她突兀地说。

我柔声道: "是什么呢? 尽管对奶奶说。"

田青凄然道: "我从5岁起就开始严酷的宇航训练, 我终日穿着宇宙服, 泡在水池里练习失重行走, 学习像原始人那样赤身裸体, 与野兽为伍, 靠野草野果生活。我们像机器一样无休止地超强化训练——你相信吗? 我可以轻松地用一只手把迈克尔先生从台上掼下去。我们学习天文学、生理学、心理学、未来学、电化学、生物学、逻辑学、古典数学和现代数学, 还有文化艺术, 几乎是人类的全部知识, 单是博士学位我就拿了45个, 保罗比我更多。因为在严酷的巴纳德星系中, 在只有两个人去和自然搏斗时, 任何知识都可能是有用的。"

我颔首道: "对的, 是这样。"

田青叫道: "可是我像填鸭一样被填了20年, 已经对任何食物都失去兴趣了, 包括爱情! 我几乎变成没有性别的机器人了! 等到一对男女在洪荒之地单独相对时, 我该怎么适应? 我还能不能回忆起女人的本能? 我害怕极了! "

我怜惜地看着她鲜花般的脸庞。对一个25岁的妙龄女子来说, 这个担子实在太重了。我思考再三, 字斟句酌地说: "孩子, 我想科学家们必然有他们的考虑。我也相信你们在共同生活中肯定会建立真正的爱情。你们为人类牺牲了很多，历史是会感激你们的。但是，"我加重语气，"如果你实在不愿意去，请明白地告诉我，我会以自己的声望为赌注去改变宇航委员会的决定，好吗？"

田青凄然地看着我，最终摇摇头，她站起来，深情地吻了我一下："谢谢你，白奶奶，别为我担心！"

一道白影飘然而去。

20分钟后，保罗夫妇的肉体已从地球上消失，他们被装入黑匣子，黑匣子则被小心地吊入飞船。马上就要倒计时了，屏幕上，洁白的飞船直刺青天。演播厅里静寂无声。

一位记者大概受不了这种无声的重压，轻声笑道："保罗夫妇是否正在黑匣子里亲吻？"

这个玩笑不大合时宜，周围的人冷淡地看着他，他尴尬地住口。

可怜的姑娘，我想。她和他要在不见天日的黑匣子里度过漫长的500年。好在他们两人是"住"在一个匣子里，但愿在这段乏味难熬的旅途中，他们能互为依赖、互相慰藉。

进入倒计时了，大厅里均匀地回响着总指挥的计数声：

"10、9、8、7、6、5、4、3……"

计数声戛然而止，然后是一分钟可怕的寂静，我似乎觉得拖了一个世纪之久。所有人都知道出意外了，大家面色苍白地看着屏幕。

屏幕上投映出总指挥的头像，坚毅的方下巴，两道浓眉，表情冷静如石像。他有条不紊地下命令："点火中止！迅速撤离宇航员！排空燃料！"

巨大的飞船塔缓缓地合拢。一群人（和机器人）像蚁群一样围着星际飞船忙碌，黑匣子被小心地运下来，立即装入专用密封车运走，飞船中灌注的燃料被小心地排出。一场大祸总算被化解了。

我揩了一把冷汗。

一个月后查清了故障原因：控制系统中一块超微型集成电路板上有一颗固化原子脱落，造成了短路。

但重新点火的时间却迟迟不能确定。人们的焦灼变成怒气，尖刻的诘问几乎把宇航委员会淹没。直到八个月后，我才接到迈克尔的电话："白女士，'诺亚方舟'定在明天升空。宇航委员会再次请你作为特邀贵宾出席。"在可视电话中，他的神情和声音显得十分疲惫。

我揶揄地说："这八个月够你受吧，记者们的尖口利舌我是知道的。"

迈克尔苦笑道："还好，总算没有被他们撕碎。但无论如何，我们要为这次行动负责，为两个宇航员的生命负责呀。"

我叹息道："我理解你。不过八个月的时间实在太漫长了，保罗和田青是怎样熬过来呢？——也可能是杞人忧天吧，"我开玩笑地说，"良宵苦短，说不定他们已经有小宝宝了。"

迈克尔大笑道："这绝对不会发生。为了保证试验的准确性，我们对两人做过最严格的检查，保证他们在进入黑匣子前，在生理上和心理上都是童身。按照计划，他们的婚姻生活必须从到达巴纳德星系后才开始。"

这些话激起了我强烈的反感。我冷冷地说："迈克尔先生，很遗憾，我不想出席飞船升空的仪式。你知道，文学家和科学家历来是有代沟的，我们歌颂生命的神秘、爱情的神圣，而你们把人和爱情看成什么呢？看成可用数学公式描述的、可以调整配方的生化工艺过程……不不，你无须辩解。"我说，"我知道你们是为了人类的永恒延续，我从理智上承认你们是对的，但从感情上却不愿目睹你们对爱情的血淋淋的肢解过程。请原谅一个老人的多愁善感和冥顽乖戾。很抱歉，再见。"

我挂上电话。

胡狼在墙上的镜框里嘲弄地看着我。对，他和迈克尔倒是一丘之貉，甚至比迈克尔更偏执。如果85年前他能手执鲜花，从人体传真机里安全走出来，我肯定会成为他的妻子。不过，我们可能会吵上一辈子的架，甚至拂袖而别，永不见面。我们的世界观太不相同了。

但为什么在他死后的85年里，我一直在痛苦地思念着他？

爱情真是不可理喻的东西。

第二天，我坐在家里，从电视上观看飞船升空的壮观景象。迈克尔满面春风地站在讲台上，在他身后的大屏幕上可以看到，黑匣子正被小心地吊运过来，送到一台激光检视仪里。迈克尔说："这是宇航员登机前最后一道安全检查。其实这是多余的，他们被装入匣子前已经经过最严格的检查，黑匣子密封后自然不会有任何变化。但为了绝对安全，我们还是把黑匣子启封，再进行一次例检吧，只需一分钟即可。"

但这一分钟显然是太长了。检视仪上的红绿灯闪烁不停，迈克尔脸色苍白，用内部电话同总指挥急急地密谈着什么。电视镜头偶然滑向记者群时，可以看到记者们恐惧的眼神。

我被紧张压得喘不过气，偶一回头，从镜子里看到自己苍白的面容，几乎与白发一色。保罗和田青发生了什么意外？他们是否也像胡狼一样，化为一道轻烟，永远消失了？

上帝啊，我痛苦地呻吟着。

经过令人窒息的十分钟，地球科学委员会主席的头像出现在屏幕上，也是坚毅的方下巴，两道浓眉。他皱着眉头问道："检查结果绝对不会错？"

"绝不会错！我们已反复核对。"

总指挥低声说："请各位委员发表意见。"

镜头摇向另一个大厅，100多位地球科学委员会的委员正襟端坐。他们是人类的精英，个个目光睿智，表情坚毅。经过短时间的紧张磋商，他们把结论交给主席："如果不抛开迄今为止自然科学最基本的理论约束，那么即使做出最大胆的假设，这种事也是绝对不会发生的。换言之，如果事实无误，它将动摇自然科学最基本的柱石。"

主席摇摇头，果断地下命令："'诺亚行动'取消，宇航员复原（他们没有死？我激动地想）——也许我们有必要先在地球上把生命研究透彻。"他咕哝着加了这么一句，又问道，"请问白王雷女士是否在演播厅？"

迈克尔急急答道："白女士因健康原因今天未能出席。请问是否需要同她联系？"

主席摇摇头："以后再说吧。我是想，也许科学家们应该从文学家的直觉中学一点什么。"

30分钟后，飞船内人体复原机出口被打开，赤身裸体的保罗轻快地跳出来——传真机是不传送衣服信息的。两名工作人员忙递上雪白的睡袍，为他穿上。

我兴奋地把轮椅摇近电视，我看到保罗脸上洋溢着光辉，感受到他身上那种幸福得发晕的感觉！保罗接过另一件睡袍，步履欢快地返回出口，少顷，他微笑地扶着一名少妇出来。少妇全身裹在雪白的睡袍里，只露出面庞——满面春风的面庞，娇艳如花，被幸福深深地陶醉着。

我几乎像少女一样欢呼起来，我绝没料到，事情会出现如此喜剧性的转折！

田青娇慵地倚在丈夫的肩头，目光简直不愿从他身上移开，保罗则小心地搀扶着她，像是捧着珍贵的水晶器皿——他的小心并非多余，再粗心的人也能看出，裹在白睡袍里的田青已有了七八个月的身孕。

哈哈！

这个过程是发生在两块生命全息码的胶片上——可不是发生在两个人身上！我颇有点幸灾乐祸地想，出了这么一个意外，可够那些智力超群、逻辑严谨的科学家折腾一阵子啦！

活着

宇宙打了一个小尿颤

1. 楚哈勃对《新发现》女记者白果的访谈

我的童年曾浸泡在快乐中。妈妈温暖柔软的乳房，梦中外婆喃喃的昵语，去河边玩耍时爸爸宽厚的肩膀，幼儿园特别疼我的阿姨，家中调皮可爱的小猫崽……我一天到晚笑声不断，外婆说："这小崽子！整天乐哈哈的，小名就叫乐乐吧。"

但温馨的童年记忆很快被斩断，代之以匆匆的旅途和嘈杂的医院。5岁之后我走路常常跌倒，玩耍时总是追不上同伴。妈妈，有时是爸爸，带我走遍了全国的著名医院。我习惯了藏在妈妈身后，胆怯地仰视那些高大的白色神灵，而神灵们俯看我的眼神总是带着怜悯，带着见怪不怪的漠然。每次医生给出诊断结果前，妈妈总是找借口让我出去，于是我独自蜷缩在走道里那种嵌在墙上的折叠椅中，猜着屋里在说些什么，模糊的恐惧在幼小的心灵中逐渐滋生，越来越坚韧……

后来爸爸从我的生活中突然消失了，我问妈妈："爸爸到哪儿去了？"妈妈不回答，妈妈一听我问就哗哗地流泪。后来我再也不敢问这个问题了。

直到我七八岁时才遇到一个救星医生。他的小诊所又脏又乱，白大褂皱巴巴的，但他很有把握地说："这病我能治，保你除根儿！就是娃儿得受罪，只能以毒攻毒啊。药价也不便宜。"以后的三年里，我们一直用他的祖传药方治病，把一种很毒的药液涂满全身，皮肤和关节都溃烂了，以至于一说涂药我就浑身打战，涂药前妈妈不得不把我的手脚捆到床上。妈妈哭着说："乐乐你忍忍，乐乐你一定要忍住！这是为你治病啊！"我是个很听话、很勇敢的孩子，真的咬牙忍着，一年、两年、三年。到最后一年，我已经不是为自己的性命来忍受，而纯粹是为了安慰妈妈。苦难让我早熟了、懂事了。那时妈妈只有三十六七岁，但已经憔悴得像50多岁的老妇人。我不忍心毁了她最后的希望。

但这个药方毫无效用。三年后再去找那位神医，那家诊所已经被卫生局和工商局查封了。那天晚上，我们住在一家阴暗潮湿的地下室旅馆里，半夜我被啜泣声弄醒。妈妈趴在我床边，哭得直噎气，断断续续地低声发誓："乐乐，妈一定得坚持下去，卖肾卖眼也得坚持下去，我绝不让娃儿死在妈的前头!"

这个场景在我的童年记忆中非常清晰，一直保持着令人痛楚的锋利。那时我刚刚10岁吧，但已经能敏锐地注意到妈妈的用词：她说"妈一定坚持下去"，而不是说"妈一定救活你"；她说"绝不能让娃儿死在妈的前头"，而不是说"一定让娃儿活下去"。显然她打心底里已经绝望了。最后一句话特别不祥，也许妈妈打算在完全绝望时带上我一块儿自杀。

记不清那一刻我是如何想的，反正我模糊觉得，决不能让妈妈知道我醒了。我翻个身装睡，泪水止不住往外涌。妈妈可能意识到我醒了，立即止住啜泣，悄悄回到她的床上。第二天我们都没有提昨晚的事，妈妈把我一个人留在旅馆里，出去跑了两天。后来我才知道，她真的是去联系卖器官，卖一只肾、一只眼睛或半个肝，那时她实在是弹尽粮绝了。

幸运的是她没有卖成。媒体报道了我们的遭遇，后来，妈妈一生都称马先生、我后来喊干爹的那个人出现了。干爹一出现就明明白白告诉我：乐乐你得了治不好的绝症! 其实我早就意识到这一点了，我想妈妈也知道我猜到了，但我们一直互相瞒着。只有干爹一下子捅破了这层窗户纸，下手之果断近乎残忍。

但这个决定彻底改变了我的后半生，还有妈妈的后半生，也许还有干爹的后半生。

妈妈应马先生的邀请，带上我千里迢迢赶到他家。就是这儿，800里伏牛山的主峰，脚下不远处有一个著名的景点宝天曼，是一片袖珍型原始森林，修有高质量的柏油盘山路。然后是几公里勉强能通车的石子路，再后是几公里崎岖陡峭的山路。我那时走路已经是典型的"鸭步"了，最后几公里难坏了我和妈妈。所以，等我俩精疲力竭地赶到马家，见到安着一双假腿的马先生时，首先想到的就是他该如何上下山。我悄悄地想：也许他是被七八个人抬上来的，自打上了山，就压根儿没打算再下山吧？

吃了午饭，原来的保姆与妈妈做了交接就下山了。马先生让我先到院里玩，他和妈妈有事商量。我立刻喜欢上了这儿。天蓝得透明，空气非常清新。院子之外紧傍着参天古树，鸟鸣啾啾，松鼠在枝间探着脑袋。后院的竹篱临着百丈绝壁，山风从山谷里翻卷上来，送来阵阵松涛。院子东边是石壁，石缝里有一道很细的山泉，在地上汇出一汪浅浅的清水。向上看，接近山尖的地方，一处裸露的石坎上有一幢精致的白色建筑，球形圆顶，上面有一道贯通的黑色缝隙。有一条台阶路与这边相连。后来我知道，那是干爹自己花钱建造的小型天文台。他年轻时在北大学的是天文物理，后来在北京搞实业，做到一家高科技公司的老总，资产上亿。不幸在一场车祸中失去了妻儿和自己的双腿。康复后他把资产大部分捐给天文台，换来一台淘汰的60英寸天文望远镜，到这儿隐居下来。在这样高的山上建天文台自然不容易，但这儿远离城市，没有灯光污染，便于天文观测。

干爹吃了妈妈做的第一顿晚饭，拐着腿领我们到后院，让我们在石桌旁坐下来。我意识到将面临一场重要谈话，因为妈妈显然非常紧张，目光不敢与我接触。后来我知道，经过干爹的反复劝说后她勉强同意把病因坦白地告诉我，又非常担心我承受不住。干爹笑着用目光再次鼓励她，温和地对我说："乐乐，你已经10岁了，算得上小大人了，一定有勇气听我说出所有真相。对不对？"

那时我其实很矛盾，又怕知道真相，又盼着知道。我说："对，我有勇气。你说吧。"

但干爹开始时并没涉及我的病，反倒把话题扯得很远："乐乐我告诉你，任何人一生下来，都会陷入一个逃不脱的监牢。啥监牢？寿命的监牢，死亡的监牢。每个人都要死的，不管他是皇帝还是总统，是佛祖还是天神。不论是古人的法术还是现代的科技，都无法让人长生不死。人的寿命有长有短，几年、几十年、100多年，也许明天的科学能让人活1000岁，甚至1万岁，但终归要死的。不光人，所有生灵都一样。只要有生就必然有死，这是老天爷定下的铁律。甚至不光是生灵，连咱们的太阳和地球、连银河系，连整个宇宙，最终都会死亡。"

那是我第一次听说宇宙也会死，吃惊地问："宇宙也会死？"

妈妈也问了一句："马先生，你是不是说——天会塌下来？"

"当然。自从美国天文学家哈勃发现宇宙膨胀后，永恒的宇宙就结束了，只不过天究竟如何'塌下来'，科学界还没有定论。"他叹了一口气，"你们不妨想想，既然人生下来注定会死，连人类和宇宙也注定会灭亡，那人们还苦苦巴巴活一辈子，有什么意思？确实没有意思，你多活一天，就是往坟墓多走一步。所以，世上有一个最聪明的民族就彻底看开了，不愿在世上受难。这个民族的孩子只要一生下来，爹妈就亲手把他掐死。这才是聪明的做法，我非常佩服他们。"

这几句话太匪夷所思，我和妈妈吃惊得瞪圆眼睛。不过我马上在干爹唇边发现了隐藏的笑意，就得意地大声嚷起来："你骗人！世上没有这样傻的爹妈！再说，要是这样做，那个民族早就绝种啦！"

"真的？"

"当然是真的！"

"哈哈，这就对了！"干爹放声大笑。以后我和妈妈经常听到他极富感染力的大笑。听着这样的笑声，不管你有什么忧伤都会被赶跑。干爹郑重地说："既然你俩都明白这个理儿，干吗还要我费口舌哩。这个理儿就是：虽然人生逃不了一死，还是得活着，要活得高高兴兴、快快乐乐、有滋有味，不枉来这世上一遭。否则就是天下第一大傻瓜。你们说对不对？"

我用力点头："对。"

"现在该说到你了，楚乐乐。你比别人不幸，患了一种绝症，叫进行性肌营养不良，而且是其中最差的假性肥大型，现代医学暂时还无能为力。这种病是隐性遗传病，只有男孩会得，在人群中患病比率是三千分之一到两万分之一。病人一般在5岁左右发病，到15岁就不能行走，25～30岁时因心力衰竭等原因死亡。"当他冷静地叙述这些医学知识时，妈妈眼中盈满泪水，扶着我的胳臂微微发颤。干爹瞄了她一眼，仍冷静地说下去："孩子，现在我把所有真相明明白白告诉你了，你说该咋办？是学那个聪明民族，让妈妈立刻掐死你，还是继续活下去，而且力争活得有滋有味？"

这个残酷的真相其实我早就猜个八八九九了，但妈妈一直没有明说，我也抱着一线希望，在心底逃避着不敢面对。今天干爹无情地粉碎了我的逃避。这就像是揭伤疤上干结的绷带，越是小心，越是疼！干脆一狠心撕下来，片刻的剧疼让你眼前发黑，但之后心中就清凉了。干爹微笑地盯着我，妈妈紧张地盯着我。我没有立刻回答，回头看看院外满溢的绿色，心中忽然漾起一种清新的希望。这些年一直与奔波和恐惧为伍，我已经烦透了。我想从今天起过一种新生活，一种明明白白的、心地平静的生活，哪怕明知道只能再活十年。而且支撑我勇气的其实是一种很简单的想法：既然所有人都难逃一死，那么对我来说，只不过把那个日子提前一点，如此而已，又何必整天为它提心吊胆呢。想到这儿，我有一种豁然惊醒的感觉，回过身，朝干爹和妈妈用力点头，一切在不言中。

妈妈这才把久悬的心放下，高兴地看看干爹。干爹笑着说："这就对了，这就对了嘛！一定要快快乐乐地活下去，不愧你妈给起的这个好名字。"

他为我们母子安排了今后的生活，说既然暂时没有有效的疗法，就不要四处奔波了。他会在网上随时查看，一旦医术有突破就把我送去治疗，即使是去国外，费用都由他筹措。在此之前我们就留在这儿，妈妈为他做家务，我随意玩耍。如果想学习，他可以教我文化课，如果不想学也不勉强。"说句狠心话，其实能预知死期也是一种优势，比如乐乐这种情况，就不用到僵死的教育体制下去受煎熬了。"

他还说，其实他给我准备了一个最诱人的玩法：观察星星。那是一座琳琅满目的大宝库，只要一跳进去就甭想出来，十几年根本不够打发的。他自己打小就喜欢浩瀚星空，但尘世碌碌，一直在商场中打拼，只有失去双腿后才"豁然惊醒"。当然，商场的打拼提供了建私人天文台的资金，也算功不可没。

我和妈妈就这样留了下来，对新生活非常满意。妈妈尽心尽力地操持家务，伺候两个残疾男人（男孩），开荒种菜，到林中采野味，跟山民大嫂交朋友，也学会了到网上查医学资料。妈妈的生活安逸了，我想更重要的是心里不"慌张"了，她的憔悴便以惊人的速度消退，嘴唇上有了血色，人变丰腴了，恢复了三十几岁妇人的光泽。有一次我惊叹：妈耶，原来你这样漂亮！妈妈窘得满脸通红，但心底肯定很高兴。她第一次给干爹洗澡时有点犯难，干爹让她把水调好，再把轮椅推到浴室里，说他可以坐着自己洗的。妈妈稍稍犹豫，摇摇头说："不，马先生，这是我该当做的。"

就扶着干爹进了浴室，把门关上。

我在前几年的磨难中已经很"沧桑"了，现在恢复了童心。尽管步履蹒跚，我还是兴致盎然地在山林中玩耍，早出晚归，疯得昏天黑地。哪天都少不了摔上几跤，但毫不影响我的玩兴。我并没忘记横亘在十几年后的死期，但有了那次与死神的正面交锋，我确实不再把它放在心上。

干爹说要教我观察天文，不过他没有让我立刻从事枯燥的观测，而是先讲各种有趣的天文知识和故事，培养我的兴趣。此后等我真的迷上天文学，我才知道干爹的做法太聪明了。夜晚我们经常不开灯，脚下那个景区的灯光也常常掩在浓浓雾霭之下，所以方圆百里都浸泡在黑暗中。天上的星星、月亮非常明亮，似乎可以伸手摘到，很有"不敢高声语，恐惊天上人"的意境。我们三人坐在院里，干爹给我指认天空中横卧的银河，指认几颗行星——金星、木星、水星、火星、土星，指认最明亮的几十颗恒星，像大犬座的天狼星、天琴座的织女星、天鹰座的河鼓星(就是牛郎星)、天鹅座的天津星等，就这样似不经意地，把天文学的基础知识灌输到我的头脑里。

干爹说："上次我说过，人生逃不脱生死的囚笼，其实人类身上还罩有很多囚笼呢，像重力的囚笼、可怕的天文距离加光速限制的囚笼，等等。古时候的人类就像是关在荒岛古堡里的囚犯，一生不能离开囚笼半步，不但不知道外边的世界，甚至连自家古堡的外形也看不到。只能透过铁窗，眼巴眼望地偷窥浩瀚星空。后来人们发明了望远镜，发明了火箭，甚至把脚印留在了月球上。但与极其广袤的宇宙相比，我们仍然是可怜的蝼蚁。不过话说回来，尽管人类很渺小、很可怜，但通过一代代努力，总算窥见了宇宙的一些秘密，比如，知道太阳系位于银河系的猎户旋臂上；知道银河系在旋转，旋转中心是人马座A；知道了本星系、本超星系、总星系等。1825年法国哲学家孔德曾断言：人类绝不可能得到有关恒星化学组成的知识。他当时的想法没错啊，人类怎么能登上灼热的恒星去取样呢，就是乘飞船去，半路上也烧化了。但仅仅30多年后人类发明了天体分光术，将恒星光通过望远镜和分光镜分解成连续光谱，把光谱拍照下来研究，从各种元素谱线就能得出恒星的化学成分。"

干爹又说："20世纪20年代发现的宇宙膨胀是天文学上最伟大的发现。1914年，天文学家斯莱弗第一个发现了恒星光谱图的红移现象，即很多星云的光谱线都移向光谱图的红色端。按照物理学中的多普勒效应，这意味着星体都在远离我们。这发现把斯莱弗弄得一头雾水——要知道那时人们认为宇宙一直是静止的啊。非常可惜，他敏锐地发现了红移现象，却没有达到理论上的突破。后来，哈勃经过对造父变星的研究，弄清了几十个星系的大致距离。他把星云距离及斯莱弗的光谱红移放到一张坐标图上，然后在云雾般杂乱的几十个圆点中画出一条直线，就得到了那个伟大的定律——星系的红移速度与距离成正比。这意味着，所有星体都在互相飞速逃离，宇宙就像一个膨胀的蛋糕，其上嵌着的葡萄干（星体）都在向远处退行，距离越远，则相对退行速度越大。(注1)

"告诉你吧，别看我过了追星族的年龄，我可是哈勃的追星族！"虽然院子处在绝对的黑暗中，我仍能"看见"干爹眉飞色舞的样子。"哈勃有一种难以置信的能力，或者说对真理的直觉。他拍的光谱底片并非很好，也不是一个出色的观察家，但他总是能穿过种种错误杂乱所构成的迷宫，一步不差地走向最简约的真理。而那些善于'复杂推理'的、执着于'客观态度'的科学家却常常与真理擦肩而过。哈勃甚至不光是科学家，还算得上是哲学家，是宗教的先知。你想啊，从这个发现之后，静止的、永生不死的宇宙，还有上帝的宝座，就被他颠覆了，他以一人之力，仅仅用一张粗糙杂乱的坐标图，就颠覆了前人的理论！完全可以说，自打这一天起，人类就迈过童年变为成人了，至少也是青年了。"

我和妈妈听得很起劲儿(我能透过黑暗看见妈妈和干爹亲昵地握着手)。我高兴地宣布："妈妈，干爹，我要改名! 我的大名要改成楚哈勃。知道是啥意思吗? 你俩肯定想不到。这个'哈'字是一字双用，就是'哈'哈勃，是哈勃的哈星族! "

干爹朗声大笑，妈妈也笑。妈妈说这个名字太怪，干爹说这个名字很好。以后我就真的改成这个大名，连小名也变成"小勃"了。

干爹开始领我走进天文台。这幢袖珍型的自建天文台相当精致，但那架40英寸牛顿式凹面反射天文望远镜可算是傻大笨粗，整个一个20世纪的遗物，黑不溜秋，甚至配着老式的铜制双闸刀电气开关。它附设的观察台摇摇晃晃，以我的体能要爬上去相当困难，干爹爬起来也不比我轻松。用望远镜观星同样是一件苦差事，这儿自然没有暖气，寒夜中眼泪会把目镜冻在人的眼睛上，长时间的观测让背部和脖子又酸又疼。当镜筒跟随星星移过天空时，底座常有吱吱嘎嘎的响声和不规则的跳动。我首先要学的技巧，就是在物镜跳动之后迅速重新调好焦点，追上目标，这样才能在底片上曝光出边界清晰的斑点或光谱。

干爹开玩笑说："想当一个好的天文学家，首先得有一个铁打的膀胱，可以省去爬下观察台撒尿的时间——说不定那几分钟就会错过一次千载难逢的观测，让你抱恨终生啊! "我想，对我们两个病残者来说，这一点尤为重要吧。我很快练出了铁膀胱，可以和干爹媲美，只要一走上观察台就整夜不下来，当然前提是晚饭尽量少喝稀的。

干爹有满满一墙书柜，有书，也有光盘，多是天文学和理论物理学著作。我白天读书，夜晚观察。我学得很快，也越来越痴迷。在暗黑的镜筒中，平时星空中的"眨巴眼"变成安静的、明亮的小圆点，以一种只可意会的高贵，冷静地俯视着我。我能听到星星与人类之间的窃窃私语，我似乎与它们有天生的相契。干爹满意地说，看咱小勃，天生是观星人的坯子！

干爹说，拥有一架虽然老旧的40英寸镜，可不是每个私人天文爱好者的福分。当然，与现代化天文台的10米镜，或组合式30米镜是绝对没法相比的，所以干爹采取的战略是扬长避短，把观测重点放到近地天体上，即100光年之内的星星。这些天体已经被研究得比较透彻，所以他的研究充其量是拾遗补阙的性质。好在他是业余玩家，干这些纯粹出于"心灵的呼唤"，没有什么"必须做出突破"的压力。

没人会料到，正是这个冷僻陈旧的研究方向歪打正着，得到了震惊世界的结果。

开始时干爹和我挤在一个观察台上，手把手地教我。等我能独立工作之后，有时他便安排我独自值班，至于他则另有要务——趁机和我妈幽会。我在观察台上曾看见，只要一避开我的视线，两人就会急切地拥在一起，有说不完的话。此前为了照顾我，妈妈一直和我住在一个房间，但我发现妈妈有时会在深夜偷偷溜出去，直到天明前才回来。爱情滋润了两人，他们的脸庞上光彩流动，那是爱之光辉，藏也藏不住的。不过妈妈也老是用负罪的目光看我，我以14岁的心智读懂了她的心理——尽管我现在过得快乐而充实，但病魔一时一刻也未赦免我。我的病情越来越重，行走更困难，肌肉假性肥大和"游离肩"现象更加明显，连说话也开始吐字不清了。资料上说，这种病有30%可能会影响智力，但我没受影响，算是不幸中之大幸吧。妈妈肯定觉得，儿子陷在病痛中，当妈的却去享受爱情(还是偷情)，实在太自私。我想这回得由我帮助妈妈了，帮她走出负罪的囚笼，正如干爹带我走出恐惧的囚笼。有一天晚饭时我当着两人的面说："妈，我已经14岁了，想单独住一个房间。"

妈妈很窘迫，试探地问我："可这儿只有两个卧室，你让妈住哪儿？"

我笑嘻嘻地说："当然是和我干爹住一块儿嘛，省得你夜里来回跑，还要瞒我，累不累呀。"

妈妈立时满脸通红，简直无地自容的样子，干爹也有些窘迫。我笑着安抚他们："妈、干爹，你们互相恩爱，快快乐乐，我高兴还来不及呢。以后不必再瞒我啦。"

妈妈眼睛湿润了，干爹高兴地拍拍我的后脑勺。从那天起，妈妈就搬到干爹屋里去住了，只是每晚还会往这边跑几趟。她终究对我放不下心。

因为疾病，10岁前我没怎么正经念书，现在我像久旱干裂的土地一样狂热地汲取着知识。15岁那年夏天，我已经读完了天文学研究生的基础课程。干爹对我的观测水平和基础知识放心了，对我的脑瓜也放心了。我听他背地里对妈妈夸我："别看这孩子走路不利落，脑瓜可是灵得很，比我年轻时还灵光！"他开始正式给我安排观测任务——**测量和计算50光年内所有恒星基于"标准太阳"的视向速度。**他要求尽量精确，换算到红移值的测量上，要精确到0.001埃。

我那时想不到他是在研究近地空间的宇宙学红移[注2]，因为一般说来，只有10亿秒差距(约合33亿光年)之外的遥远星体，才能观察到有意义的宇宙学红移。对于近距离天体，由于它们的公转自转都能引起多普勒红移和蓝移，而且常常远大于前者，也就无法单独测出宇宙学红移。比如，南鱼座的亮星北落师门，距离地球21.9光年，按哈勃公式计算的红移速度完全可以忽略，但其基于标准太阳的红移速度有6.4公里每秒，完全掩盖了前者。还有，引力也能造成红移，其数值虽然很小，也足以影响近地天体的宇宙学红移的测值。

干爹当时没有透露他的真实目标，只是说：依他近年的观测，这个小区域内的星体似有异常，让我加倍注意。这是个相当繁杂的工作。银河系的恒星大都绕着银心顺时针旋转，速度相当快（比如太阳的旋转速度平均为220公里每秒，远远超过宇宙飞船的速度），但恒星彼此之间基本静止，就像在高速路上并排行驶的汽车。天文学家在测量银河系各恒星的运动速度时，为了简便和直观，先假定一个标准太阳，即以太阳距银心的标准半径和标准速度并作理想圆运动的一点，来作为静止点，再测出其他恒星的相对速度。由于太阳其实是沿椭圆轨道旋转，并非真正恒速，所以它本身相对"标准太阳"来说也有相对速度(法向速度U为－9公里每秒，切向速度V为+12公里每秒，沿银盘厚度方向的跳动速度W为+7公里每秒)。再加上地球上的观测者还在绕太阳运动，所以要想得出基于"标准太阳"的红移或蓝移值，观测值必须做出双重修正。

好在这基本是前人做过的事，干爹只要求我把它们复核一遍，换算成朝向"标准太阳"的视向速度，这就大大减少了工作量。我进行了三年枯燥的工作，观测、拍照、显影、与摄谱仪的基准光谱做比照，在电脑中做修正，如此等等。开始时干爹还不时来指导，等我完全熟悉这些工作，干爹就撒手不管了。

我发现干爹说得不错，这个小区域内的星体确实有些古怪。它们的光谱好像每年都有一个微量的蓝移增量，数值不大，仅仅0.001埃，甚至小于星体的引力红移，观测者一般会忽略它。不过，因为干爹事先提示过，而且它非常普遍，我还是紧紧盯上了它。这个蓝移值对应的蓝移速度大约为0.06公里每秒。虽然看起来很小，但若与宇宙学红移相比已经够惊人了。可以比较一下，取哈勃常数为50的话，在33光年的大角星处对应的红移速度仅为0.0005公里每秒，不到上述蓝移值的百分之一。

我18岁那年，测算完了这个区域内所有恒星相对标准太阳的视速度——它们都增加了朝向太阳的速度，数值不等，以牛郎星最大。这个现象似乎颇为不祥——倒不是科学意义上的不祥，而是人文意义上的不祥，因为这个古怪区域(包括星体，也包括空间)像是在向里塌陷，而且塌陷中心恰恰在人类区域!

那时我说话已经相当困难，难以表达这些复杂内容，所以我在电脑上制作了一个表格，打出了扼要的书面结论。生日那天，吃完妈妈自制的蛋糕，在温馨的生日烛光中，我把干爹四年前留的这项作业交上去了。干爹很高兴我有了处女作，搂着妈妈的肩膀，认真读我的结论：

1. 以标准太阳为中心，半径三十几光年的圆形区域内，所有星体在扣除原有的U、V、W速度之后，都有一个附加的蓝移速度。其谱线蓝移以16光年远的牛郎星最大，约为-0.016埃。按公式：

$V=C(\lambda_0-\lambda_1)/\lambda_1$(式中，$C$为光速，$\lambda_1$和$\lambda_0$分别为电磁波发射时刻和接受时刻的波长)计算，则意味着牛郎星增加了一个14公里/秒的朝向标准太阳的速度。

2. 从牛郎星以远，上述蓝移逐渐减小，到34光年之外的星体如大角星，就观察不到这种蓝移了。从牛郎星以近的光谱蓝移也是逐渐减小的，直至为零。

3. 该区域的星体，其蓝移值不仅随距离变化，也随时间变化，后者大约每年增加0.001埃。

我忐忑不安地等着干爹的判决。尽管我对自己的观测和计算反复核对过，但——有什么宇宙机理能产生这个塌陷？我没有起码的概念，这一点让我底气不足。干爹看完没说话，拐着腿到书房，取来一张纸递给我。我迅速浏览一遍，上面写着几乎同样的结论，只是用语不同而已，观测值也稍有误差：他说极值点是12光年远的南河三，蓝移速度为11公里每秒。看纸张的新旧程度，显然是在几年前打印的。我喃喃地问："那么这是真的？"

"看来是的。你再次验证了我的观测，咱俩的测值有误差，但在可以容许的范围内。"

"那么……它意味着什么？"

"你说呢？"

我摇摇头："我已经考虑一年了，但毫无头绪。首先会有的想法，是太阳附近突然出现了一个巨大黑洞，正把35光年以内的宇宙，包括星体和空间，拉向中心，造成局部塌陷。但这个假设肯定说不通的。首先，这么大的黑洞应该有强烈的吸积效应，有强烈的X暴，甚至有可以感受到重力异常。但什么都没有，太阳系附近一直风平浪静。再者，如果这个假说成立，那么越接近黑洞的天体向中心塌陷的速度应该越大，这也与观测结果不符。还有，咱们的测值是以标准太阳为基点，如果有黑洞，那它也应该正好有太阳的巡行速度，才能得出现在的观测结果。但这个突然出现的黑洞只可能是'外来者'，它闯入太阳系后就正巧获得和太阳一样的速度？这未免太巧了，基本不可能。"

我看看干爹，又小心地补充一句："不管有没有黑洞，但……可不敢有这个局部塌陷啊！要是牛郎星以14公里每秒的速度向中心塌陷，34万年后就会和地球撞在一起。甚至早在那之前，咱们这儿已经变成引力地狱了。"我又自我安慰，"不过，也许十几万年后的人类科技有能力逃出去。"

虽然我咬字不清，但干爹很轻易地听懂了，我们俩在思路上相当默契，他总是能以理解力来代替听力。妈妈听不懂，干爹向她简略解释一番，妈妈吃惊地说："啥子？天要塌？塌到一个洞洞里？"

干爹笑着说："先别担心，我说过，这个假设根本说不通，正因为它说不通，我一直没把我的观测结果公开。咱们得寻找另外的解释。"

稍后干爹又说，他不相信上述假说还有一个次要原因，虽然不能算严格的反证，但也不能忽略——科学启蒙之前，自恋的人类总把地球当成宇宙中心，科学破除了这种迷信。现在我们知道，地球或太阳只是极普通的星体，上帝无论在施福或降祸时，都不会对人类另眼相看。可是现在呢，恰恰人类区域是一个局部塌缩的中心！这多少像是"地球中心论"的变相复活。

虽然我俩坚信地球附近不可能有巨型黑洞，但并不能排除心中的不安。不管怎么说，这个古怪的"蓝移区域"是确实存在的，它给人一种难言的感觉：阴森、虚浮、模糊，就像童年期间我潜意识中对病魔的恐惧。但它究竟是什么机理造成的？随后的三个月里，我和干爹搜肠刮肚，提出了很多假说，讨论后又把它们一个个淘汰。我俩完全沉迷于此了，想得头脑发木，嘴里发苦。妈妈说我俩都痴了，连吃饭也不知道饥饱！

有天夜里，我在睡梦中，好像有什么想法老在脑海的边际处飘荡，似有似无，时隐时现，我焦急地想抓住它，于是忽然醒了，脑海中灵光一闪，有了一个不错的想法。我深入考虑一遍，觉得它是可行的，便爬起来去找干爹。心中太急，我一下子摔到地上，折腾好久才爬起来。等走进干爹房间，我又摔了一跤。干爹和妈妈都惊醒了，连忙坐起身来问："小勃，你怎么了？"

妈妈披上衣服，赶紧下床把我扶起来。我急急地说："没事，我有一个全新的想法，急着告诉干爹——并没有局部塌陷，而是宇宙的整体收缩。是刚刚开始收缩，所以只有近处的蓝移星光能传到地球，现在咱们看到的远处星体，还是没有收缩前的光，自然保持着的原来的红移。"

妈妈微哂道："给你干爹说去，我又听不懂。看你猴急的，等不及明天啦？"

干爹对我的"猴急"非常理解，笑着说："来，坐床上。不着急，慢慢说。"

妈妈把我拉进被窝，挤在她和干爹之间。又从背后搂着我，暖着我因夜寒而变凉的身体。我开始对干爹讲解。对于这个灵光忽现的想法，我的思路倒是已经捋清了，但因吐字不清，想把它表达清楚也不容易。最后好歹讲清楚了，大致想法是这样的：

1. 附近并没有什么黑洞和局部塌陷，是全宇宙刚刚开始整体的收缩，由宇宙学红移急剧转变为宇宙学蓝移，据我推算，收缩仅仅开始于34年前——我们这一代"正巧"赶上了这个宇宙剧变！至于宇宙整体收缩的产生机理，天文界已经有很多假说（临界质量、暗物质等），我这里先不说它。

2. 由于收缩是加速的，所以蓝移值随时间增加。

3. 各星体（基于标准太阳的）蓝移值，其大小变化有两个相反的趋向——a.仍按哈勃揭示的规律，蓝移随距离成正比增加，即蓝移速度等于距离乘某个常数。但这个常数远大于哈勃常数（所以近地天体的蓝移也能测出）。b.蓝移值又随距离减小，因为收缩并非恒速而是加速的，所以星体离我们每远一光年，我们看到就是它更早一年的较小蓝移值。这点与哈勃定律不同，哈勃所描述的宇宙膨胀，至少在若干亿年内可以认为是匀速的，不存在这种递减效应。

上述两个因素综合，可列出一个关于距离和时间的二元二次方程，精确计算出某年某星体的蓝移值。今年的计算结果是，蓝移速度在大约16光年远的牛郎星达到极值，为14公里每秒。这与观测值完全吻合。

4. 收缩是34年前刚刚开始，那么34光年处的星体，如大角星，我们今天看到的还是它们在34年前、正处于变化拐点的光，既无红移也无蓝移。34光年之外的星体仍保持着哈勃红移（因数值太小而观察不到）。因此，所谓的"宇宙局部塌陷"只是假象，是"有限的收缩时间"加上光传播花费的时间所造成的。

我补充一句："干爹，咱俩的观测值不大一样，你说是观测误差，其实不是。咱俩测的都完全准确，只不过你的数值是四年前的。我算了一遍，如果按四年前的时间参数代入我说的公式，正好符合你的测值。"

干爹耐心听完，笑着摇摇头："想法很有趣，逻辑框架基本能够自洽，但有一个重要的隐性条件你没有满足，而这一条足以否定整个假说。"

"什么隐性条件？"

"宇宙的尺度至少是150亿光年，不可能同时由膨胀改为收缩。基于科学界一个普遍认可的假定，那就是：能导致宇宙同步变化的因素，不管它是什么，其传播速度都不可能高于光速。天文学家早就把这点共识用于实际工作，比如，假如你观察到一个遥远星系在十年内整体变亮了，那么该星系的尺度就绝不会大于10光年。"^{（注3）}

他说的是人尽皆知的规则，但我以初生牛犊的勇气表示不服："干爹，我知道这个规则，但咱们说的现象不在其中。假如有一个完全均匀的气球，被完全均匀的高压气流胀大，那么等气球弹力和内压力平衡的瞬间，气球每个区域当然会同时停止膨胀，哪怕它有150亿光年那么大。"我斟酌了用词，补充道，"不妨把你说的规则稍作补充：导致宇宙同步变化的因素，其传播速度不可能高于光速，但因内禀性质而导致的变化除外，内禀同步状态不受最大光速限制。干爹我可以打个比方：这就像是量子理论中的孪生粒子，它们组成一个相关系统，对一个粒子所做的观测能瞬时导致另一个粒子选择到'正确'状态。这种作用是超距的，不受最大光速限制。关于孪生粒子的内禀同步，在科学界已经没有异议了。"

我又补充道："正好，哈勃天文望远镜的观测早就确定宇宙是各向同性的，是内禀均匀的。"

干爹被我这个大胆的提法震住了，沉默了很久。我表面平静内心急迫地等着，妈妈奇怪地打量着我们俩，屋里静得能听见心跳声。干爹终于开口了："如果……只要……承认你的公理，那你的假说……还是能自洽的。还捎带解决了那个逻辑困难——塌陷中心（黑洞）必须正巧具有220公里每秒的巡行速度的困难。因为若是宇宙整体收缩，那有没有这个速度并不影响观测值。小勃，你的思维很活跃，天马行空。真的很难得。"

但我能看出他仍旧有些勉强。后来他坦言道："说实话，我还是不大喜欢这个假说。它同样有'人类中心论'的味道，现在不是空间上的中心了，而是时间上的——在150亿年的宇宙膨胀中，怎么恰巧就让咱们赶上宇宙开始收缩的这一刻呢？未免太巧了。"他摇摇头，"但这个反驳并不严格，世上还是有巧合的，不能一概否认。咱们再想想吧。"

在这之后两天里，家里始终保持着古怪的安静，我和干爹都默默思索，就像是老僧闭关修炼。妈妈后来觉得不对劲儿——这种安静怎么有点阴气森森的味道？她终于忍不住，小心地问干爹："马先生，到底出啥事了？我看你俩的表情都不对头。"

干爹笑笑："没啥事。小勃提出的那个新想法有可能是对的，只是不大吉利——比原来的想法更不吉利。我们原以为宇宙是局部塌陷，那么在10万年或几十万年后，人类的科技水平也许还能逃出这片引力地狱；现在小勃说宇宙是整体收缩，那人类能往哪儿逃？科技再发达也无处可逃了。"

"这有啥关系，你早就说过，宇宙最终会灭亡嘛。"

"对，我是说过。但我那时说的是宇宙的'天年'，死亡是几十亿、几百亿年后的事，而现在小勃说宇宙得了绝症，会在几十万年内死去，就像……"

他没把这句话说完，我平静地接上他的话："就像我。比我还惨。宇宙的新寿命只是原来那个'天年'的一万分之一。"

妈妈一愣，但立即机敏地转圜："那也没啥，还有几十万年嘛。人们还能蹦跶几十万年，离死早得很呢。咱小勃虽然得了绝症，这些年也过得很快活、很充实，有滋有味。娃儿你说对不对？"

"对。干爹，谢谢你。多亏你当年一刀斩断我的退路，这些年我活得才有意义。"我半开玩笑地说，"要不，咱们也给世人照样来一刀？世人不知道会感激咱们，还是恨咱们。"

干爹也以玩笑回应："如果是当报喜的喜鹊，可以尽早。咱们是当报祸的乌鸦，还是谨慎一点。再验证验证吧。"

之后我俩用三年时间做了慎重的验证。其后的验证倒是相当容易，这就像所有的科学发现，在找到核心机理之前，已有的数据和现象如一团乱麻，似乎永远理不清，但在找出核心机理之后，所有的脉络都一清二楚，哪怕想找仅仅一个反证都办不到。这正是科学的魅力所在。现在，只要承认我的假说，那么星体基于标准太阳的蓝移就是关于距离和时间的二元二次方程，初中生都会计算。我们算出了今后三年的变化值，又用观测值做了对比。两者极为符合。三年之后，可见的蓝移区域也如预言向外扩展了三光年，以至于你想再怀疑这个假说都不好意思。干爹慢慢地不提他的"最后一点"怀疑了。

其实，从内心讲，我们但愿自己错了，但愿这个"绝症"并不存在。

这三年的观测是干爹做的，我的病情已经不允许我爬上观察平台。干爹那个轮椅现在让我用上了。大部分时间我歪在轮椅上或床上，说话吐字也更困难。妈妈和干爹被逼着学会了读唇术，谈话时，他们得一眼不眨地盯着我的嘴唇。这年我21岁，看来大限将至，死神已经轻声敲门。妈妈这些年也想开了，没有表现得太悲伤，至少没有痛不欲生。她一有时间就坐在我的床边，拉着我的手闲聊。因为我口齿不清，交谈起来比较困难，她更多是一人说话。她总是回忆我儿时的场景、儿时的快乐，甚至以平和的口吻，回忆那个在绝症儿子面前当了逃兵的男人。

我贪婪地听着，贪婪地握着妈妈的手，也贪婪地盼着干爹从天文台回家的脚步声。我是多么珍惜在世上的时间啊。

但我终于觉得，该对两位老人留下遗言了。那天我把二老唤到我的床前，努力在脸上保持着笑容。但我不知道效果怎么样，我的面肌也不听话了。我缓慢地说："干爹、妈，趁我还能说话，预先同你们告别吧。"

两人都说："孩子有什么话你就说吧。"

"第一你们不要哭，我这几年过得很充实、很快乐，有滋有味。我要谢谢妈，谢谢干爹，也谢谢命运，我的病没有影响智力，这是命运对我最大的厚爱。"

妈妈忍泪说："小勃，我们不哭。我们也谢谢你，你是个好孩子，咱们能娘儿俩一场是我的福分。"

干爹说："我同样要谢谢你。你让我的晚年更充实了。"

"妈、干爹，你们结婚吧。"虽然我对名分之类并不重视，而且亲爸失踪后，妈妈一直没去解除婚姻关系，但我还是希望她和干爹有个更圆满的结局。

妈妈和干爹互相看看，干爹握着我的手说："好，我俩也早想办了。这几天就办。"

"还有那个研究结果，该公布了吧。不必太忧虑世人的反应，没什么大不了的。就像你当年果断地把真相捅给我，长痛不如短痛。"

"好的，我明天就公布。"他想了想，"该有个正式的名字吧。叫什么呢？叫某某定理似乎不合适，那就简单地命名为'楚/马发现'吧。我想，对人类的命运来说，这个发现的重要性也许不亚于哈勃定理。"一向达观的干爹略显苦涩。我知道苦从何来——缘于这个发现中内含的悲剧意蕴。

"干爹，干吗把你的名字放在后边？是你首先发现的。万事开头难，我一直非常佩服你眼光的敏锐，不是你的指引，十辈子我也想不到盯着这儿看。"

"但你首先揭示了其核心机理，这一步更难。孩子，你不愧'楚哈勃'这个名字。你和哈勃一样，能透过复杂表象，一步不差地走向最简约的真理。唉——"

我敏锐地猜出他没说的话——可惜，这个天才脑袋要随一具劣质的肉体而毁灭了。干爹怕伤我心，把这段话咽了回去，其实何必呢，这才是对我最深刻的惋惜，最崇高的赞誉。在这个世上，妈妈最亲我，但干爹与我最相知。而且从某种意义上说，我的早夭是个哲理意义上的隐喻：**灿烂的人类智慧之花也要随着宇宙的绝症而过早枯萎了。**

我和干爹没有再谈署名先后的问题，那类世俗的名声不值得我俩多费心。现在，虽然我对生死早已达观，但仍免不了淡淡的悲凉。这是超越个人生死的悲凉，就像节奏舒缓的低音旋律，从宇宙的原点发出，穿越时空而回荡到永恒，死亡的永恒。我笑着对二老说："好，我的话交代完了，我的人生可以提前画上句号了。"

从第二天妈妈和干爹开始按我的话去忙：妈妈登报和我亲爸解除婚姻关系(因一直失去联系没法正常离婚)；和干爹办结婚登记；准备简朴的婚礼；向两家亲友撒喜帖；干爹把"楚/马发现"在网上公布。

后来我和干爹知道，此前已经有天文学家发现了这个小区域的异常，并在圈内讨论过。但他们是循惯例测算各恒星的U、V、W速度，没有换算到朝向标准太阳的视向速度，所以没能发现我们发现的问题。我想更重要的原因是要命的思维惰性：所有人已经习惯了宇宙的永恒(几百亿年的宇宙寿命可以算是永恒了)，即使在知道宇宙膨胀之后，这个动态过程也近乎是永恒的，没人想到我们"恰恰"赶上了宇宙刚刚开始收缩的时刻。所以，虽然他们觉察到异常，却想当然地把它限定在"局部空间"内，于是钻进这个胡同里出不来了。

理所当然，"宇宙得绝症"的消息震惊了世界，天文界圈外的反应比圈内还强烈。且不说那些常常怀着"末世忧思"的智者哲人了，就是普通百姓，也如被摘了蜂巢的群蜂，乱作一团：天要塌了？天真的要塌了？人类无处可逃了？很多国家中宣扬世界末日的邪教团体像被打了强心针，大肆招兵买马，组织了七八次集体自杀，人数最多的一次竟达3000人。当然也有令人欣慰的消息：五大国集体声明永远放弃核武力；中东地区开始和解；印、巴双方握手言和。

我想这种失去蜂巢的纷乱是暂时的，十年八年后蜂群就会平静下来，找到新的家园，找到新的生活方式，就像我11年前那样。

楚/马发现公布后，各家媒体发疯般寻找两名"神秘"的发现者，因为我们对外只留了邮箱，没有公布具体住址。这样做倒不是刻意神秘，只是不想山居的平静被打破。当然我们也没成心抹去行踪，如果记者们铁下心要找，还是能找到的，通过IP地址就能查到。只是我没想到，第一个成功者是位女福尔摩斯，《新发现》杂志的科技记者。很年轻，自报25岁，比我大四岁，依我看不大像。蛮漂亮，穿衣很节约布料。性格非常开朗，短发，小腿肌腱像男孩子一样坚实。当这位一身驴友打扮的白果小姐大汗淋漓地爬过最后一段山路，终于发现阿里巴巴的山洞时，人没进来，先送来一串兴奋的尖叫："终于找到啦！哈哈！"

干爹后来揶揄地说："《新发现》派这么一位角色来采访沉重的世界末日话题，真是反差强烈的绝配。"

白果在这儿盘桓了整整七天，还赶巧参加了二老的婚礼。至于对那个话题的采访，我因为说话困难，让干爹——我对继父总改不了称呼——全面代劳，但她显然对我更感兴趣，七天中大部分时间都黏着我。我想我能猜到她的心思：对于我这样患绝症的特殊人物，应该能多挖到一些"新闻眼"吧。比如，她可以使用这样耸人听闻的文章标题：

一位绝症患者发现了宇宙的绝症！

等等。

但不管她是什么动机，反正她是一个讨人喜欢的姑娘，让你无法狠心拒绝。我尽心尽力地配合她的采访，妈妈当翻译，用了近七天时间，讲述了楚/马发现的前前后后，实际上(我后来才意识到)还捎带着梳理了我短短的一生——"一生"，这个词我想已经有资格使用了，至少误差不大了。我以旁观者的心态平静地想着，戏谑中略带悲凉。

采访最后，白果问我："楚先生，让咱们来个最后结语吧。你作为一个余日无多的绝症患者，却悲剧性地发现了宇宙的绝症。以这种特殊身份，你最想对世人说一句什么话？"

"只一句话？让我想想。干脆我只说两个字吧，这俩字，一位作家，余华，几十年前已经说过了，那是他一篇小说的题目……"

"等等。余华老先生的作品我大多拜读过，让我猜一下。你是说——《活着》？"

"对，这就是我想留给世人说的话：活着。"

活着。

活着！

白果说读过余华的这本书，不知道能否记得书中一个细节，一个小人物的台词——当时他站在死人堆里向老天叫阵，说，老子一定要活着，老子就是死了也要活着！

2. 白果的回忆

22年前的这篇采访是我的呕心之作。小勃曾揶揄我，说我那些天一直黏着他，是想在绝症患者身上挖新闻。他没冤枉我，开始时我的确有这个想法，那是出于记者的本能吧。但随着访谈深入，我已经把新闻、炒作之类世俗玩意儿统统扔到爪哇国了，以这篇文字的分量，以楚哈勃短短人生的分量，根本不需要那类花里胡哨的东西。他那时的身体情形已经相当悲惨，心力衰竭，呼吸系统顽固性感染，肌肉萎缩。病魔几乎榨干了他身体里的能量，只余一个天才大脑还在熊熊燃烧。我几乎能感受到他思维的热度、他生命的热度。他那年不足21岁，但外貌显然要沧桑得多。而他的心理更沧桑，有超乎年龄的沉稳睿智，还有达观。

不光是他，我发现他的家人有一个共同的独特习惯：从不忌讳谈论死亡。楚哈勃、马先生自不必说，就连小勃的妈妈也是如此。她是天下最好的母亲，为病残的儿子燃尽了一生的爱。但她也能平静地当面和儿子谈他的后事。

我把文章一口气写完，又用半个晚上做了最后的润色，从网上发过去。一向吹毛求疵的总编大人很快回了话，不是用MSN，而是用手机，这在他是很罕见的。他对文章大声叫好，说它简直是一团"冷火"，外表的冷包着内里的炽热。他决定马上全文刊发。总编只提了一点修改意见，说我在结语中当面直言楚哈勃是"余日无多的绝症患者"，是不是太冷酷？至少读者会这么认为的。我稍稍一愣，这才意识到短短七天我已经被那个家庭同化了，已经能平静地谈论死亡了。我对总编说：不必改的，他们从不忌讳这个。

总编主动说，你可以在他家多留几天，看能不能再挖出一篇好文章。我想该挖的我已经挖过了，但既然总编这样慷慨，我乐得再留几天陪陪小勃，也欣赏一下山中美景。小勃妈对我很疼爱，虽然她一人要照顾两个病人很累，但还是抽时间陪我在山中转了半天。这半天里，有两个见闻对我触动颇大。

见闻之一：这座山上有细细的清泉流淌，碰到凹处积成一个水池，然后又变成细细的清流，再积出一个水池。如此重复，就像一根长藤上穿了一串倭瓜。我们循着这串倭瓜自下而上观赏。水池都是石头为底，池水异常清冽，寒气砭骨，水中几乎没有水草或藻类，却总有二三十条小鱼。这种冷水鱼身体呈半透明，形似小号的柳叶，悬在水中如在虚空，影布石上，倏忽往来，令人想起柳宗元《小石潭记》所描写的胜景。我向水面撒几粒面包屑，它们立即闪电般冲过来吞食，看来是长期处于饥饿状态。我好奇地问伯母："古人说水至清则无鱼，这样清澈的水，温度又这样低，它们怎么活下去？"小勃妈说："不知道，老天爷自然给它们安排有活路吧。"

再往上爬，几乎到山顶时，仍有清泉，有水池，池中仍有活泼的小鱼。但俯看各个水池之间连着的那根藤，很多地方是细长而湍急的瀑布，无论如何，山下的鱼是无法用"鲤鱼跃龙门"的办法一阶一阶跃上来的。那么，山顶水池中的冷水鱼是哪儿来的？自己飞上来？鸟衔上来？还是上帝开天辟地时就撒在山顶了？我实在想不通，小勃妈也不知道。那么，等我回北京再去请教鱼类专家吧。

大自然中生命的坚韧让我生出宗教般的敬畏。

见闻之二：快到家时，就在小勃家和天文台之间，一处面临绝壁的平台上，我看见一个柴堆，小腿粗的松树圆木，堆成整整齐齐的井字垛，大约有肩膀高。我问伯母：这是你们储备的干柴吗，怎么放这么远？小勃妈摇摇头，眼睛里现出一片阴云，但很快飘走。她平静地说："不，是为小勃准备的。他交代死后就地火化，骨灰也就近撒在悬崖之下，免得遗体往山下运了。山路陡，太难。"这位当妈的看着我的表情，反过来安慰我，"姑娘你别难过，俺们跟'死'揉了一二十年，已经习惯了。"

"阿姨我不难过。小勃的一生很短暂，但活得辉煌，死得潇洒，值！"我笑着说，"其实我很羡慕他的，不，是崇拜他。我是他的哈星族！我也要学小勃改名字，叫白哈楚哈勃。"

阿姨被我逗笑了。

这是我在此地逗留的最后一个晚上，明天就要和三人告别，和山林告别，回到繁华世界，重做尘世之人。夜里，我睡在客厅的活动床上，难以入睡。听听马先生卧室里没有动静，而小勃屋里一直有轻微的窸窣声。我干脆推开他的屋门，蹑脚走近床边，压低声音问："小勃，你睡着没？你要没睡着，咱俩再聊一晚上，行不？"

小勃没睡着，黑色的瞳仁在夜色中闪亮，嘴唇动了动。他是说"行"，这些天我已经能大致读懂他的口型了。

我没让他坐起身，仍那么侧躺着，我拉过椅子坐在他面前，与他脸对脸。怕影响那边两位老人，我压低声音说："小勃，你说话比较难，这会儿又没灯光，看不清你的口型。那就听我说吧。我采访了你的前半生，也谈谈我的前半生，这样才公平，对不？"

小勃无声地笑（大概认为我竟自称前半生是倚小卖老），无声地说："好。你说，我听。"

我天马行空地聊着，思路跳到哪儿就说到哪儿。我说我和你一样，从小乐哈哈的，特别爱笑。上初中时，有一次在课间操中，忘了是什么原因发笑，正巧被校长撞见。按说在课间操中迸一声笑算不上大错，问题是我笑得太猖狂，太有感染力，引得全班女生笑倒一片。校长被惹恼了，厉声叫我跟他到校长室中。我爸爸也在本校任教，有人赶忙跑去告诉他：不得了啦，你家小果不知道犯了啥大错，被校长叫到校长室了，你快去救火吧！我爸神色自若，安坐如常，说：没关系，能有啥大错？最多是上课时又笑了——真是知女莫若父啊。

又说：我不光性格开朗，还晕大胆，游乐场中连一些男孩子都不敢玩的东西，像过山车、攀岩、急流勇进等，我玩了个遍。大学时谈了个男朋友，就因为这件事吹了。他陪我坐了一次过山车，苦胆都吓破了，小脸蜡黄，还吼吼地干呕。按说胆子大小是天性，怪不得他，而且他能舍命陪我，已经很难得了。但我嫌他太娘儿们，感情上总腻腻歪歪的，到底和他拜拜了，说来颇有点对不起他。连我妈也为这个男生抱不平，说：你这样的野马，什么时候能拴到圈里！我说干吗要拴，一辈子自由自在不好吗？

时间在闲聊中不知不觉地溜走，已经是深夜了。我忽然停下来，握着他的手，盯着他的眼睛说："小勃，明天我不走了，永远不走——不，在你去世前不走了。我要留下来，陪你走完人生的路，就像简·怀尔德陪伴霍金那样。你愿意不？考虑五分钟，给我个答复。可不要展示'不能耽误你呀'之类高尚情操，我最腻歪不过。相信你也不会。喂，五分钟过去了，回答吧。噢，等等，我拉亮灯好看你的口型。"

我拉亮灯。楚哈勃眼睛里笑意灵动，嘴一张一张地回答我："非常愿意。我喜欢你。只有一个条件。"

我不满地说："向来都是女生提条件，你怎么倒过来啦？行，我答应你。说吧，什么条件？"

"你留下来，必须内心快乐，而不是忍受苦难，不是牺牲和施舍。考虑五天再回答我。"

我笑嘻嘻地说："哪儿用考虑五天？我现在就能回答。没错，我想留下来，就是因为跟你们仨在一块儿快乐。因为我喜欢这里的生活，它和世俗生活完全不一样，返璞归真，自由无羁，通体透明，带着松脂的清香。我真的舍不得离开。告诉你，如果哪天我新鲜劲儿过了，觉得是苦难、是负担，我立马就走。行不？简·怀尔德后来就和霍金离异了嘛。"

小勃的手指慢慢用力握我，脸上光彩流动。我们俩欣喜地对望着，我探起身吻吻他。外边有脚步声，小勃妈来了，她每晚都要帮儿子翻几次身以预防褥疮。我说："伯母让我来吧，我已经决定留下来，陪他走完人生。你儿子还行，没驳我的面子。"

小勃妈有点不相信，看看我，再看看儿子，然后把我紧紧搂在怀里，说："我太高兴了，太高兴了！马先生！马先生！你快过来吧，白果要留下来不走了！"

马先生匆匆装上假腿赶过来，也给我一个热烈的拥抱。

第二天8点，我向总编通报了我的决定。那边半天不说话，我喂了两声，心想总编大人这会儿一定把下巴都惊脱了。他难得慷慨一次，放我三天假，结果把一位主力记者赔进去了。

但他不愧为总编，等回答时已经考虑成熟，安排得入情入理："好，白果我祝福你。记着，我这儿保留着你的职位，你只要愿意，随时都能回来。你今后的生活可能很忙碌，但尽量抽时间给我发来几篇小文章，我好给你保留基本工资——你留在山里也得要生活费啊，我怕你在爱情狂热中把这件'小事'给忘啦！还有，什么时候办喜事？我和同事们一定赶去。"

最后他感慨地说："白果，年轻真好。我真想再年轻一回，干一件什么事，只需听从内心呼唤，而不必瞻前顾后，那该多恣意！"

"谢谢你，老总。拍拍你的马屁吧：你是世上最好的老总。"

我不光碰上了好老总，还有好父母。父母对我的决定虽然不乐意，怕我吃苦，也尽心劝了两次，但总的说还是顺畅地接受了，也赶来山里，高高兴兴地参加了我们的婚礼。

我的生活之河就这样来了个突然的折转，然后在山里汇出一池静水。婚后我照顾着丈夫的起居，推他到院子里晒太阳，和他聊天（大半是我说，他听），学会了输液（小勃因卧床太久，常因肺积水而引发肺炎），也没忘记挤时间写几篇小文章寄给编辑部。那边每月把基本工资寄来，虽然比较菲薄，但足够应付山中简朴的生活。婆婆和我一块儿照顾小勃，公公仍然每晚去天文台观测，以继续验证楚/马发现——想来世界上所有天文台恐怕顾不上其他课题了，都在干这件关乎人类生死的大事吧。据公公说，验证结果没什么意外，那个"可见的"蓝移区域，正按照小勃给出的公式逐年向远处扩张，蓝移峰值也向外移动。这是小勃在学术上的胜利，是一个不幸者的人生的胜利。当然，我们宁可不要这样的胜利。

一年半过去了，我们确实过得很快乐。爱情无比绚烂，可惜它并不能战胜病魔。小勃的身体越来越差，顽固的间歇性高烧，呼吸困难，瘦骨支离，唯有思维一直很清晰。到了来年深秋的一天，有一天晚饭后他突然把我们三个人都唤到他床前。我们知道他有重要的话要说，屏住气息盯着他的嘴唇。近来，由于说话越来越难，他已经习惯了以电报式的简短语句同我们对话，而我们也学会了由点而线地猜出他的话意。他说："我……快乐……谢谢。"

他是说：我的一生虽然短暂，但它是充实快乐的，谢谢三位亲人。

"累了……想走……快乐地。"

亲人们哪，我热爱生活，但我确实累了。如果生存不再是快乐，那就让我快乐地走吧。

我们都不忍心，但也都知道，以小勃的秉性，他决定结束生命肯定是深思熟虑的结果，别人劝不转的，我们都没劝。他用目光盯着我，说："一束勿忘我……新家庭……一定……不许当傻瓜……"

我的妻子，我的爱。永别前我想送你一束勿忘我花，让我永远活在你心中。但我死后你必须下山，要建立新家庭，寻找新生活，新快乐。决不能在山中苦守，不许做天下第一大傻瓜！

我俯下身，让他看清我的笑容："放心吧，我一定永远记住你，也会很快建立新家庭。不守寡，不当大傻瓜。让你在天堂里也能听到我的笑声。"

他显然很满意我的回答。婆婆柔声说："孩子，俺们听你的。我事先就准备了安眠药，你要是决定了时间，就告诉我。"

小勃在眼睛里笑了："明早……吧。"

亲人们，我要走了，让我陪你们最后一个晚上，然后再看最后一次日出吧。

公婆恋恋不舍地离开，把最后一点时间留给我们小两口儿。想来两位老人今晚一定是不眠之夜吧？我和小勃当然也是如此。我们握着手，默默地对望，什么话都不用说了。隔一段时间我就探身吻吻他。后来，不知不觉地，小勃的目光越过了我，盯着遥远的地方，他的目光越来越专注、越来越炽热。我想他的思维已经飘离了我，飘离了世俗世界，飞到宇宙原点，飞到了时间和空间的开端。我悄悄坐着，不再吻他，不打扰他的静思。我们就这样待到凌晨，忽然我觉察到小勃的手指在用力，便俯身盯着他的眼睛和嘴唇："小勃，你要说话吗？"

"嗯——让爸——来。"

我赶紧去唤公公。近两年来，我与小勃早已心思相通，我猜他喊爸来，肯定是萌生了什么科学上的灵感。因为，在理解科学术语或进行理性探讨时，公公更容易听懂他的话。爸来了，妈也来了，一左一右坐在他床边。此刻小勃的目光中没有我们，他仍盯着无限远处，电报式的短语像井喷一样快速地涌出来。

公公不停地记录着：

"一个新想法。暴涨……转为正常膨胀，孤立波……几个滴答……超圆宇宙……边界反射……扫过内宇宙……多次振荡……离散化，仍是全宇宙同步……内禀决定……仍符合观测值。可验证……盯着……塌陷中心……蓝移会消失……"

他艰难地说了这一大堆话，才停下来休息。又想了想，一波微笑从脸上掠过，有如微风掠过湖面，随后加了一句：

"地球中心论……没有了……"

这些话对妈妈来说不啻天书，我相对好一点，能约略听出他是对楚/马发现做出如下修正："宇宙确实在整体收缩，但这种收缩可能只是一个孤立波，从宇宙一闪而过。它是从宇宙的暴涨阶段产生的，在宇宙边界多次反射，一直回荡到今天。"大致是这么个意思吧。爸皱着眉头，盯着记录纸，沉思着。沉思很久后，朝小勃点点头："你的思路我基本捋清了。容我再好好想一想。"

公公回到书房，关上门。我内心深处喜不自禁——有这件事岔开，小勃至少今天不会实施自杀决定了。一小时后爸回到小勃屋里，手里拿着一张纸，那就是小勃说的东西，爸已经把它条理化、书面化了。内容是：

1. 宇宙诞生时有一个暴涨过程，时间极短，只是几个滴答（从10~35秒到10~33秒），然后转为正常速度的膨胀。上述过程基本已经被科学界确认，但没人注意到这个速度上的突然变化是要产生反弹收缩的。那是个纵波性质的孤立波，它肯定会在超圆体宇宙的边界发生反射，扫向内宇宙并多次振荡。这个孤立波的周期在刚产生时极短，在几十亿年后可能离散化、拉长。但肯定也不会太长，比如，不超过100年。

2. 这个孤立波并非始于宇宙某一区域，而是同一时刻开始于全宇宙，它的同步性也是由内禀性质所决定。基于此，它同样会表现为此前已经观察到的、蓝移可见区域逐渐扩大的现象，也符合此前推导的公式。唯一不同的是：它很快会结束。是全宇宙同步结束，但相应蓝移将在最先显示的地方最先消失。为了验证它是否真是孤立波，我们可以盯着可见蓝移区域的中心处，即地球最近处的天体，看蓝移会不会在某天结束。

3. 小勃最后追加的那句话则是说：从理论上说该孤立波应该已经多次扫过宇宙，所以我们这一代赶上一次属于正常，并非太赶巧。也许1万年前就有过一次，只是那时的人类没有能力观察到它。这就扫清了前一个假说中的最后一片疑云：不必担心"人类中心论"的变相复活了。

我能感受到公公的轻松，是常年攀登终于登顶之后的轻松。显然他对这个假说非常满意了，不过他在给出评价时用语谨慎："小勃，依我看，只是依直觉，这个假说恐怕是最后结论了。"

小勃眼中笑意盈盈，看来公公的阐述和评价都深合他意。妈也在认真听爸解说。我想，这段话的奥义对妈来说太艰涩了，她肯定听不明白吧？但是不，她用最直接的方法理解了，马上高兴地问："马先生，是不是这个意思？原先你俩说天会塌，是说错了，那个什么宇宙塌陷只是老天爷打了一个尿颤，打过就完了。我说得对不对？"

爸放声大笑，笑得声震屋瓦。这笑声让我非常欣慰。小勃说他干爹的笑声极富感染力，但近年来我不常听到，毕竟小勃的濒死还是影响了二老的心情，他们的悲伤只是深藏不露罢了。

"对，对，就是这个意思，你的比喻非常贴切! 你真是儿子的第一知音啊!"

那么，伟大的楚/马发现又被发现者自我否定了，准确地说，那个关于蓝移区域的发现倒没被推翻，但原来的理论解释完全被颠覆了。

现在，宇宙只是打了个尿颤，很快就会过去，健康丝毫不受影响，还会活到往日预言的天年。具有讽刺意味的是，楚/马发现的意义也因小勃最后的成功而大大缩水，至少是无法和哈勃发现并肩了。一个无关痛痒的小尿颤又有什么重要意义呢？但是，我们都非常高兴有这个学术上的失败。

满屋里都是喜洋洋的气氛。小勃握握我的手。我忙低下头，他清晰地说："不死了……坚持……"

我用脸贴着他的脸，欣慰地说："这就对啦，我的好人儿。我陪着你坚持到底吧。"

下午，爸把这个结果又推导一遍，证明从逻辑上没有漏洞，就把它从网上发出去。我想世界上各家天文台：威尔逊、帕罗玛、英澳、基特峰、卡拉阿托、北京紫金山等，还有所有天文学家和物理学家，又该狠狠地忙一阵子了。但那已经与我们关系不大。我们抱着死而复生的喜悦，重新开始了四人家庭的生活。晚上我们很晚才睡，小勃一直很亢奋，目光像超新星一样明亮。我想，这次宇宙有惊无险地"死而复生"，已经激起了他活下去的力量，相信他至少能再活十年吧。晚上我与他偎依在一起，切切地絮叨着，对额外得到的"后半生"做了种种打算，包括想要一个孩子（得用人工授精方法）。小勃一直以轻轻的点头做回应。

后来小勃睡着了，我也渐入梦乡。梦中，忽然听见小勃咯的一声笑了，声音十分童稚，就像四五岁男童的声音。我在浅睡中好笑地想：这会儿他梦见什么了？返回幼儿园了？上帝给他发小红花了？过了一会儿，觉得小勃的身子好凉。我忽然有不好的感觉，从蒙眬中豁然醒来，轻声唤他、推他。小勃安详地睡着，一动不动，但脸上已经不再有生命之光。

他再也不会醒来了。原来，他今天的思维燃烧也是一道孤立波，燃尽了他体内最后的能量。

我喊来公婆，我们抑住悲伤，同遗体告别，给他换上寿衣。我们都没哭，包括妈。小勃说过不要我们哭，我们答应过的，不会让他失望。

第二天，妈赶到山下去开了死亡证明。下午，我和妈把小勃的遗体抬到那个"天葬台"边，放到井字形的柴堆上。三个亲人再次同他告别后，我亲手点火。干透的松木猛烈地燃烧，明亮的火焰欢快地跳跃着，散发着浓郁的松脂清香。我的爱人，连同他的灵魂、他的爱、他的快乐、他的智慧和理性，变成一道白烟扶摇上升，直到与宇宙交融的天际。一只老鹰从我们头顶划过，直飞九天，但不是西部天葬台上空那种兀鹰，而是此处山中常见的苍鹰。

也许此刻它正背负着小勃沉甸甸的灵魂。

几天后我同二老告别下山，回到杂志社。结婚两年，我和小勃一直没有性生活，自然没有一男半女。但我从不为得不到的东西无谓惋惜。不久我又结了婚，生了一个女儿。我，还有丈夫和女儿，都常和山中的公婆通话。假期里我还领着他们去过两次。我和公公也一直保持着对小勃预言的关注，老人仍然很开朗，常在电话里朗声大笑：

"别着急，老天的那个尿颤还没打完哩，哈哈！"

公公没看到验证结果，八年后他去世了。我赶到那儿，与婆婆一块儿把公公火化，就在火化小勃的同一个地方。我劝婆婆跟我回去，她笑着拒绝了："媳妇你放心，有那爷儿俩在这儿陪着，我不会寂寞的。"她叹息一声，"我舍不得丢下那爷儿俩。"

她要在这儿苦守一生了，要做大傻瓜了。不过我没有硬劝她，每个人有每个人的信仰，只要能够满足内心需求，那种生活就是幸福，哪怕物质上苦一些。她不要我安排保姆，但我还是为她请了一个家住附近的兼职保姆，安排她每星期来两三次，以备有什么老人干不了的活儿。然后我依依不舍地离开了。

小勃去世13年后，他的预言被验证了。近地天体的光谱蓝移突然减弱并消失，那个古怪区域的中心又恢复了正常，就像台风中晴朗的台风眼，并逐渐向外扩大。宇宙打了一个小尿颤，为期仅仅50年，这在几百亿年的宇宙寿命中，连"一眨眼"都算不上。楚、马两位让世人遭遇了一场虚惊，又笑着宣布：哈哈，只是一个玩笑而已。不过我总有一个没什么道理的想法：也许经过这场虚惊，明天即使天真的塌下来，人类也能从容应对，至少不会集体性心理崩溃了。

对那个无可逃避的人类末日，这次全当是一次全员演习吧，虽然时间太早了点。

又三年后，婆婆病重，我和丈夫接到保姆电话迅速赶去，伴她走过最后几天，然后在老地方把她火化。我把公公的天文台，连同没有了主人的住家，都无偿赠给附近的景区。他们很高兴，说这么难得的资源，正好为游客们，特别是学生们，开辟一个"天文游"的新项目，肯定会很红火。还许诺将来收入多了要为我分成。我笑着，没有拂他们的意。我想，只要他们能保持天文台的运转和楚、马故居的完好，有点铜臭就有点铜臭吧。游人中总会有几个真正了解楚/马发现的人，可以瞻仰故居追思逝者。

婆婆去世一年后，我领着家人又去了一次，也是最后一次。我领女儿参观了那幢故居、天文台，还有三个人灵魂升天的地方。女儿15岁，颇得乃母家风，爱疯爱笑。她不知道被挑动了哪根筋，对天葬台这儿特别喜爱，又是蹦又是笑，连声惊呼：这儿太美了! 仙境! 杨过和小龙女修炼的地方!你看天上那只鹰，一定是独孤大侠的神雕! 丈夫一向心思周密，怕对死者不敬，也怕我心中不快，悄悄交代她不要笑得太疯。我听见了，笑着说：“别管她，想怎么疯就怎么疯。那三位都是很豁达的人，九泉下有知，只会更高兴。”

我原想在这儿立一块碑，或在石壁上刻上三人的名字，聊作亲人或后人们追思的标志。后来觉得这样做有点儿俗，逝者不一定喜欢的——我能想象小勃在另一个世界里含笑望着我，不以为然地轻轻摇头——便自动中止了这个打算。后来我辗转找到90岁的余华老先生，求得一份墨宝。这次来吊唁，我顺便请石工把它刻在天葬台附近的石壁上。在錾子清亮的敲击声中，在家人四双眼睛的盯视中，两个字逐渐现形。字体是魏碑，端庄大度中不乏潇洒飞扬。当然就是小勃说过的那两个字，一句极普通的乡言村语。不过，如果人们、人类，都能真正品出字中之意，也就不枉来世上走一遭了。

注1：蛋糕的比喻其实不贴切，膨胀的蛋糕肯定有一个静止中心，而超圆体宇宙的膨胀中心是在更高维度中，三维空间之内并没有一个静止中心。不过这与本文关系不大，故作者仍引用了这个不贴切的比喻。

注2：星光共有三种红移：a.因空间膨胀而导致的光谱红移称宇宙学红移，此时星体其实并未在空间中运动。b.星体在空间中运动时，因朝向或背向地球运动而使光谱蓝移或红移，称多普勒蓝移或红移。C.因引力的相对论效应而导致的光谱红移，称引力红移。

注3：这段对话中其实有一个严重的逻辑漏洞：宇宙也可做不同步的整体性收缩，这样并不影响小勃假说的自洽。但为了逻辑推导不至于太繁复，作者有意搁置了它。

间谍斗智

最新颖的信息盗窃方式

"祝贺你们都接受了智力提高术的治疗。希望这次地球之行给你们留下美好印象。"海关检查官杰弗里中校笑容可掬地说。在他面前是四个天狼星的游客。一个是年轻小伙子,身材单薄,眉清目秀,多少带点女人味,一看就是个多愁善感的多情种;一个是中年男子,眉肃目正,肩阔背圆;一个是老年男子,须发已经全白了;第四个是女游客,杰弗里不由对她多看几眼。即使以地球的标准来看,这也是一个绝色女子,金发如瀑布,明眸皓齿,性感的嘴唇,腰肢纤细,乳峰高耸,只是鼻孔大了一些,胸脯也过高了一点,这是她身上唯一的缺陷。不过这是无法求全的,天狼星的地球移民已繁衍了12代,在那个空气稀薄的天狼星系的行星上,进化论选择了大鼻孔和大的肺部。那三个男子也是同样的特征。

中年男子说:"谢谢!这次地球之行确实给我留下了美好印象,这是我们的祖庭呀,我会把这些印象永远保留在心中。"

小伙子热情地说:"地球太美了,地球人太热情了!我真想在这儿再多待几年……"

杰弗里插了一句:"你已经在地球逗留了三年,你们四位都是。"

老年男人说:"对,我们真舍不得走。特别是我,这恐怕是我最后一次返回故土了。"他的声调中透着苍凉。

姑娘兴高采烈地说:"地球人非常可爱,尤其是男人们,可惜我没能带走一个如意郎君。"

杰弗里笑道:"不过,据我所知,你已经让几十个地球小伙子为你神魂颠倒了,对吧?"

姑娘警觉地盯着他："你们一直在监视我？"

杰弗里中校微微一笑："我不想欺骗你，小姐。为了妥善地管好我们的地球之宝，每个外星游客都受到持续的监视。不过，对你的监视应该是最不枯燥的工作，我真羡慕那个负责监视你的反间谍人员，他24小时都能把一个倩影装在眼眶里。"

姑娘接受了他的高级恭维，羞涩地一笑："我只有一点遗憾，为什么不早点见到你呢？"

"谢谢，谢谢！"杰弗里笑着，"你的恭维也非常到位。"

"不过我得纠正一点，"姑娘说，"我可没做什么智力提高术的治疗。那玩意是男人们的爱好，思考，绞脑汁——多没劲！至于我，只要能活得快快活活就够了。你说对不对？"

杰弗里点点头："对，这是一个新颖的见解，我也知道你是四个人中唯一没有做智力增强手术的人。好啦，咱们言归正传吧。祝贺你们已经通过了第一轮出关检查。现在是第二轮，也是最后一轮，你们……"

姑娘抢断他的话头："刚才的检查太严格啦！所有的行李、身上的衣物都折腾一遍，连我们的身体也做了最严格的透视检查。我简直以为回到了纳粹时代，而我们都是孤苦无依的受害者……"

杰弗里笑着说："我很抱歉，非常抱歉，但你们也知道，我们是不得已而为之，想盗取那个秘密的外星间谍实在多如过江之鲫——不不，我绝非暗示你们是间谍，我只是说明一个事实，希望你们能谅解这一点。"

三个男人都点点头："我们知道，我们都能谅解。索菲娅小姐，让杰弗里先生工作吧，飞船快要起飞了。"

索菲娅小姐这会儿正气恼地嘟着嘴，不过她的情绪变得很快，嫣然一笑说："对，我们不怪你，职责所系嘛，请开始吧。"

地球有一个人人觊觎的宝物，那就是智力提高术的技术秘密。在科学高度昌明、智力爆炸的29世纪，人的自然智力已经不足以应付日益复杂的世界了。所有星球（包括地球和56个移民星球）都投入巨资研究智力提高术，但只有地球取得了成功。它就像偶然一现的闪电，划破了智力的鸿蒙，但此后没有一个星球能复现地球的成功。智力提高术可以把智力提高15％。可不要小看这15％，由于人类的本底智力已经非常强大，这15％的额外智力相当于人类30000年的进化。

地球人并不想把这个财富完全据为己有，他们热心地为各星球人做这个手术——当然，收费是高了一点：每个治疗者收1亿宇宙迪纳尔，约合2.8亿地球币。这一点情有可原。地球人为开发这项技术耗费了巨额资金，高额的付出总得有相应的回报。再说，各个移民星球都有极其充裕的自然资源，而地球在经过耗费昂贵的太空开发时代后，自然资源已经基本耗尽了。太空开发造就了这56个移民星球，但地球就像送出56份嫁妆的老妈妈，钱包已经被榨干了。公平地说，智力增强术是上帝特意恩赐的礼物，他怜悯可怜地球的老住户。

做智力提高术的人纷至沓来，当然全是富人，是富可敌国的富人。金钱如洪流般滚滚而来，多得足以勾起任何星球的贪欲。成千上万的商业间谍如蜂逐蝶，其中一些是兼职间谍。他们在来地球做智力提高术的同时，顺便来盗取它的技术秘密。这真是一举两得的事，既可以拿这次间谍斗智来检验智力提高术的疗效，一旦成功又能赚回几倍的手术费用。

但地球牢牢地守护着它，就像是中世纪威尼斯的工匠们长期地牢牢把守着制镜的秘密。而且，这比保守制镜术的秘密容易多了。制镜术的秘密非常简单——在玻璃上镀银之前用碱水把玻璃洗净，仅此而已，所以它注定是守不住的。但智力提高术的秘密非常复杂，用最简洁的技术语言描述出来，也需要30亿比特的信息容量。它的复杂性加大了盗窃的难度。

杰弗里不动声色地盯着眼前这几位间谍——他们中间至少三位是间谍，这一点毫无疑问。三年来，地球情报局对他们实施了最严格的监控，已经断定了他们的身份，而且也基本断定他们已把秘密窃取到手了，只等离开地球时偷运出去。间谍们都不使用无线电，因为地球上有卓有成效的电子屏蔽，电波很难穿透它；这样做还有一个更大的原因——凡来盗窃这个秘密的星球都是看中它所伴随的巨额财富，没人愿意把秘密与其他星球共享，而使用电波就太危险了，难保不被破译。

他们肯定是用"夹带"的方法，这是最古老也是最可靠的间谍伎俩。想想吧，即使在29世纪，各星球政府最高级的秘密情报依旧是靠外交信使来传递。

杰弗里今年34岁，身材颀长，剑眉星目，英气逼人——刚才索菲娅小姐的高级马屁并不是肆意夸张。他是地球海关（按说应该叫"空关"的）中最有名的检查官，机智过人，是海关的最后一道屏障。从没人能骗过他，将那个技术秘密带走。这一点是不用怀疑的，如果这个秘密已经泄露，就不会有越来越多的求医者了。

他用犀利的目光盯着眼前的四个人："按照规定的程序，我将最后一次通知你们：如果有谁私自夹带智力提高术的技术秘密，这是最后的坦白机会。坦白了可以从轻治罪，没有坦白而被查出者，就要自愿接受最严厉的惩处，包括死刑。请你们三位——"他用目光把索菲娅小姐剔除出去，"认真考虑五分钟，再答复我。"

说话时他仍然满面笑容，但语调中透出森然寒意。三个男人都面色平静，也许他们的目光深处有一丝颤抖，但他们把恐惧很好地隐藏了。只有索菲娅似乎没意识到自己已经被剔出"可疑者"的圈子，她受不了屋里沉重的气氛，轻轻咳了一声，想要说话，被杰弗里用眼色制止了。

五分钟后。杰弗里平静地说："那么你们不愿坦白了？那就请重复一遍那篇誓言吧。"

片刻的沉默后，中年人率先说："我叫小泉二郎，我发誓没有夹带有关智力提高术的秘密，如果违誓，愿意接受地球政府最严厉的惩处，包括死刑。"

小伙子也说："我叫陆逸飞，我发誓……"

名叫布莱什的老者也重复了誓言。杰弗里怜悯地看着他们，下意识地轻轻摇头。三个男游客的心都在向无限深处沉落，因为他的怜悯比威胁更令人心悸。良久，他轻叹一声："我真不愿你们轻抛生命，可是……咱们往下进行吧。"

三个男人的脸色都有点发白，不过他们仍保持着优雅的沉默。这会儿，连没有心机的漂亮的索菲娅也终于看到了严重性，用惊惧的目光挨个睃了三个同伴一眼，就像是一只受惊的小鹿。

杰弗里轻咳一声，不过并没有说话，他站起来，冲了四杯热咖啡，一杯杯端过来，放在四个被检查者面前。三个男人都低声说："谢谢。"他们实际是在进行一个仪式：操生杀大权的杰弗里在向他的牺牲者表示歉意，而几个间谍——如果他们真是商业间谍的话——则心照不宣地接受了他的好意：检查官先生，我们明白你是不得已而为之，你我都是在尽自己的本分。所以，尽管往下进行吧。三个男人一动不动地坐着，就像是历尽沧桑的石像，只有索菲娅在不安地扭动着身子。

"宇宙万物无非是信息的集合。"杰弗里突兀地说，"宇宙大爆炸时粒子的聚合，星云的演化，DNA的结构，人类的音乐、绘画、体育活动，甚至人类的感情、信仰和智力，一切的一切，就其本质而言，无非是信息而已。而所有信息都能数字化。自从20世纪人类发明电脑后，这个道理已经变得非常明晓了，因为电脑能实现的所有令人眼花缭乱的魔术，其实只是0和1的长长的序列。所以，从理论上说完全能做到这一点：在这个宇宙灭亡时，带着一个写满数字序列的笔记本逃到另一个宇宙，就能重建老宇宙的所有细节。"

索菲娅窘迫地说："杰弗里先生，你说的我听不大懂。你知道，我可没做过智力增强术……"

杰弗里宽容地笑笑，并没对她的低智商表示不耐烦。他耐心地说："理解这一点并不需要增强过的智力。我用最简化的语言讲一下吧，如果用01、02、03、04、05……24、25、26

这26个代码来分别代替26个英文字母，那么'智力增强技术'（The intelligence strengthen technique）这个标题变成数字后就是：20080509142005121209070514030 519201805140720080514 200503081409172105。"他解释道，"其实仅用0、1两个数字表示就行了，不过那样的数字序列更长一些，为了便于索菲娅小姐理解，我在这儿用的是十进位数字。"

索菲娅饶有兴趣地听他说话，其他三个人则面无表情。

"当然这只是理论上的可能。"杰弗里笑道，"宇宙所包含的信息太庞大了，如果我们用原子做基本的信息载体，那么要想容纳这个宇宙的所有细节，你的笔记本的重量恐怕要赶上宇宙本身了。献丑了，我说的都是最起码的常识，你们都知道的。"

三个男人仍不说话，索菲娅努力想打破室内的尴尬，轻咳一声说："不，你说得很有趣，我就从没听说过……"

杰弗里说："但有关智力提高术的技术秘密就不同了，它虽然相当繁杂，也不过30亿比特的信息量，经过某种技术处理，它完全可以塞到你们的行李箱中。这也是最起码的常识，我想你们都知道的。"

三个男人当然能听出他步步进逼的敲打，但他们都是训练有素的高级间谍，始终保持着面色的平静——或者他们是清白的，根本不需要惊慌。他们不动声色的对峙在室内造成一种寒意，索菲娅受不了室内的气氛，不安地扭动着，为三个人辩解："我们的行李和身体都已经经过最严格的检查……"

老年男人用一个轻轻的手势制止了她，对杰弗里说："往下进行吧。"

杰弗里摇摇头，走到三个人身后。三个人的皮箱都在各自身后放着，箱盖大开。他走到中年男人的皮箱前，一边用目光扫视着，一边平静地说："我知道这些皮箱都经过最严格的检查，没有发现任何高密度芯片、缩微胶卷等间谍常用的工具。不过……"他用极富穿透力的目光看着三个人，"你们都是高智商者，肯定不屑于使用那些常用方法。我想，也许你们会使用最出人意料的手段？"

三个人平静如常。杰弗里在小泉先生的皮箱中仔细探视着，最后把目光定在一块小小的石头上。

"小泉二郎先生，你从地球上带走一块石头？"

"对。"小泉微笑着，"我刚才已经说过，地球是我的祖庭。记得地球上的航海民族——波利尼西亚人——有一种习俗，在离开故土前，会把故乡的泥土带一捧，撒到他们落脚的海岛上。地球的华夏民族也是这样，远行的人要带一包'老娘土'，终生不离。我也想带走我对地球的眷恋，不过我觉得泥土不容易保存，就带了一块普通的岩石。"他在"普通"这两个上字加重了读音。

"我很感谢你对老地球的感情。我也知道这是块最普通的岩石，成分是二氧化硅。不过，你似乎对它进行过抛光？"

"对，我尽力把它抛光了，我想让这块普通的石头变得像宝石一样光彩照人。"

"很好，很好。"杰弗里非常突兀地问，"能不能告诉我它有多重？或者更精确地说，它由多少硅原子组成？"

　　小泉的脸突然变白了，不过他的语调还尽力保持着平静："不知道，我没有测量过，也没这个必要。我对地球的感情分量与原子的个数没有关系。而且——测量原子的个数，那一定是个非常烦琐的工作。"

　　"不，不，你一定知道，用小夸克显微镜来数出原子个数，是非常轻易的工作，而这种显微镜在地球上已是随处可得。这块石头大概有……"他目测了一下，"60多克重，也就是说，它里面含有1023个硅原子，2乘1023个氧原子。如果用原子来做信息的最小载体，它能容纳10万亿亿的信息，远远超过智力增强术所包含的信息量了。"

　　最后这句话让索菲娅突然瞪大眼睛——杰弗里无疑是在说，小泉先生是用硅原子来携带智力增强术的秘密吗？小泉尽力保持着平静，不过目光中已经透露出绝望。杰弗里说："这样吧，如果你不反对，我来替你完成这个工作，好吗？"

　　小泉勉强地说："我不反对。"

　　杰弗里点点头，回头喊来一名工作人员，让他把这块石头拿到化验室，迅速测出其中所包括的原子（硅原子和氧原子）个数，一定要非常精确，误差在个位。"因为我不想破坏信息的精确性。"说完之后，他便把小泉抛到一边，不再理睬。陆逸飞和布莱什尽量不同小泉有目光接触，但他们分明知道小泉的命运已经决定，连索菲娅也看出这最后一段哑剧的含意。

　　现在，杰弗里转向陆逸飞的皮箱，他的扫视持续了很长时间，室内的气氛快要凝固了，在绝对的安静中，似乎有定时炸弹在嘀嘀地响着。最后杰弗里把目光锁定在一支精致的玉笛上："陆先生，你喜欢吹笛子？"

陆逸飞点点头，深情地说："对，我非常喜欢。这种带笛膜的横笛是地球上的中国人所特有的乐器，是从西域胡人那儿传到汉族的，在一代一代的汉族音乐家手中得到淋漓尽致的发挥。它的音质微带嘶哑，但却有更高的音乐感染力。历史上传下来不少有名的笛曲，如《鹧鸪飞》《秋湖月夜》《琅琊神韵》《牧笛》等。在天狼星上听到它们，我就像见到了地球上的清凉月夜，听到了琮琮泉流……"

杰弗里打断了他感情激越的叙述："很好，很好，如果这儿不是海关，如果是在晚会上与你会面，我会恳请你高奏一曲的。能让我仔细看看吗？"

"当然。"

陆逸飞把玉笛递过去，杰弗里把玩着，指着笛子上部的一道接缝说："这道接缝……"

"那是调音高用的。这支笛子由上下两段组成，在用于合奏时，可以抽拉这儿，对音高做微量的调整，适应那些音高固定的乐器……"

他的解释突然中断了，因为杰弗里已突然抽出上半截笛管。接口处是黄铜做的过渡套，他举起来仔细查看着，那儿没有任何可疑的东西。杰弗里又用手掂了掂两段笛管的重量："当然，下边的笛管要重一些。陆先生，我有一个很无聊的想法，如果用下半截笛管的重量做分母，用上半截的重量做分子，结果将是一个真分数，也可以化作一个位数未知的纯小数。陆先生，你知道这个小数是多少吗？"

陆逸飞的脸色变白了，身上的女人味一扫而光，高傲地说："不知道，你当然可以去称量的。"

"是的，我当然会去做的。"他喊来一名工作人员，命令他把两段笛管去掉黄铜接合套后做精密的称量，精确到原子级别，并计算出两者之间的比值。"要绝对准确，用二进制数字表示的话，要精确到小数点后30亿位，因为我不想破坏信息的精确性。"他似乎很随意地说。

这之后他把陆逸飞也撂到一边了，其实他已经明白地说:陆逸飞的结局也已经敲定。陆逸飞和小泉心照不宣地对视，目光中潜藏着悲凉，他们两位已经是同病相怜了。现在，三个男人中只剩下那位老人，这回杰弗里没有去察看他的皮箱，他走到老者身边，仔细地观察他。"布莱什先生，你似乎不大舒服？"

老者勉强地笑道："对，真不幸，回航机票买好之后，我却不小心感冒了，但行程已经不能改变。但愿我回到天狼星时，海关检疫人员不会将我拒之门外。"

"哦，这可不行，我得为你的健康负责。万一不是普通的感冒而是变异的感冒病毒呢？老人家，你不介意我们取一口你的唾液做病毒DNA检测吧？"

索菲娅惊奇地看到，老人的脸色也一下子变白了。他高傲地说："当然可以，谢谢。"停停他又补充道，"你是个非常称职的海关检查官，这是我的由衷之言。"

"谢谢你的夸奖。"他又喊来一名工作人员，让他取一口老人的唾液。杰弗里详细交代说：DNA中有30亿个碱基，它的序列是由四字母组成，换算成二进位数字的话，有60亿比特的信息容量。所以检测一定要精确，"没准这种病毒的碱基序列正好含着智力增强技术的内容呢。"他半开玩笑地说。

当然，谁都知道他并不是开玩笑。

杰弗里还请工作人员在进行DNA测定后顺便做一个换算。因为那块石头的原子个数、两段笛管的重量之比，都将是十进位的数字序列，而碱基序列则是四个字母序列，需要换算成同样的十进位数列，以便"三位先生的结果有可比性"。"现在请大家安心喝咖啡吧，这三个结果很快就会出来的。"

三位商业间谍——现在可以确定地说他们是间谍了——心绪繁乱。死神已经近在眼前了，但他们仍令人敬佩地保持着绅士风度。只是，在与索菲娅探询的目光相碰时，会不自主地绽出一丝苦笑。在等待的时间里，杰弗里一直亲切地和他们聊着天，打听着天狼星的风情，还说最近他就要度假，打算到天狼星旅游观光。三个男人则热情地允诺做他的东道主——"当然，如果你没有把我们当作间谍处死的话。"三个人苦笑着说。索菲娅则含情脉脉地说，真盼望杰弗里能和他们同机去天狼星，"像你这样风度迷人的男人太难遇见了。"

屋里的气氛非常放松，但这种放松是假的，在平静的下面能摸到三个男人的焦灼。终于结果出来了，一名工作人员走进来，手里拿着打印出来的检测报告。他对三个人扫了一眼，不动声色地说："中校先生，你的估计完全正确。这块石头是用硅原子的数量表示的，精确数字是一个30亿位的序列，我现在拿来的是前边1000位。"他递过一张卷着的长长的打印纸。"至于那支笛子，则是用两段笛管的重量比来表达的，是一个无穷循环小数，循环节大约为30亿位，并与刚才的序列相同。而这位老先生身上的'感冒病毒'果然是一种独特的病毒，它的碱基序列换算成十进位数字表达，也是同样的序列。"

工作人员朝三位客人点点头，出去了。杰弗里默默地把纸卷递给索菲娅，数字序列的头几十位数字是：

200805-0914200512120907051403 05-1920180514072008 0514-200503081409172105

索菲娅的记忆力非常好，可以在几秒钟的扫视中记住上千位的数字。这会儿她清楚地记得，刚才杰弗里给出了同样的序列，其含意是：智力增强技术（The intelligence strengthen technique）——当时他还暗示，这是一份技术档案的标题。他果然没有说错。那么，一块石头、两段笛管、一种特异的感冒病毒，它们都包含着智力增强术的技术秘密。

看来，她只能一个人回天狼星去了。

杰弗里已经不用多说话，那三位游客对望一眼，甚至没有去接那个纸卷。老人代表他们说："你赢了，杰弗里先生。你真能干，目光如电，专业精湛。作为间谍，我们对你表示由衷地敬佩。请你按地球法律处置我们吧，我们毫无怨言。"

索菲娅嘴唇颤抖着："你们……真的是间谍？真的要被处死？"三个男人同时叹了一口气，没有做任何解释。杰弗里叹息一声，唤来工作人员，低声交代几句。然后，他为四个人续上咖啡，默默地看他们喝完。海关的工作效率非常高，一艘很小的飞船此刻已停在登机口。杰弗里把三个人送过去，同他们紧紧握手。当不可避免的结局真的到来时，三位间谍反倒真的放松了。他们微笑着同索菲娅拥抱，说："回程中我们不能陪伴你了，请多保重。"中年男人回过头，以男人的方式拍拍杰弗里的肩头，笑着说："很遗憾，不能在天狼星为你做东道主了，请索菲娅小姐代劳吧。"他们同杰弗里殷殷道别，在甬道中消失。

索菲娅一直惊惧地看着这个过程，小飞船呼啸着升空后，她转过头疑惑地看着杰弗里："他们三个……"

杰弗里声音低沉地说："他们将被流放到时空监狱，永远不能回来。"

"时空监狱？什么地方？那儿……人类能生存吗？"

"不知道，没人知道。间谍的流放地都是在飞船升空后随机选取的，那儿也许是地狱，也许是天堂。他们能有二分之一的幸运，这是我唯一能为他们做的事了。但有一点是肯定的，不管是天堂还是地狱，他们永远不可能回到今天这个时空了。"

索菲娅的眼睛里涌满泪水："我真的很难过，我们四个人是坐同一艘飞船从天狼星来的，他们都是很好的人……不过我不怪你，我知道你心地善良，他们是自作自受。"

杰弗里挽着姑娘的胳臂，回到刚才的办公室："不说他们了，把我的例行程序做完吧。按照规定的程序，我将最后一次通知你：如果你夹带了有关智力提高术的技术资料……"他匆匆重复了刚才对三个人所说的话，但索菲娅根本没听进去，仍沉浸在悲伤中。杰弗里再次提醒后，索菲娅才机械地说："没有，我没有夹带。"

"请你宣誓。"

"我叫索菲娅，我发誓没有夹带有关智力提高术的秘密，如果违誓，愿意接受地球政府最严厉的惩处，包括死刑。"

"好，请你赶紧登机吧，开往天狼星的航班马上就要升空了。"

收拾好行李箱，走过甬道，空中小姐在门口笑容可掬地迎候。在这段时间内，索菲娅一直默默无言，泪水盈盈。杰弗里体贴地搂着她的肩膀，一直把她送到座位上。邻座没有人，杰弗里坐在那个位置上，轻轻握着索菲娅的小手。

时间一分一秒地过去，飞船就要升空了，杰弗里还没有离去的意思。索菲娅轻声提醒他："你该下船了。"她戚然说，"真不想同你说再见，真希望你能同机去天狼星。但是……起飞时间快到了。"

杰弗里笑了："我正是和你同机去天狼星，这就是我的座位啊。你看，还有我小小的行李。"他解释着，"其实我刚才已经说过了，我说，我很快要去那里度假。"

索菲娅瞪大眼睛，目光复杂地看着他，很久才低声说："真是个好消息。看来我的祝愿感动了上帝。"

两只手轻轻相扣，他们不再说话。飞船轰鸣着离开了地球，脱离了地球的重力，并迅速加速。现在，飞船绕轴向旋转着，产生1g的模拟重力。很奇怪，在此后半小时里杰弗里一直没有说话，只是闭着眼睛仰靠在座椅上，轻轻抚摸着索菲娅的小手。到越过月球后，他突然回过头，目光炯炯地看着同伴："索菲娅小姐，现在飞船已经离开地球的领空，到了公空了。你当然知道有关的太空法律，在公共空间中，地球的法律已经失效，没人能奈何你。何况，我已经注意到，有几位先生还在虎视眈眈地守护着你呢。"他回头向周围的几个旅客打了一个招呼，那几位都是中年男子，身材剽悍，训练有素。大鼻孔，稍显凸出的胸脯，这当然是天狼星人的特征。此时他们向杰弗里回以职业性的微笑。

索菲娅平静地说："你说得不错。你想干什么？"

杰弗里苦笑道："我知道你是个间谍，你和他们三位是一伙的。你在地球逗留期间，地球情报局一直在监视你，早已认定你的身份。但我用尽了心思，也没找到你所夹带的情报。好，我认输了，但我非常想知道我是怎么输的。"他补充说，"你不必再把我看成地球海关的检查官。在你成功后，我的职业已经毫无用处，我现在是失业者，正前往天狼星去寻找新的人生，因为我不想留在地球上看人们责难的目光。其实，在你走进海关检查室之前，我就料定我会在你这儿失败，也做好了相应的准备。"他恳求道，"我非常想知道我到底是怎么输的，不知道这一点，我会发疯的。请你告诉我，好吗？"

索菲娅犹豫着。她想杰弗里说得没错，这儿已经不属于地球的领空，在银河系文明社会里，没人敢在公空中采取海盗行为。她嫣然一笑："把你的失败彻底忘掉吧，到天狼星去开始新的生活。告诉你，我刚才曾表达了对你的倾慕，那可不是间谍行为。我真的很喜欢你，也许咱们能在天狼星上共结连理呢。"

杰弗里感激地说:"非常感谢你的安慰,我也希望有你这么可爱的妻子。但是……"他固执地盯着她。

"至于我的身份……"她迟疑片刻后,坦率地说,"你猜得不错。我的本职是电影演员,但这次被天狼星政府征召作了一名业余间谍。我没有做技术间谍的智力,这是真的,一点都不骗你,我几乎可以说是弱智者,上学时数学和物理学得一塌糊涂。但我有一个过人之处,就是对数字有超凡的记忆力,可以轻易记住10万个互不关联的数字。"

杰弗里喊道:"但那是30亿比特的信息量啊!"

索菲娅得意地笑了:"30亿,不就是3万个10万嘛。要知道,我在地球待了三年呢,足以把它背下来了。要不,我给你背一次?反正我在旅途中得复习几遍呢。"她挑逗地说。

杰弗里摇摇头,声音低沉地说:"你把我骗得好苦啊,你成功地扮演了一个没有心机的低智商的女人……"

索菲娅咯咯地笑着:"别忘了我是一位专业演员,再说,"她向杰弗里抛一个媚眼,"我本来就是一个低智商的女人,我只是在做本色表演。"

很奇怪,杰弗里这时有一个突然的变化,他坐直身体,瞬间又恢复了原来的从容自信。他向空中小姐招招手,那姑娘马上送来两杯法国葡萄酒。杰弗里自己端起一杯,另一杯敬给索菲娅:"我输了,我没想到你是这样一个天才。你所用的最不取巧的间谍手段,恰恰是最难破解的。作为一个同行——反间谍人员和间谍可以说是同行吧——我非常敬佩你。来，干了这一杯。"

索菲娅盯着酒杯，盯了好一会儿。她突然莞尔一笑，乖巧地说："谢谢。杰弗里，我绝对相信你，相信你不会在酒中下毒。不过为了万全起见，我不能喝它，而且直到返回天狼星并将我脑中的那个30亿比特的数列卖给政府前，我都不会喝你的任何东西。这是不得已而为之，你不会怪我的，对吗？"

杰弗里微笑道："我不怪你，但那一杯酒中确实没毒。"他着重念出"那一杯"这三个字，让索菲娅觉得有点奇怪。这会儿杰弗里的表情也十分特别，双眸闪闪发亮，优雅的笑容中透着苍凉。他把那杯酒递给空姐，那位空姐面无表情地一饮而尽。"至于这一杯……"他伤感地笑笑，仰起脸一口喝光。把酒杯递给空姐后，他站起来吻吻索菲娅的额头："好姑娘，永别了。我真想能娶你为妻，可惜……"

他一头栽倒在地，死了。

事情发生得太突然，没有一点先兆，索菲娅下意识地从座位上蹦起来，捂着嘴，胆战心惊地看着脚下的死尸。她的几个保护人员已经站起来，迅速向她围拢，但眼前的现实并不是索菲娅受到什么威胁，而是地球海关检查官的意外死亡。他们怀疑杰弗里是假死，其中一人伸手试试他的鼻息，鼻息已经停止，连体温也正在缓缓地下降。几个保卫人员根本未料到这样的变化，显然乱了方寸。其他乘客中也掀起一阵骚乱，开始向这边聚拢。

这时，几个穿白衣的工作人员跑来，以机器人般的精确，迅速把死者抬起来，走向飞船舷侧的一个小门，并示意索菲娅一块儿来。索菲娅不知道他们要干什么，不由自主地跟了过去，她的几名保护者紧紧跟在后边。工作人员打开小门，把杰弗里塞进去。这个小隔间是双层门，外门通向太空。他们把内门关好，然后按下门边一个按钮，外门打开，死尸被离心力甩出去，晃晃荡荡地飘离飞船。透过舷窗可以清楚地看到，在舱外的绝对真空中，尸体的肚腹立即爆裂，身体也在瞬间失水，变成一具狰狞的干尸。飞船已达半光速，杰弗里的身体当然也是同样的速度，所以，宇宙中的静止粒子都变成高能辐射，在干尸上激起密密麻麻的光点。

一个标准的"空葬"程序。每个在宇航途中意外死亡的旅客都将得到同样的处理。这是星际航行的常识，但索菲娅还是第一次目睹。她脸色惨白，心脏似乎要跳出胸腔。她这个间谍毕竟是业余的，对这样惨烈的场面缺乏心理准备。

穿白衣的工作人员向外边立正敬礼，表情肃穆庄重，显然他们都是杰弗里的同行，对杰弗里（尤其是对杰弗里从容不迫的自杀）充满敬意。然后两个白衣人回过身，熟练地架起索菲娅的胳膊。索菲娅惊慌地喊："你们要干什么？干什么？这儿可不是地球的领空！"

她的四个保护者不声不响地逼近。穿白衣的为首者用一个轻轻的手势止住四个人，平和地说："请大家保持镇静，请务必镇静。索菲娅小姐，你说得对，这儿不是地球的领空，地球的法律在这儿已经失效。不过，你大概不知道在间谍行当中有一种惯例，或者说是职业道德，各个星球都认可的：如果一方的重要人员采取自杀性行动，这一方就有权得到比这轻一点的补偿。漂亮的索菲娅小姐，你让杰弗里中校第一次遭遇失败，他高贵地选择了死亡，地球的海关保卫遭受了不可挽回的损失，因此，我们有权对造成这一后果的间谍来一个小小的惩罚。不过你不用担心，我们不会杀死你的，只会对你做一个小小的记忆剔除术。"

索菲娅浑身颤抖，啜泣着，哀求地看着她的四个保护者。但四个人犹豫片刻后无奈地退回，看来他们也承认这种"间谍职业道德"的约束。飞船中的乘客（有地球人、天狼星人和少量另外星球的人）都无动于衷地看着这边的动静。白衣人把挣扎的索菲娅推进一个房间，那里面医生们已经穿好罩衫，戴着手术手套。门关上了，索菲娅的哭泣声也被截断，四个保卫人员向为首的白衣人点点头，不大情愿地回到自己的座位上。

几百名旅客平静地看着紧闭的房门。

确实是一个小小的手术，仅仅30分钟后，几个微笑的医护人员就把索菲娅送了出来。她的头上没有任何伤口，一头金发依然如瀑布般垂泻，面色仍是那样娇艳，不过目光显得有些茫然。她皱着眉头艰难地回想着，又环视着四周，低声问："我怎么啦？你们干什么围着我？"

医护人员微笑着说："不要紧张，没关系的，你刚才摔了一下，造成短暂的失忆。现在，请你尽量回忆你个人的情况。"

索菲娅皱着眉头思索半天，难为情地说："我知道我叫索菲娅，在地球上旅游观光后，正坐着这艘飞船返回天狼星，这将是8.7年的漫长旅程。别的……一时回忆不起来了。我的失忆能治好吗？"

"不要紧张，请再回忆。"

"噢，我似乎碰见了一个出色的男人，我对他很有好感，但他似乎死了。"她黯然说，"我想这一定是个梦，不会是真的。"

医护人员把她护送到自己的座位上，安慰她："你的精神受到一点刺激，除了失忆外可能还有轻微的妄想表现，你说的那些情景都是梦中的错乱，不是真的。不过你已经基本恢复了，很快就能彻底痊愈。不要紧张。再见，祝你旅途愉快。"

医护人员走了，很长时间，索菲娅一直低头沉思着。等她抬起头时，看见邻座的四个男子正怜悯地看着她。这四个人的面容和表情勾起她的某些回忆，似乎是她的熟人，至少是四个可靠的人，但具体的细节无论如何也想不起来了。这种绝望的回忆真折磨人啊！很长时间后，她终于忍不住，轻轻招手，唤四个人中的一个过来。那人稍稍犹豫一下，过来了，坐到索菲娅身边的空位上。她低声说："嘿！你好，我相信你也是天狼星的游客吧？你一定是个靠得住的人，我的感觉不会欺骗我的。现在，我迫切地需要你的帮忙，可以吗？"

那人没有回答，只是点点头。索菲娅悲伤地说："请对我讲讲我失忆前发生的事情，讲讲你所知道的有关我的情况，好吗？"她显得既困惑又焦灼，"我有一个感觉——也许只是我的妄想，但我不能排除它——似乎有一个很可爱的男人遭受了某种失败，他要为此自杀，只有我才能救他。这事情非常紧急，也许耽误几秒钟就来不及了。请你一定告诉我，这究竟是怎么一回事，好吗？求求你了。"

那人很长时间没有回答，只是侧脸看着舷窗外黑暗的太空。他终于回过头，语调平缓地说："没有这样的事，那只是你的妄想。"

"真的？"索菲娅几乎要哭出来，"你不能瞒我啊，不能让我终生懊悔。"

那人平静地说："我不瞒你，真的什么事情也没有。请你保重，我过去了。"他拍拍索菲娅的手背，返回自己的座位。船舱中非常安静，几分钟后，空姐们推着餐车出来了。

写作后记

曾在一本书上看到这样的构思：一个离开地球的外星间谍可以用一根有一条划痕的金属棒带走所有情报。因为这些情报都能数字化，而聪明的间谍只需恰当地选取刻痕位置，使两段棒长的比值恰好等于情报的数字序列就行了，如：0.27492847294589378973950699400……

确实是个非常机智的构思，正是它让我写了这篇小说。

小说写完了，现在以技术的角度看看，这个构想能否实现。

实际上这取决于物质的可分性，以下的分析基于"原子是机械可分的最小单位"这个假设。其实，即使把物质的可分性再往下推延有限的几个层次，对分析的结果并没有质的影响，除非物质无限可分，那样分析起来稍微麻烦一些，本文不拟涉及。

还有一点要注意：本文只涉及"有确定性"的经典物理世界，没有考虑量子多态叠加的信息存储办法。写科幻小说就像是解数理方程，总得要设出一定的边界条件，以下的答案就是在这些边界条件之内才有效的。

先从陆逸飞的"两段笛管法"着手。我们可以先假定那支较长笛管的重量是一个很大的数，是10的整数次方，这样，两段笛管的重量比值就只取决于较短那段的重量。读者可以看到，这实际就把陆逸飞"两段比值法"化为小泉先生的"石头法"了。

根据中学化学所学过的摩尔质量，可以知道64克玉笛含有10^{23}个硅原子。如果用所有这些原子的状态来表达信息（比如用一个原子的"有"和"无"来表示0和1），则这些原子可以表达10万亿亿比特的信息，足够携带我们的那份情报了。但文中两个间谍没有用这种方法，他们设计的方法是用"原子总数"的序列来暗藏情报，这个10^{23}的原子总数，若用十进位数字表示，其位数是23位；若用二进位数字表示，其位数是23除以0.3010（2的对数），也就是76位左右……仅仅是76位！而30亿比特的信息需要30亿位的数字序列，76位，连零头的零头的零头都不够！

此路不通，再另辟蹊径。有人说，我干吗要把重的那段选成10的整倍数呢，可以把两段的原子个数都选成非常非常大的素数，使两段的比值是一个循环节为30亿位的循环小数就可以了（循环节必须不能少于这么多位数，否则它就不能表示特定的数列）。好，我们看看这个方法是否行得通。

先复习一点小学数学知识。纯循环小数可化为这样的分数，其分子是一个循环节内的数字；分母是若干个9，9的个数与循环节位数相同（混循环小数化分数的办法略）。比如，

无限纯循环小数0.428571428571……循环节是6位，则化为分数是428571/999999,化简后为3/7。

非常简单，对不对？唯一的麻烦是：循环节为30亿位的循环小数化成分数后，分子和分母都是30亿位的大数。当然分子分母可能被化简（先不管它到底能化简到什么程度），即约去两者的公约数，这实际是一个数的素性检验问

题，没什么复杂的，用试除法就行了，小学生都会算，何况还有运算速度为每秒数万亿次的电脑呢，只是时间稍微长了一些，而且这个时间随着被除数的位数的增加而急剧增加。到底需多长时间？对于一个10位的数字，电脑可以在1秒钟内就得出结果，如果是100位数字呢？那就需要……请你听好，我以下说的时间值得之于职业数学家的推算，绝对没有错误：

即使用今天运算速度最快的电脑，所需时间也需1036年！

我们宇宙迄今的历史才有1011年呢。

这还只是对100位数字的试除，我们的数字可是30亿位！！！

看来，先甭说它们能不能化简，以及能化简到什么程度，单说化简的时间就耗不起。但是若不化简，就又回到刚才的情形了，分子分母都是30亿位的数字，若要表示它，原子个数就要达到2的30亿次方，远远超过一段玉笛中所包含的原子个数。所以此法也走不通。

这两种方法被Pass了，现在看看"碱基法"。这倒是没问题的，前面已经说过，30亿位由四个字母表达的数列可以容纳60亿比特的信息。只是，按这个"既定数列"定做的DNA很可能就不是生物，或者这样说吧，它恰好是感冒病毒的可能性是30亿个碱基的组合数的倒数。读者会不会做排列组合的计算？它是这个30亿位数字的阶乘。具体值就不用计算了吧，反正是一个吓死人的天文数字。所以，非常遗憾，这种方法也得被Pass了。

只剩下一种：记忆法。唯独在这儿我们挑不出什么毛病。背诵长达30亿位的数列的确是一个非常累人的活，是一场酷刑，但没人能用有力的理由证明它是不可能的。人的大脑有140亿个神经细胞，从物理层面上分析，它也能容纳30亿比特的信息。

　　这么说来，原来这位叫王晋康的作者是个江湖骗子，惯会信口雌黄，虚张声势，他文中描写的"才智过人"的斗智者实际上都是些弱智，连这么简单的逻辑错误都看不出来！只有那位似乎最弱智的索菲娅才是——虽然她也失败了，但她至少算是个智力正常的人吧，她的方法至少不会成为笑柄。

　　除了这个女人，四个男人都是超级笨蛋，加上作者就是五个了。还有——务必请你原谅，我没有得到你的允许已经把你拉到这场智力测验中——如果你在读这本小说的过程中没有觉察到其中的逻辑错误，那么你就是第六个笨蛋。如果你已经觉察到了，怀疑了，那么恭喜你。我相信，依你所具有的水平，如果回头去考小学算术，再不济也能拿个60来分吧。

泡泡

闯入四维空间

孩子们，人类的逻辑思维能力是上帝最宝贵的恩赐。这么说吧，正是由于人类大脑基因的某种变异，使其具备了超越直观的形而上的思维能力，人类才超越了动物的范畴，才能避免尼安德特人的悲剧。

逻辑思维的威力在物理学和数学中得到最充分的体现，早在科学启蒙时期，伽利略就用思想实验的办法，推翻了曾被学术界奉为圭臬的"物体自由落体速度与重量成正比"的理论，这甚至是在他那次著名的比萨斜塔实验之前。他是这样驳难亚里士多德的：把一个重球A与一个轻球B绑在一块儿，那么整体的AB当然要重于A或B。按照上述理论，AB肯定比两球单独下落时的速度快，但换一个思考角度，因为B轻于A，它的下落速度当然比A慢，这样，把两者绑在一起时，B肯定要延缓A的速度，这就使合球AB的速度快于B但肯定慢于A。两种推理是不是都对？是的，都完全正确，但结论却相反。所以，唯一的可能是推理所依据的平台，即那个理论错了。你们看，多么简洁明快的推理，却又无懈可击。有了这个推理，其实根本不用再爬到比萨斜塔上扔铁球了。

伟大的相对论更不用说了，它简直是一人之功，是一个天才大脑的杰作。爱因斯坦通过纯粹的思想实验，得出"光速不变"和"引力与加速度等效"的顿悟，彻底颠覆了人们奉为"绝对真理"的平直时空。爱因斯坦自己说，那对他来说是"幸福的思想"。

其实还有一个著名的思想实验，只是常常被人们忽略，那就是驳难时间旅行的"外祖父悖论"——你如果可以返回过去，就有可能杀死你的外祖父，但如果他在未有儿女之前被杀，怎么可能出现一个返回过去改变历史的你？这个驳难也无懈可击，所以唯一的结论是：时间旅行是不可能的。

这个思想实验之所以一直被人忽视，是因为其中掺有人的因素——人有自由意志，所以他们完全可以不杀自己的外祖父。这种思考角度是完全错误的，人类作为群体而言其实并没有自由意志。比如，谁也不能保证在10万个时间旅行者中没有一个想杀死自己外祖父的人，那人可能是神经错乱，或者干脆是个狂热的科学信徒，不惜杀死外祖父来求验这个悖论。而只要有一个过硬的反证，也足以推翻一条物理定律。

所以，孩子们，我要让你们失望了，我在这儿可以断言，无论是你们，还是你们的子孙后代，都甭指望去体验时间旅行，1000万年后也不可能，它永远只能存在于科幻小说中。但也不必失望，时间旅行不可能实现，并不意味着超维旅行——指超出三维空间的旅行——就不可能。至少到目前为止，没有哪个实验能证伪它——当然也还没有证实。它究竟能否实现，也许就靠你们中某一个天才大脑了。

理论物理学家陈星北2017年在内蒙古达拉特旗某初中课外物理小组"纪念束星北（注1）110周年诞辰"座谈会上的发言。发言为摘录，未经本人审阅。

记录人：巴特尔（嘎子）

注1：束星北（1907—1983），20世纪30年代中国著名物理学家，极具天赋，曾被认为是最有可能摘取诺贝尔物理学奖项的中国人。1931年辞去美国麻省理工学院的工作回国效力。但其性格狂放，行事怪诞，1957年被打成右派，

一生坎坷，未能在学术上取得划时代的成就。

本文的主角取"星北"为名，显然是出于对束星北的敬仰。

1

位于廊坊的空间技术院育婴所正在忙于实验前的准备。这个"育婴所"里并没有婴儿的笑声和哭闹，也没有奶嘴和婴儿车，它的正式名称其实是"中国空间技术研究院小尺度空间研究所"。所里的捣蛋鬼们嫌这个名字太拗口，就给它起了这个绰号，而所长陈星北也欣然认可这个绰号并带头使用，所以这名字在所里所外几乎成了官称，只是不上正式文件而已。

实验大厅是穹隆式建筑，有一个足球场大，大厅中央非常空旷，几乎没有什么设备。只有一个很小的球舱吊停在场地中央，离地有四米高。它是单人舱，样子多少类似太空飞船的回收舱，只是呈完美的球形，远远看去小得像一个篮球。它的外表面是反光镜面，看起来晶莹剔透，漂亮得无以复加。舱边站着两个小人，那是今天的舱员，旁边是一架4米高的舷梯车。

今天只是一次例行实验，类似的载人实验已经进行过5次，而不载人实验已经进行过15次了，人人都轻车熟路，用不着指挥。所以下边人忙忙碌碌，陈所长反倒非常悠闲，背着手，立在旁边看风景。他的助手小孙匆匆从门口过来，低声说："所长，秦院长的车已经到了。"

陈星北漫不经心地嗯了一声，没有后续行动。小孙有点尴尬，不知道该不该催他。陈星北看看他，知道他的心思，没好气地说："咋？有屁就放！"

小孙笑着说："所长你还是到门口接一下的好。再怎么说，她也是咱们的直接上级、肩上戴着将星的大院长，尤其还是咱们的大金主。"顿了一下又说，"你知道的，这次她来视察，很可能就是为了决定给不给咱们继续拨款。"

陈星北满不在乎："她给不给拨款不取决于我迎不迎接，我犯不着献殷勤。别忘了在大学里我就是她最崇拜的'星北哥'，整天跟屁虫似的黏在我后边，就跟现在小丫黏糊嘎子一个样。你让我到大门口迎她，她能承受得起？折了她的寿！"

小孙给弄得左右为难。陈所长的德行他是知道的，但所长可以胡说八道，自己作为所长秘书却不得不顾忌官场礼节。不过用不着他作难了，因为一身戎装的秦若怡院长已经健步走进来，而且把陈的胡说八道全听到耳里。秦院长笑着说："不用接啦，小孙你别害我折寿，我还想多活几年呢。"

小孙的脸一下子变得通红，是替所长尴尬。他偷眼看看，那个该尴尬的人却神色自若。秦院长拍拍小孙的肩膀安慰道："你们所长没说错，上大学时我确实是他的跟屁虫。那时还一门心思想嫁给他，就因为他常常几个月不洗澡我受不了——我可不是夸大，他只要一迷上哪个难题，真能几个月不洗澡。小孙你说，他现在是不是还这德行？"

小孙也放松了，笑着凑趣："江山易改，本性难移。"说完就机敏地离开了。陈星北过来和秦若怡握握手，相互打声招呼。秦若怡和陈星北是北大同学，比他低一届，两人虽是学理的（陈学理论物理，秦学力学），却都爱好文学，是北大未名诗社"铁三角"的两翼，算得上铁哥儿们。铁三角的另一边是当年的诗社社长唐宗汉——国际政治系的才子，比陈星北高两届，如今更是一位天字号人物——现任国字级领导。近两届政府中有不少重量级人物出自北大，人们说清华的风水转到北大这边了。

"育婴所"实际不是空间院的嫡系，五年前陈星北凭三寸不烂之舌说动了秦院长，成立了这个所。可以说这个建制完全是"因人而设"，因为秦若怡素来相信这个学兄的能力。而且，虽说陈星北为人狂放，平日说话满嘴放炮，但在关键时刻也能拿出苏秦张仪的辩才，"把秦小妹骗得一愣一愣的"（陈星北语）。育婴所成立五年，花了空间院1亿，在理论上确实取得了突破，但要转化成实际成果还遥遥无期。秘书刚才说得对，秦院长这次视察恐怕不是吉兆。

陈、秦两人对这一点都心知肚明，这会儿却都不提它。秦若怡说："星北你刚才说小丫黏糊嘎子，这个嘎子是何方神圣，能入小丫的法眼？"她又笑着说，"也太早了吧，小丫才13岁！"

陈星北指指大厅中央："喏，嘎子就在那儿。不过你别想歪了，小丫的黏糊扯不到男女关系上，他们是表兄妹呢。嘎子是我外甥，内蒙古达拉特旗的，蒙古族，原名叫巴特尔。他的年纪也不大，今年15岁，等开学就是清华一年级的学生了。这小子聪明，有股子嘎古劲，对我的脾胃。你嫂子说他像电影《小兵张嘎》中的嘎子，那个小演员正好也是蒙古族。后来嘎子说，这正是他在家乡的绰号。"

"达拉特旗就是嫂子的老家吧？我记得四年前你千里迢迢跑到那儿，为一所初中举办讲座，是不是就为这个孩子？"

"对，他们学校的物理课外小组相当不错，办得不循常规。"秦若怡知道，"不循常规"在陈星北这儿就是最高评价了。陈星北笑着说："小丫这孩子你是知道的，有点鬼聪明，长得又靓，平日里眼高于顶，没想到这个内蒙古草原来的野小子把她给降住了。"

他对着场地中央大声喊："嘎子！小丫！你们过来见见秦阿姨！"

那两人向这边跑来。陈星北说："今天是他俩进舱做实验。"秦若怡震惊地扬起眉，陈星北早料到她的反应，紧接着解释，"是嘎子死缠着要去做实验。我想也好，实验中最重要的是人对异相空间的感觉，也许孩子们的感觉更敏锐一些。再说我有点私心，想让嘎子提前参与，将来接我的班。这小子是个好苗子。小丫知道后非要和她嘎子哥一块儿去，我也同意了。"他轻描淡写地说，"安全问题你不用担心，就那么一纳秒的时间，10米的距离。而且载人实验已经做过五次了，我本人就做过一次。"

秦若怡从心底不赞成这个决定，但不想干涉陈星北的工作，只说了一句："据我所知，那是非常狭窄的单人舱啊。"

"没关系，这两人都又矮又瘦，合起来也抵不上一个大人。"

两个孩子已经跑过来了，确实都又瘦又小。两双眼睛黑溜溜地特别有神。皮肤一黑一白，反差强烈。小丫穿吊带小背心，短裙，光脚皮凉鞋；嘎子则穿一件灰白色文化衫，正面是六个字：科学PK上帝，下边是又宽又大的短裤。秦若怡在心中暗暗摇头：怎么看他们也不像是一个重大科学实验的参与者。小丫与秦阿姨熟，扑过来攀住了她的脖子，说："秦阿姨，你是不是专程跑来看我做实验？"嘎子毕竟生分，只是叫了一声秦阿姨，笑嘻嘻地立在一边，眼睛可没闲着，眼巴巴地盯着秦若怡的戎装。他肯定是看中了院长肩上的将星，巴不得穿上过过瘾。

秦若怡搂着小丫，问："马上要开始实验了，紧张不紧张？"

小丫笑着摇头，想想又老实承认："多少有一点吧。"

"嘎子你呢？"

"我不怕。"

"对实验中可能出现的意外，有预案吗？"

"有，舅舅和孙叔叔已经讲过了。"

小丫则老老实实地说："爸爸说，让我一切听嘎子哥指挥。"

秦若怡笑着拍拍小丫的后背："好了，你们去吧。"

两人又跑步回到大厅中央，小孙跟着过去。已经到时间了，小孙帮他们爬到舷梯上，挤进球舱。毕竟是单人舱，虽然两人都是小号身材，坐里面也够紧张的，嘎子只有半个屁股坐在座位上，小丫基本上是半侧着身子偎在嘎子怀里。关闭舱门之前，小孙对他们细心地重复着注意事项：

"舱内的无线电通话器有效距离为5000公里，足以应付意外情况，不必担心。

"密封舱内的食物、水和氧气可以维持七天的生存，呼出的二氧化碳由回收器自动回收。舱内也配有便器，就在座椅下面，大小便（以及漱口水）暂存在密封容器内，以免污染异相空间。

"球舱的动力推进装置可以完成前进及下降时的反喷减速，不能后退和转弯。但燃料（无水肼）有限，只能保证三小时的使用。

"万一球舱重入地点比较偏远，不要着急，它带有供GLONASS（伽利略全球定位装置）识别的信号发生器，总部可以随时掌握重入地点。但要记住，你们没穿太空服，在确实断定回到地球环境之前，不要贸然打开舱门——谁也不知道异相空间里究竟是什么情况。"

这些实际都是不必要的谨慎。按以往的实验情况，球舱会在一纳秒后即现身，位移距离不会超过10米。所以，舱内的物品和设备其实根本没有用处。但作为实验组织来说，必须考虑到所有的可能。

小丫乖乖听着，不住点头。她打心底没认为这实验有什么危险，但小孙叔叔这种"诀别赠言"式的谆谆嘱托，却弄得她心里毛毛的。扭头看看嘎子哥，那浑小子仍是满脸的不在乎。嘎子向小孙挥挥手，说：

"我早就把这些背熟了，再见，我要关舱门了。"

他手动关闭了舱门和舷窗，外面的小孙向指挥台做个手势，开上舷梯车驶离场地中央。

球舱孤零零地悬在空中。在它的正下方周围有一圈10米红线。

10米，这道红线简直成了突不破的音障，近几次实验都停滞在这个距离。刚才陈星北说"实验非常安全"时，实际上是带着苦味的——因为突不破10米，所以才非常安全。这次实验前，他们对技术方案尽可能地做了改进，但陈星北心中有数，这些改进都是枝节的，想靠这些改进取得重大突破希望渺茫。

小孙跑过来时，陈所长和秦院长正在轻松地闲聊，至于内心是否轻松就难说了，毕竟，决定是否让项目下马是痛苦的，而且只要这个项目下马，意味着育婴所的编制也很难保住。

秦院长说道："我记得第一次的空间挪移只有0.1毫米？"

"没错，说来不怕你见笑，对超维旅行的距离要用千分尺来测量，真是天大的笑话。"

秦院长笑着说："我不认为是什么笑话。能够确证的0.1毫米也是重大突破，而且三次实验后就大步跃升到10米，增加了一万倍。"

"可惜以后就停滞了。"

"只要再来一次那样的跃升就行，再增加一万倍，就是100公里，就到实用的尺度了。"

陈星北停顿片刻。他下面说的话让小孙很吃惊，小孙绝对想不到，所长竟然把这些底细全都倒给了秦院长。他悲观地想，自打秦院长听到这番话后，育婴所的下马就不必怀疑了。陈星北坦率地说："若怡，我怕是要让你失望了。实话说吧，这项技术非常非常困难，不光是难在增加挪移距离，更难的是重入母空间时的定向和定位。因为后者别说技术方案，连起码的理论设想都没有。这么说吧，现代物理学还远远达不到去控制异相宇宙一个物体的运动轨迹这一高度——在那个世界里，牛顿定律和相对论是否适用，我们还没搞明白呢。"陈星北看看她，决定把话彻底说透，"若怡，别抱不切实际的幻想，别指望在你的任内把这个技术用到部队。我不是说它绝对不能成功，但那很可能是1000年以后的事。"

秦若怡停顿片刻，尽量放缓语气说："你个鬼东西，你当时游说我时可不是这样说的。"

陈星北一点也不脸红："男人求爱时说的话你能全信吗？不过结婚后就得实话实说了。"

秦若怡很久没说话，旁边的小孙紧张得喘气都不敢大声。他能感觉到那两人之间的紧张气氛，他想秦院长心里一定很生气——而且她的愤怒是完全合理的。她可能就要对当年的星北哥放出重话了。不过，毕竟秦院长是当大官的，涵养就是不同。沉默片刻后，她以玩笑来冲淡紧张气氛："姓陈的，你是说你已经骗我同你结婚了？"

陈星北也笑着说："不是咱俩结婚，是育婴所和空间院结婚——只是，今天你是来送离婚书的吧？"

"如果真是如此——你能理解我吗？"

"我能理解，非常理解你的难处。你的难处是我一手造成的，我是天字第一号的大浑蛋。不过，也请你理解我，我那时骗了你，但动机是光明的。我并不是在糟蹋中国人的血汗钱。虽然那时我已经估计到，这项研究不可能发展成武器技术，但作为纯粹的理论研究也非常有价值。可是，谁让咱国家——所有国家——都重实用而轻基础理论呢，我不招摇撞骗就搂不到必要的资金。"他叹了一口气，"其实，如果不苛求的话，目前的10米挪移已经是非常惊人的成功，可以说是理论物理的革命性突破。若怡，求求你了，希望你能收回当时'不对外发表'的约定，让我对国际科学界公布，挣他个把诺贝尔奖玩玩。"他大笑道，"拿个诺贝尔奖绝对不成问题的，拿到奖金后我全部捐给空间院，算是多少退赔一点儿赃款。"

小孙松了一口气，他明显感觉到气氛已经缓和了。而且——他打心里佩服所长，这位陈大炮到关键时候真是口若悬河、舌灿莲花，死人也能被他说活。当然细想想，他这番演讲之所以动听，是因为其中的"核"确实是合理的。

秦若怡又沉吟了一会儿，微笑着说："小孙，你是不是正在暗叹你们所长的口才？不过这次他甭想再轻易把我骗到。"她收起笑谑，认真地说，"等我们研究研究吧。当时育婴所上马不是我一个人的决定，今后你们所的走向同样不是我一个人能决定。肯定要报到上边，说不定要报到咱们那位老同学那里。"她用拇指向天上指一指，最后刺了陈星北一句，"到时候你有多少口才尽管朝他使，能骗到他才算你有本事。在他面前你别紧张，照样是你的老同学嘛。"

陈星北立即顺杆儿往上爬："我巴不得这样呢。若怡拜托你了，尽量促成我和他的见面。你肩膀上扛着星，咱平头百姓一个，虽是老同学，想见面也不是那么容易的。"

秦若怡无奈地说："你呀，真不敢沾边，比狗皮膏药还黏糊。"

这时指挥室里同舱员进行了最后一次通话，大厅里回荡着嘎子尚未变声的童音："舱内一切正常！乘员准备就绪！"现场指挥宣布倒计时开始，这边陈、秦二人不再交谈，小孙递过来两副墨镜，让两人戴上。

大厅里顿时鸦雀无声，开始点火倒计时："10、9、8、7、6、5、4、3、2、1，点火！"

霎时间大厅里一片强光！所谓点火只是沿用旧习惯，球舱的"升空"（这也是借用的说法）是依靠激光能量而不是化学燃烧剂。随着点火指令，大厅穹庐式内壁上的数万台X射线强激光器同时开动，数万道光束射向大厅中央的球舱，霎时间在球舱处形成一个极为炫目的光球，如同一颗微型超新星在人们眼前爆发。这些激光束是经过精确校准的，在球舱外聚焦成球网，就像是为球舱覆上一层防护网。这个球网离球舱很近，只有30毫米，这是为了尽量减少"欲挪移小空间"的体积，因为该体积与所需能量是指数关系，小小的体积增加就会使所需能量增加数万倍。正因为如此，球舱也设计得尽量小和简易。

聚焦后的高能激光足以气化宇宙内所有物质，但激光网中所包围的球舱并无危险，因为当大量光能倾注到这个小尺度空间时，该空间能量密度高达每立方厘米1037焦耳，因而造成极度畸变，它便在一纳秒内从原空间（或称母宇宙）中爆裂出去，激光的能量来不及作用到舱上。

光球极为炫目，使大厅变为"白盲"。但陈星北对所发生的一切了然于胸，就像在看慢镜头电影。光网在一瞬间切断了球舱上边的吊绳，但球舱根本来不及下坠，就会随着小空间（学名叫子宇宙或婴儿宇宙）从母宇宙中凭空陷落。小空间是不稳定的，在爆裂出去的同时又会重新融入母宇宙，但已经不是在原出发点了。两点之间的距离就是秦若怡最关心的"投掷距离"，换句话说，用这个方法可以把核弹投到敌国，而且导弹防御系统对它根本没用，因为它的运动轨迹甚至不在本宇宙之内。

可惜，目前只能达到10米距离。

激光的持续时间只有若干微秒，不过由于人的视觉暂留现象，它好像持续了很长时间。现在，激光熄灭了，厅内所有人都摘下墨镜，把目光聚焦到10米红线圈闭的那片区域。然后——是近百人同时发出的一声"咦"！和往日的实验不同，今天那片区域内一无所有。然后，所有脑袋都四处乱转，在大厅内寻找那个球舱，同样没有找到。陈星北反应极快，一刻也没耽误，抛下秦若怡，大步奔向指挥室。现场指挥是副所长刘志明，已经开始了预定的程序，先是用通话器同舱员联络："嘎子、小丫，听到请回话！听到请回话！"

那边保持着令人窒息的静默。

陈星北进来后，刘指挥向他指指全球定位显示屏幕，那儿原来有一个常亮的小红点，表示着球舱的位置，但现在它消失了——不是像往常那样挪动了10米，也不是人们希望的挪动几百公里，而是干脆消失了。陈星北从刘指挥手中接过话筒，又喊了几次话，对方仍然沉默。刘指挥看看所长，后者点点头："动员飞机吧。"

刘指挥立即向军方发出通知，请他们派直升机按预案进行搜索。那边随即回话，说两架直8F已经起飞，将搜索《小尺度空间研究所》附近方圆100公里内的区域。这是第一步，如果搜索不到，将再增派军力扩大搜索范围。秦若怡也进来了，三个人都默默地交换着目光，谁也不先开口。过了一会儿，陈星北才故作镇静地说："搜索也没用。球舱的通话器和GLONASS定位装置绝不会同时失效，只有一种可能：我们激发出的那个小泡泡没有破裂，直到这会儿还保持着凝聚态。但那是另一个宇宙，与我们隔绝的宇宙，与这边不可能有任何信息通道的。若怡，我们成功了，这个数量级的持续凝聚时间足以把球舱投掷到地球的任何地方，甚至是银河系外。只是，嘎子和小丫困在那个泡泡里了！"

他的声音很平静，但目光极为复杂。秦若怡理解他的喜悦（作为科学家），和他的痛苦（作为爸爸和舅舅），她无法安慰，只能说："急也没用，咱们还是好好商量一下解决办法吧。"

陈星北说得对，搜索是徒劳的，直8F飞不到外宇宙去。他们的商量也不可能找出任何办法，这其实和陈星北早先说的"从理论上也无法保证投掷定向"是一致的：现代物理学远远没达到这个高度，可以监测或干涉外宇宙一个物体的运动轨迹。尽管这样，直升机还是搜索了两天，把范围扩大到方圆1000公里范围（再扩大就到朝鲜和日本了），什么也没发现。球舱的通话器和GLONASS信号一直保持缄默。三天后，陈星北通知停止搜索，他说不用再做无用功了，目前唯一可做的是等待那个泡泡自行破裂。

陈星北本想瞒住在北京的家里的妻子乌日更达莱，但是不行，做母亲的似乎有天生的直觉，能感觉到女儿（和娘家外甥）的危险，哪怕他们是在宇宙之外。从实验第二天起，她就频频打来电话问两个孩子的安危，不管丈夫如何解释哄骗，反正她只抱着一本经：没亲耳听见俩孩子的回答，她就不放心。第三天，她没有通知丈夫，径自开车来到丈夫的单位。

秦若怡陪着陈星北见了他妻子，这些天，秦若怡一直没有离开这儿，虽然帮不上忙，至少也是心理上的安慰。乌日更达莱证实了女儿和外甥的灾难后，身子晃了晃，险些倒下去。她推开伸手搀扶她的丈夫，焦灼地说："赶紧找呀，天上地下都去找，他们就是埋到1000米的地下也要挖出来！"

陈星北只有苦笑。妻子当然早就知道丈夫的研究方向，但这个女人天生缺乏空间想象能力，从来没有真正理解"空间泡"的含义，她即使尽量驰骋自己的想象，最多把它想象成可以在天上、地下、地球上、地球外自由遨游的灵怪，一句话，她的想象跑不出"这个"三维世界。

秦若怡尽量安抚住这位丧魂失魄的母亲。她工作在身，不能在此地久停，只好回北京了，留下陈星北夫妇（还有全所的人）焦灼地等待着。

时间一天天过去，这些天，乌日更达莱几乎是水米不进。其实陈星北比妻子更焦灼，因为妻子不知道那个期限：七天。球舱里的水、食物和氧气只够七天之用，当然水和食物的时间是有弹性的，几天不进水不进食也能坚持，但氧气不行，氧气的宽限非常有限，再怎么节约使用，也拖不过八天。宇宙泡如果能坚持八天不破裂——这是人类智慧的伟大胜利，连上帝也会嫉妒的，他老人家尽管号称万能，也只能管管本宇宙的事情吧。但上帝的报复太残酷：这场胜利要用两个年轻的生命做献祭。

七天马上就要过去了，这段时间是那么漫长，在这七天里，上帝已经把整个世界创造出来了。但七天又显得那么短暂，人们一秒一秒地数着两个孩子的剩余生命。第八天的太阳又升起来了，仍是丽日彩云，朗朗晴空。大自然照旧展示着它的妖娆，不在乎人间一点小小的悲伤。陈星北来到指挥所，换副所长的班，这些天他们一直轮流值班，坚持着24小时的监听。但在这第八天的早上，他们可以说已经绝望了。就在这时，通话器里突然传来两个孩子的声音："打开了！打开了！小丫你看打开了！嘎子哥，泡泡打开了！"

声音异常清晰、异常欢快。它的出现太突然，没一点先兆，根本不像从异相世界返回的声音。两个所长一刹那都惊呆了，陈星北立即俯身过去，急切地问："嘎子、小丫，是你们吗？听到请回答！"

"是我们，爸爸！！泡泡突然打开了，我们能看见外面的天、太阳和云彩了！"

陈星北扭回头说："志明你赶紧通知小丫妈，说他们已经安全了！还要通知若怡！"转回身对通话器说，"喂，你们在哪儿？你们能否判断出是在哪儿？我立即派直升机去接你们！"

"我们是在哪儿？反正是在地球上（陈星北在心中笑了，这个嘎子，这时还忘不了贫嘴！）让俺俩看看。呀！"他俩的声音突然变了，你一句我一句惊恐地喊，"舅舅！我们是在战场上！炮弹就在不远处爆炸（通话器中传来清晰的爆炸声）！还有坦克、飞机！"

陈、刘二人也愣了，真是祸不单行，才从封闭的宇宙泡中解困，却又正好掉到战场上！既有战场当然是到了国外，他们在脑子里飞快地推测今天世界上哪儿有战争，而且不会是伊拉克那样的游击战，应该是动用飞机、坦克的正规战。没等他们想出个眉目，那边又说话了："别慌，小丫你别慌，我看不是战争，是演习！没错，舅舅，是演习！天上飞的都是曳光弹，不是实弹。"声音顿了一会儿，"舅舅我看像是小日本！前边有一辆坦克很像是日本90式，还有，天边那架飞机像是日本的P-X反潜机，没错，就是它，机身上背一个大圆盘的雷达天线，机侧是日本的红膏药。舅舅，我知道了，我们这会儿肯定是在冲绳！"

陈星北完全认可了嘎子的判断，嘎子是个军事迷，各国的武器如数家珍，他判断是日本的武器，那准没错。而且陈星北立即回忆起，日本早前曾宣布定于今天（2021年7月13日）在冲绳进行夺岛军演。这么说，这个球舱肯定是跑到冲绳了。

陈星北和副所长相对苦笑。两个孩子安全了，这是大喜事。但球舱飞到日本，又恰好落到军事演习区，看来，一个不小的外交麻烦是躲不过了。他得赶紧通知秦若怡，让他们早做准备。这时那边传来小丫的尖叫："爸爸，日本兵发现我们了！有十几个正在向这边跑！"

换成嘎子的声音："该死，真倒霉，还没开战呢，嘎子先得当小日本的俘虏！"

陈星北马上料到，他们之间的通话恐怕很快就会被切断，急急地厉声喝道："嘎子！小丫！注意场合，不能胡说八道！"

他是让嘎子注意外交礼节，但嘎子显然理会错了："舅舅你尽管放心，俺俩一定像小兵张嘎那样坚贞不屈，鬼子什么也别想问出来！"他紧张地说，"他们已经到跟前了！向我们喊话了！再见！"

通话器中哧啦啦一阵噪声，然后便没了声音，一定是嘎子把它破坏了。

2

十几名日本海军陆战队员如临大敌，由安赔少佐指挥着，小心翼翼地向那个奇怪的东西靠近。他们非常紧张，枪口和火焰喷射器都对准了那玩意儿。那是个浑圆的球形体，不大，直径有一米多，外表镀铝，闪闪发光，斜卧在一个山包上。太奇怪了，它简直是突然出现在人们的视野里。它是怎么来的？球体上方有一根断了的钢绳头，依此看来，它似乎是被飞机吊运来的，钢绳断了，所以坠落于此。但它们怎么能逃过战场上的雷达？即使是用性能最优异的隐形飞机来运送，但单单这个球舱就足以让雷达扫描到了，它的镀铝表面肯定是绝好的雷达反射体。何况现场还有几百双士兵的眼睛呢。

也许这就是科幻小说中的外星人飞碟？球舱上半部的圆周有一排很窄的舷窗，玻璃是镀膜的，看不清里边，但隐约能看到里边有活物（活的外星人？）。不过走近后，安赔少佐知道这玩意儿肯定和外星人无关，恐怕是西边那个大邻国的间谍设备，因为在几扇舷窗上有几个很像汉字的符号。安赔不会汉语，但日本人都认得汉字。不，那不是汉字，而是汉字的镜像对称，也就是说，那些字从窗里向外看是正的，但从窗外向里看就反了。安赔在脑袋里努力做了镜像反演，辨认出这几个字是：泡泡6号。

不用说，这个球舱的出现肯定和正在进行的军演有关，是中国军队派来搜集情报的——但安赔的直觉却在质疑这个结论，这种间谍行动未免也太公开了吧，大白天公然降落在战场上，舱上还写着汉字，似乎唯恐别人认不出它的主人！

他向上级报告了这儿的发现，上级说马上派人来处理。这会儿他指挥手下把球舱团团包围，用日语喊话，让球舱里的人出来。估计到里面的人可能不懂日语，他又用英语喊了几次。

透过舱窗看见里边有动静了，然后是轻微的门锁转动声，一扇很小的舱门慢慢打开，外面十几支枪立即对准那儿，门终于开了，里边钻出来一个漂亮少女！皮肤很白，灵活的眼睛，吊带小背心，超短裙，裸着两只美腿，她的美貌，尤其是她异常灿烂的笑容，让环列的士兵眼前一亮。紧跟在她后边出来的是一个嘎小子，脸上是满不在乎的坏笑，上衣上印着几个汉字。出来前嘎子刚刚毁坏了通话器，如果舱里有三八大盖和汉阳造的话，他也一定会全都摔碎的，不过这个球舱太简易，没有多少值得毁坏的设备，而要想毁坏舱体本身显然是来不及了。

两个人笑着离开球舱，站在山丘上，居高临下地看着荷枪相向的士兵，颇有点小兵张嘎面对日本兵的劲头。安赔狐疑地走近球舱，把头伸到里面看看。里面太简单了，简直没有什么仪器，只有一个驾驶座椅——两个乘员竟然是挤在一张椅子上！？这些情况更使他满腹狐疑，这太不像一次间谍行动了。

他走过来，重新打量这两名擅入者。从人种学角度来看，他们与日本少男少女没有什么不同，如果挤到东京的人流中，没人能辨别出他们是外国人。但在这儿，在特定的环境下，安赔一眼认定他们是中国人。他们的眼神里有很多说不清道不明的东西，在双方之间划出了无形的鸿沟。安赔示意士兵们垂下枪口，自己把手枪插到枪套中，用日语和英语轮番向对方问话："你们是什么人？来这里干什么？"

嘎子的英语倍儿棒，小丫的英语差一点，但跟爸爸学过一些日语，简单的会话是不成问题的。不过两人在出舱前已经约定，要假装不会任何外语。嘎子笑嘻嘻地吩咐："找个会说人话的来，我听不懂你们的鸟语！知道吗？你的话，我的不懂！"

小丫又摇手又摇头："不懂！不懂！"

日本陆战队训练有素，很快用一顶军用帐篷遮盖住这个球舱，并在周围拉上警戒线。这玩意儿太异常，自卫队的专家们要仔细研究。在这之前，不能让新闻界得到风声。

嘎子和小丫则被安赔少佐和一个士兵押上直升机，送到另外一个地方，这儿好像是兵营，因为屋外有军人来往，但接待（应该说是审讯）他们的两人则身着便装。高个子叫渡边胜男，笑容可亲，北京话说得比嘎子还顺溜；矮个子叫西泽明训，脸上木无表情，基本上不怎么说话。嘎子和小丫进来时，渡边先生像对待大人物一样迎到门口，毕恭毕敬地垂手而立，说："欢迎二位来到日本。"他笑着补充，"尽管你们来的方法不大合法。"

嘎子信奉的是"人敬一尺，我敬一丈"，也忙鞠躬还礼："谢谢，谢谢。对不起，给您添麻烦了！"

小丫看着他不伦不类的日式礼节，捂住嘴没有笑出声。

渡边请二人坐下，奉上清茶，然后问："二位能否告诉我你们的姓名？"

"当然。我叫张嘎子，是中国内蒙古人。她叫陈小丫，北京人，是我的表妹。"

"你们是怎么来到冲绳的，又是为了什么而来？请如实相告。"

"我也正糊涂着哩！"嘎子喊道，"那天我们是在内蒙古达拉特旗的恩格贝——知道这个地方吗？贵国的远山正瑛先生曾在这儿种树治沙，他是我最崇敬的日本人。"

"我们知道。我们也很崇敬他。他是日本有名的'治沙之父'。请往下讲。"

"是这样的，小丫放暑假，到我家玩。我们那天正在恩格贝西边的沙山上玩滑沙，忽然，天上不声不响地飞来一个白亮亮的球，一直飞到我俩头顶。我小丫妹指着那玩意儿尖叫：嘎子哥你看，飞碟！就在这时，一道绿光射下来把俺俩罩住，之后我们就啥都不知道了。一直到这架飞碟刚才坠落时，我们才醒过来。"

"你说是外星人绑架？"

"是的，肯定是的！小丫你说是不是？"

小丫鸡啄米似的点头："是的是的，一定是外星人干的？"

"噢，被外星人绑架——那一定是一段非常奇特的经历。"

这句话挠到了嘎子的痒处，他不由得两眼放光。那七天在外宇宙的奇特经历！那个超圆体的袖珍小宇宙！地球上古往今来只有他和小丫体验过！他现在急于见舅舅，叙说这段难忘的经历，但非常可惜也非常败兴，他们从外宇宙凯旋，却不得不先同日本特务打交道（这两人必定是日本情报机关的）。嘎子只好强压下自己的倾诉欲，继续与审讯者胡搅。

渡边先生笑着说："外星人也使用汉字？我见球舱上写着泡泡6号。"

"那有啥奇怪的，外星人的科技比咱高多啦。别说汉字，什么日本片假名、梵文、甲骨文、希伯来文、楔形文，没有不会的！小丫你说是不？"

"当然啦，当然啦。"

渡边微笑点头："对，有道理。而且他们说中国话也很不错。请听。"

渡边从口袋里掏出一架袖珍录音机，按了播放键。那是嘎子他们同小丫爸的通话，从"爸爸！泡泡突然打开了！"一直到"俺俩一定像小兵张嘎那样坚贞不屈，鬼子什么也别想问出来！"听完这段话，嘎子和小丫互相看看。小丫因为两人的信口开河被揭穿多少有点难为情，嘎子一点不在乎——反正他说刚才那篇鬼话时，压根儿就没打算让对方相信。现在谎话被揭穿了，反倒不必费口舌了。嘎子抱着膀子，笑眯眯地看着审讯者，不再说话，等着看"鬼子"往下使什么花招。

毕竟时代进步了，往下既没有辣椒水也没有老虎凳。而且，渡边竟然轻易地放过这个话题，和他们扯起闲话来。问他们知道不知道日本有什么好玩的地方，还说："不管你们是怎样来的，既然来了便是贵客，如果想去哪儿玩一玩，尽管吩咐。"嘎子和小丫当然不会上当，客气地拒绝了。

渡边突然想起来什么似的，说："你刚才不是说非常崇敬远山正瑛先生吗？我可以安排你到他家采访，据我所知，他的重孙女还住在北海道的鸟取县。"

嘎子犹豫了。这个提议相当有诱惑力。作为达拉特旗的牧民儿子，他确实非常崇敬远山老人，老人自愿到异国他乡种树治沙，一直干到97岁，死后还把骨灰葬于沙漠。嘎子很想见见远山老人的后人，代表乡亲们表示一下感激之情。而且，说到底，到那儿去一下又有什么坏处？渡边在这儿问不出来的情报，到那儿照样得不到。

小丫用目光向他警告：别上当，他们肯定是玩什么花招。嘎子朝她挤挤眼，高兴地对渡边说："我们很乐意去，请你们安排吧。承蒙关照，谢谢！"

然后又是一个日本式的90度鞠躬。

东京大学的坂本教授接到电话预约，说请他在办公室里等候，内阁情报调查室的渡边先生和统合幕僚监部（日本自卫队总参谋部）的西泽先生很快就要来访问。坂本心中有些奇怪，不知道他们所为何来。他在学校里属于那种"默默做研究"的人，研究领域比较偏、比较窄，专攻大质量天体所引起的空间弯曲。按照相对论，行星绕恒星的运动既可以描述为"平直时空中引力作用下的圆锥曲线运动"，也可描述为"按弯曲黎曼空间的短程线行走的自由运动"，两种描述是完全等价的，但前者在数学上更容易处理一些。所以，坂本先生对黎曼空间的研究更多是纯理论性的。如今他已经60岁，马上要退休了。情报和军方人员找他会有什么事？

渡边和西泽很快来了。渡边说："对不起，打扰了，我们有一件关系到国家利益的重要事务来向您请教。"他详细讲述了那个"凭空出现"的闪亮球体，及对两个少年乘员的问讯。又让坂本先生看了有关照片、录音和录像。之后又说，"毫无疑问，我们的邻国在空间运送技术上有了革命性的突破，可惜，我们咨询了很多专家，他们都猜测不到这究竟是什么突破，连一点儿设想都没有。至于他们为什么把这个球舱送到冲绳，有不同看法，比如我和西泽先生的看法就不同。西泽君，你先说说你的意见。"

西泽严厉地说："我认为，这是对方针对我自卫队的夺岛军演所做的赤裸裸的恐吓。球舱里坐了一个似乎无害的小男孩，但我想这是有隐喻的——想想广岛原子弹的名字吧（美国扔在广岛的原子弹的名字叫小男孩）。"

渡边笑着反驳："那么，那个小女孩又是什么隐喻？死亡女巫？"他转向坂本说，"按我的看法，对方的这种新技术肯定还不成熟，这个球舱飞到冲绳只是实验中的失误。但不管怎样，有两点是肯定的：1.中国军队肯定开发了，或正在开发某种革命性的投掷技术。2.这个球舱对我们非常有价值，简直是天照大神送来的礼物，必须深入研究。"

坂本稍带困惑地说："我个人比较认同渡边先生的意见。但你们为什么找我？这并不属于我的研究领域。"

"坂本先生，你刚才听了两个孩子同某个大人的谈话录音。我们对那人的声纹，同我们掌握的中国高级科研人员的声音资料做了比对，确认他是中国空间技术研究院的陈星北研究员。据我们的资料，此人在16年前，即2005年，曾来我国参加爱因斯坦百年诞辰学术讨论会，与你有过接触。"

坂本回忆片刻，想起来了："对，是一个25岁左右的青年，小个子，日语说得非常流利。嗯，等等，我这儿好像有与他的合影照。"

他匆匆打开电脑，搜索了一会儿，找到了："你们看，就是这个人。"

照片是四人合影，最旁边的是一个瘦削的小个子，外貌看起来毫不起眼。坂本说："他当时好像刚刚读完硕士，那次开会期间，他曾和我很深入地讨论过黎曼空间。我印象较深的是，他专注于'非引力能'所造成的空间极度翘曲。噢，等一下！"

他突然有了一个电光石火般的灵感，觉得自己已经找到了解开这个难题的钥匙："嗯，我有了一个想法，但这个想法过于大胆，甚至可以说是疯狂，目前我还不敢确认。渡边先生，我想尽快见到球舱中那两个孩子，哪怕从他们那儿得到只言片语，都可以帮助我确证这个想法。"

渡边摇摇头："那两个孩子，尤其是男孩，是极端的民族主义者，在他们那儿你什么也问不到的。不过我已经安排人带他们到鸟取县，去拜访治沙之父远山正瑛的重孙女。"他笑着说，"那男孩对远山老人十分崇敬，也许在那儿，他时刻绷紧的神经会略微放松一点儿。我的一个女同事已经提前赶到那儿等他们。我们最好现在就赶过去。"

"你是说——让你的女同事冒充远山老人的后代?"

渡边从教授的目光里看到了不赞成的神色,便略带尴尬地承认:"没错。这种做法确实不大光明,但事关日本国的重大利益,我们不得不为之。其实我派人冒充是为远山家人好,不想让他们牵扯到这种事中。至于我们——我们的职业就是干这种事的。没办法,每个国家都得有人去做类似的肮脏事,有些人做厨师,也得有人打扫便池。"

西泽不满地看看他,尖刻地说:"我看渡边君过于高尚了。这算不上什么肮脏事,你不妨比较一下那种可怕的前景:我们花巨资打造的反导系统在一夜之间成了废物,一颗'小男孩'突然在东京上空爆炸。"

渡边平静地说:"西泽君似乎过于偏激了一点,情绪战胜了理性,这是情报工作者的大忌。"他事先截断西泽的话,"好了好了,我们暂时搁置这些争议,反正咱们眼前的目的是一样的,就是赶紧挖出那个球舱的秘密。对不,坂本先生?"

坂本没说话,只是点点头。他打心底里厌恶类似的"政治中必不可少的肮脏",但作为日本人,他当然会尽力挖出这个奇异球舱的秘密:"好吧,我和你们一块儿去,我会尽力弄清它。"

3

球舱到日本两天了,奇怪的是,日本方面没有任何动静,没有外交交涉，没有提出抗议，没有有关的新闻报道。这天，秦若怡亲自通知陈星北到空间院开会。她说："星北，我可是尽心了，下边看你招摇撞骗的本事了。好好准备，来一次最雄辩的讲演。"

陈星北匆匆赶去。这是个小型会议，与会的只有十人，但都是说话管用的各方诸侯，除了若怡，还有国防、航天方面的领导、外交部的人也到了。人都到齐了，人们闲聊着，似乎在等一个人。当最后一位走进会议室时，陈星北大吃一惊，下意识地站起来，先把目光转到若怡身上——这会儿他才知道若怡说的"我尽心了"的分量。来人是国字级大领导，他的北大同学，当年的诗社社长唐宗汉，若怡真把他也拉来了！若怡眸子中闪过一缕笑意，分明是说：紧张了不是？别紧张，把他骗倒才是你的本事。

唐宗汉同各位握手问候，眼睛在找陈星北。他走过来，同星北握手，笑着说："老同学，你可是惹了个不小的麻烦，真是本性难移呀！"

陈星北笑着说："麻烦与荣誉并存。"

开会了，唐宗汉直奔主题："若怡院长极力向我推荐陈星北这个惹了麻烦的、又根本没有成功把握的项目。今天就请小陈为我们介绍一下情况。"他扭过脸对陈星北说，"讲解时尽量直观浅显。在座的都是专家，但隔行如隔山，比如说，我就弄不清你那个宇宙泡到底是什么玩意儿。你把我们当成小学生就行。"

陈星北拿着激光笔走上讲台。下边的秦若怡调侃地想：这家伙精神头还行，看来今天没有紧张。陈星北说："首先请大家不要把空间泡或宇宙泡看得多么神秘。物理学家早就能随意吹出微观的小泡泡，即在真空中注入能量，完成所谓的'海森伯能量借贷'，把真空中凭空出现的虚粒子升格为实粒子，这些粒子的实质就是空间泡。还有我们的宇宙，爱因斯坦说它是个超圆体，直观地说就是个超级大泡泡。黑洞也是一种泡，是向内凹陷的泡。而我们所研究的则是一种中等尺度的正曲率空间泡。下边我来做一个演示。"

他拿过一根一米多长的细丝，上面间断涂着赤、橙、黄、绿、青、蓝、紫几种颜色。他把细丝弯成一个圆，接口处马上自然黏合了："这是一种高弹性兼高塑性的特殊材料，我们把它看成一维的封闭空间，或者说是一维的超圆体，它有限，但无边界。假设有个一维人沿圆周爬，永远找不到天尽头，但也不会掉到'无限'中去。现在我用外加能量的办法，让这个一维空间局部畸变。"

他在红颜色处用指头向里顶，大圆局部凹陷，形成中文的"凹"字。他继续用力，直到大圆的缺口两端互相接近、接合，接合处随即黏住了，这会儿细丝变成了相套的两个圆。他把这个双重圆放到讲台上（投影仪把图像投到屏幕），把接触处沿法线方向拉长，再用剪刀把它剪断，小圆便脱离了大圆。

"请看，一维宇宙因局部畸变能够生出一维的封闭泡泡，并脱离了母宇宙。刚才我们假设的那个一维人这时一定正奇怪着，为什么世界上的红色区域忽然凭空消失了？还请记住，这个子泡泡虽然脱离了母宇宙，但在比它高一维的二维世界里，子泡泡被母宇宙所圈闭，无法逃逸出去。"

他用手在桌面上移动子泡泡，让它不时地触碰大圆，碰一下，又返回去。

"现在，子泡泡要与母泡泡重新融合了。"

他把小圆按紧在大圆的绿色部分，使接触处黏合，再把接触区域沿切线拉扁，用剪刀沿法线方向剪开。现在，大小圆又恢复成了中文的"凹字"，陈星北一松手，下凹部分就因弹性自动张紧，使大圆恢复成完美的圆形，不同的是现在颜色次序有了变化，绿色区域中夹着一段红色。

"好，子泡泡重新融入母宇宙了，但在一维人的眼里，它却是从红色区域'凭空'消失，又'凭空'出现在绿色区域。也就是说，这个过程是在他们的维度宇宙之外完成的。至于泡泡重入点与消失点之间的距离，就是若怡院长念念不忘的'投掷距离'。"

他对秦若怡笑笑，像是对她的微嘲。然后向听众扫视一遍，问："我讲的这部分，是否有没说明白的地方？"

大家都听得很专心，唐宗汉点点头："很清楚。请继续。"

"现在，我们把一维宇宙升格为二维。"他取过一个圆气球，用食指顶某处，使其向里凹陷。"遵循同样的过程，也可吹出二维的泡泡。但这个过程用手演示有困难，我们看电脑动画吧。"

屏幕上显示出一个气球，上面印着各种颜色。然后红色区域的球面向里凹陷，凹陷加深，直到球面缺口处接触、黏合，凹陷部分脱离，变成大气球中套着的一个小气球。小气球在大球中飘浮，不时与大圆相碰后再飘开。一直等它飘到绿色区域时，与大球接触并黏合，黏合处开始形变，沿法线方向出现空洞，变成球形的"凹"字，然后凹陷处因弹性自动张紧，使球面恢复成完美的球形，只是颜色次序有了变化，绿区中嵌着一块近似圆形的、四周带着放射性缺口的红色区域。

"好，二维世界的球舱已经从我们这里飞到冲绳了，二维生物们一定正进行外交上的交涉。其实呢，'红国'并没有侵犯'绿国'的领空，这片区域的投送是在二维世界之外完成的。"

听众中有轻微的笑声，大家都听懂了这个机智的比喻。陈星北目光炯炯地看着大家："上面的过程都很直观，很好理解，但把它再升格到三维宇宙，就很难想象了：三维宇宙中吹出的三维泡泡，怎么能在三维世界之外而又在它的圈闭之中？确实难以想象。这并不奇怪，人类是三维空间的生物，我们的大脑就是为三维世界而进化的，所以无法直观地想象更高维世界的景象。但不要紧，人类形而上的逻辑思维能力是上帝的恩赐，依靠它，我们能把想象扩展到高维世界中。现在，用数学归纳法总结从一维到二维的过程，很容易就能推延到三维，得出以下结论。"他补充一句，"其实这些结论在更高维度中也是正确的，不过今天我们只说三维宇宙。"

他喝了一口水，掰着指头，缓缓说出四个结论：

"1. 我们所处的三维宇宙是个超圆体，因为引力而自我封闭，有限，但无边界。

"2. 三维空间会因引力或其他外加力量而产生局部畸变，如果畸变足够强，就能自我封闭，形成超圆体三维子宇宙。

"3. 子宇宙将与母宇宙互相隔离，但在更高一维即四维世界中，子宇宙被母宇宙所圈闭。

"4. 子宇宙在飘移中有可能与母宇宙重新融合。

"然后，突然消失的三维空间（连同其中的三维物体）又会在母空间的某处凭空出现，既无过程又无痕迹。这就是我们说的超三维旅行。"陈星北说完，把激光笔插到口袋中，暂时结束了这段讲解。

会议室很静，大家都在努力消化他说的内容。唐宗汉面色平静，手里轻轻转动着一支铅笔。陈星北知道这是他的习惯动作，在大学里，他苦思佳句时就是这个动作。等了一会儿，唐宗汉笑着问："恐怕与会人中我是唯一的外行，所以我不怕问两个幼稚的问题。第一，你讲了泡泡向内变形，被母宇宙所圈闭。但它们同样可以向外变形啊。"

"对，没错。不过，在拓扑学中，这种内外是可以互换的，本质上没有区别。"

"噢。第二个问题，你说子泡泡可以重新融入母宇宙，在三维宇宙中，它可能在任何地方重入。那么，为什么它在地球表面出现，而不担心它会，比如说，出现在地核里呢？那样的话，两个孩子可是绝对没救了。"

陈星北赞赏地说："这不是幼稚问题，提出这个问题，说明你真正弄明白了'三维之外的泡泡'的含意。你说得对，子泡泡可以在任何地方重入，包括地核中。但是，还是以两维球面做比喻吧，我刚才说的是光滑球面，宏观弯曲而微观平坦，但实际上，由于重力不均匀，在微观上也是凸凹不平的，就像是桃核的表面。大质量物体，像地球，会在附近空间中造出明显的凹陷，当子泡泡在母宇宙中出现时，当然最容易落到这些凹陷里，也就是落在地球和空间相接的地表。"他抱歉地说，"这只是粗浅的比喻，真正讲清要有比较艰涩的知识。"

"好，我没有问题了。"

等一会儿，陈星北说："还应补充一点，宇宙泡泡有两种。一种是因内力（包括弱力、强力、电磁力和引力）而封闭的空间泡，它们是稳定的，称为'内禀稳定'，像我前面提到的各种粒子、宇宙大泡泡及负曲率的黑洞，都是如此。另一种是因外力而封闭的空间泡，称为'内禀不稳定'，比如，我们用注入激光能而封闭的中尺度空间泡，在形成的瞬间就会破裂。但最近这次实验中已经有突破，保持了泡泡七天的凝聚态。这个时间足以把球舱投掷到银河系外了。但非常可惜，至今我们不清楚这次成功的原因，此次实验前我们确实在技术上做了一些改进，但以我的直觉，这些改进不足以造成这样大的飞跃。我们正在努力寻求解释。"他笑着说，"甚至有人提出，这次之所以成功，是因为舱内有一男一女，按照中国古代学说，阴阳合一才能形成天地。"

国防部的章司令微嘲道："好嘛，很好的理论，可以命名为'太极理论'，多像一个三维的太极图：圆泡泡内包着黑白阴阳。你打算花多少钱来验证它呢？"

陈星北冷冷地顶回去："我本人决不相信这些似是而非的理论，但我确实打算在某次实验中顺便地证伪它，或证实它。要知道，我们研究的问题本来就是超常规的，也需要超出常规的思维方式。"

秦若怡机敏地把话题岔开："请讲解人注意，你一直没有涉及最大的技术难点：如何使超维度投掷能够定向，也就是说，控制空间泡融入母体的地点和时间。"

陈星北坦率地说："毫无办法。不光是没有技术方案，连起码的理论设想都没有。很可能在1000年后，本宇宙中的科学家仍无法控制宇宙外一个物体的行动轨迹。不要奢望很快在技术上取得突破。这么说吧，这个课题几乎是'未来的科学'，阴差阳错地落到今天了。它只能是纯理论的探讨，是为了满足人类的探索天性。当然这种探索也很有意义，毋宁说，远比武器研究更有意义。"

秦若怡立即横了他一眼，最后这句话在这种场合说显然是失礼的，不合时宜的。不过与会的人都很有涵养，装作没听见这句话。唐宗汉说："小陈基本把问题说清楚了，现在，对这个课题是上马还是下马，请大家发表意见。"

与会人员都坦率地讲了自己的意见，发言都很有分寸，但基本都是反对意见，比较有代表性的是章司令。他心平气和地说："如果我们生活在一个没有武器没有战争的世界，我非常赞同小陈说的'人类的探索天性'。可惜不行。我们的世界里充斥着各种高科技的、非常危险的武器。比如说，美国已经发展为实用武器的X-47B太空穿梭机，能在两小时内把炸弹投放到世界上任何一个地方。中国虽说GDP已占世界第一位，但老实说，我们的军力还远远滞后于经济力量。这种跛足状态是非常危险的，忽视它就是对国家民族不负责任。所以，我不赞成把国家有限的财力投到这个空泡泡里。"

陈星北当然听得懂章司令的意思，但他神色不动，也不反驳。

唐宗汉一直转着手里的铅笔，用目光示意大家发言，也用目光示意秦若怡。后者摇摇头，她因自己的特殊身份（是陈星北的直接上级和同学）不想明确表态。唐宗汉又问："小陈，如果这项研究成功，会有什么样的前景？"

陈星北立即回答："那就意味着，我们可以运用这种'无引力运载技术'，轻易地把一个氦3提炼厂投掷到月球上，或把一个移民城市投掷到巴纳德星球上，就像姚明投篮球一样容易。人类将开始一个新时代，即太空移民时代。"

"取得这样的突破大致需要多大的资金投入？我知道这个问题不会有精确回答，我只要你说出数量级。"唐宗汉问。

陈星北没有正面回答："那不是一个国家能承受的，得全人类的努力。"

大家把该说的都说了，静等唐宗汉做总结。唐宗汉仍轻轻转动着那支铅笔，沉思着。良久他笑着说：

"今天我想向大家坦露一点内心世界，按说这对政治家是大忌。"他顿了一下，"做政治家是苦差事，常常让我有人格分裂的感觉。一方面，我要履行政治家的职责，非常敬业地做各种常规事务，包括发展军力和准备战争。老章刚才说得好，谁忽视这个责任就是对国家对民族的犯罪。另一方面，如果跳出这个圈子，站在更高的角度看世界，就会感到可笑、感到茫然。人类中的不同族群互相猜疑仇视，竞相发展武器，最后的结果必然是同归于尽。带头做这些事的恰恰是人类中最睿智的政治家们，他们为什么看不透这点简单的道理呢？当然也有看透的，但看透也不行，你生活在'看不透'的人们中间，就只能以看不透的规则行事。你们说，我说得对不对？"

会场一片静默。这个问题非常敏感，难以回答。过一会儿，唐宗汉又笑着说："但今天我想多少变一下。还是用老祖宗的中庸之道吧——首先不能完全脱离这个'人人看不透'的现实，否则就是迂腐，但也该稍微跳离一点，超前一点，否则就不配当政治家。"他把铅笔拍到桌子上，说，"这样吧，我想再请小陈确认一下。你说，这项技术在1000年内绝对不可能发展成实用的武器，你确信吗？"

"我确信。"

"大家呢？"他依次扫视大家，尤其是章司令，被看到的人都点点头。大伙儿，甚至陈星北本人都在想，这个项目要被判死刑了。但谁也没料到，他的思路在这儿陡然转了一个大弯。他轻松地说："既然如此，保守这个秘密就没什么必要了。为1000年后的武器保密，那我们的前瞻性未免太强了——那时说不定世界上已经没有国家这种形态了。"

陈星北忍俊不禁，"扑哧"地笑出了声——会场上只有他一人的笑声，这使他在这群政治家中像个异类。秦若怡立即恼火地瞪他一眼，陈星北佯作未见。不过他也收起笑容，摆出一副道貌岸然的样子。唐宗汉微笑地看看他，问："小陈，如果集全人类的财务和智力，什么时候能达到你说的投篮球，即把工厂投掷到月球上？"

陈星北略微踌躇，谨慎地说："我想，可以把1000年减半吧。"

"那么，就把这个秘密公开，让全人类共同努力吧。"他看看章司令，幽默地说，"不妨说明白，这可是个很大的阴谋，说是阳谋也行：如果能诱使其他国家都把财力耗到这儿，各国就没有余力发展自相残杀的武器了。这是唐太宗式的智谋，让'天下英雄尽入吾彀中'。哈哈。"大家也都会心地笑了，在笑声中他沉思着说，"可能——也没有对杀人武器的爱好了，假若人类真的进入太空移民时代，我们的兴趣点就该一致向外了。那时候也许大家都会认识到，人类之间的猜疑仇视心理是何等猥琐。"

与会人头脑都不迟钝，立即意识到他所描绘的这个前景。不少人轻轻点头，也有不同意的，比如章司令。但他无法反驳唐宗汉简洁有力的逻辑。而且说到底，哪个人不希望生活在一个"人人看透"的理性世界里？谁愿意既担心战争同时又在（客观上）制造战争？陈星北尤其兴奋，他觉得这才是他一向亲近的学兄，他的内心仍是诗人的世界。这会儿他真想抱上学长在屋里转几圈。唐宗汉又让大家讨论了一会儿，最后说："如果都没意见，就作为这个会的结论吧。当然，这样大的事，还需要在更大的范围内来讨论和决定。如果能通过，建议由小陈出使日本，向对方解释事件原因，商谈远期合作规划，全世界各国都可自愿参加。我会尽快推进这件事，毕竟，"他笑着对陈星北说，"小陈恐怕也想早日见到女儿和外甥，对不对？他俩是叫小丫和嘎子吧？"

"我当然急于见他俩。不光是亲情，还有一点因素非常重要：这俩孩子是人类中唯一在外宇宙待过的人——之前的实验也成功过，但都是瞬时挪移，没有真正的经历，不能算数的。想想吧，人类还没有飞出月球之外，却有两个孩子先到了外宇宙！他俩在那个空间中的任何见闻、感受，都是极其宝贵的科学财富。"

"那么，日本科学家，还有任何国家的科学家，都会同样感兴趣的。拿这当筹码，说服尽可能多的国家参加合作。星北，你要担起一些外交上的工作，听若怡院长说，你的口才是压苏秦赛张仪，不搞外交实在是屈才了。我准备叫外交部的同志到你那儿取经。"

人们都笑了，秦若怡笑着用肘子撞撞星北。陈星北并不难为情，笑着说："尽管来吧，我一定倾囊相授。"他说，"说起日本科学家，我倒想起一点：我搞这项研究，最初的灵感就来自于一位日本物理学家坂本大辅的一句话。他断言说：科学家梦寐以求的反引力技术决不能在本宇宙中实现，但很有可能在超维度中实现——所谓反引力，与子宇宙在宇宙外的游动（无引力的游动），本质上是一致的。我如果去日本，准备先找他，通过他来对日本政治家启蒙。"

"好的，你等我的通知。见到小丫和嘎子，就说唐伯伯问他们好。"

4

嘎子和小丫乘一架EC225直升机离开冲绳飞往北海道。机上只有一个沉默寡言的驾驶员，没有人陪同，或者说是押送。这种意想不到的"信任"让两人心中有点发毛，不知道渡边他们耍的什么花招。不过他俩很快就把这点心思扔掉，被窗处的美景迷住了。飞机飞得不高，可以看见机下的建筑和山野河流。这趟旅途让嘎子有两点很深切的感受，其一，与中国相比，日本太小了，转眼之间就跨越了大半个国土，难怪他们总想着占别人的领土呢。其二，日本人确实把他们的国家侍弄得蛮漂亮的。想想中国国土上大片的沙漠和戈壁，嘎子难免有茫然若失的感觉。

直升机飞越北海道的中国山脉（这是山脉的日本名字），在鸟取县的海边降落。这里是旅游区，海边有几个大沙丘，海滩上扎满了红红绿绿的遮阳伞。直升机落在稍远的平地上，一位身穿和服的日本中年妇女在那儿等候，这时用小碎步急急迎上来，后边跟着一个十七八岁的年轻小伙子。那位妇女满面笑容地鞠躬，用流利的中文说："欢迎来自中国恩格贝的贵客，那儿可以说也是远山家族的半个故乡。我叫西泽贞子，未婚名是远山贞子，正瑛老人是我的曾祖父。"

听见"远山正瑛"这几个字，两个孩子心中顿时涌起浓浓的亲切感，他们扑上去，一人抓住她的一只手："阿姨你好，见到你太高兴啦！"

贞子把两人揽在怀里，指指后边："这是我的儿子，西泽昌一。"

小伙子过来，向二人行鞠躬礼。嘎子觉得这种礼节对远山老人的后代来说太生分了，就不由分说，来了个男人式的拥抱。昌一略略愣了一下，也回应了嘎子的拥抱，但他的动作似乎有点僵硬。

驾驶员简单交代两句，就驾机离开了。贞子家离这儿不远，她请孩子们上车。昌一驾车，十几分钟后就到家了。这儿竟然是一栋老式房屋，质朴的篱笆围墙，未油漆的原色木门窗，屋内是纸隔扇，拉门内是厚厚的榻榻米。正厅的祖先神位上供着各代先祖，还特别悬挂着一个老人的遗像。嘎子认出那是远山老人，忙拉小丫过去，恭恭敬敬鞠了三个躬。他对贞子说："阿姨，我们都非常崇敬远山老人。从他去世到今天，内蒙古的防护林又向沙漠推进了500公里。不过比起远山老人的期望，我们干得太慢了。"

贞子说："曾祖在九泉下听到这些话，一定会很欣慰的。"

已经到午饭时间了，贞子端出来寿司、各种海味、味噌汤，还有鸟取县的特产红拟石蟹。四人在榻榻米上边吃边谈。昌一的中国话也不错，偶尔插几句话。谈话的主题仍是正瑛老人。嘎子一一细数他的逸事：在恩格贝亲手种树，种了14年，一直干到97岁；远山老人不爱交际，当地的领导去看他，他一言不发只顾干活，那位领导只好陪他种了一晌午的树；老人回日本过年时摔坏了腿，坐着轮椅又飞回恩格贝。飞机刚落地就摇着轮椅直扑试验田。后来腿伤渐重，不得不回日本治疗，腿伤好了，他孩子气地爬上园子里的大树高叫：我又可以去中国了！

"我说得对吧，贞子阿姨？他爬的就是这院子里的树吧，是哪棵树？"

贞子略略一愣。她并不知道远山正瑛的这些琐事，于是点点头，含糊地说："对，听上辈人说过这些事。"

嘎子又说："老人脾气很倔的，当地人为走近路，老在他的苗圃里爬篱笆，老人气了，拿大粪糊到篱笆上。"小丫忙用肩膀撞撞嘎子，嘎子意识到了，难为情地掩住嘴："吃饭时不该说这些的。对不起！"

贞子笑了："没关系的。知道你们这样怀念曾祖父，我们都很欣慰。"她觉得火候已经到了，便平静地说，"我们都很看重他和贵国的情谊。所以——我很遗憾。请原谅我说话直率，但我真的认为，如果你们这次是坐民航班机、拿着护照来的日本，那就更好了。"

两个孩子脸红了，嘎子急急地说："阿姨你误会了，我们的球舱飞到日本并不是有什么预谋，那只是一次实验中的失误。真是这样的！"

贞子阿姨凝神望着他们，眼神中带着真诚的忧伤。嘎子知道自己的解释没能让阿姨信服，可要想说服她，必须把实际情形和盘托出，但这些秘密又是不能对外国人说的。嘎子十分为难，只能一遍一遍地重复：

"真是这样的，真是这样的，真是一次失误。"

贞子阿姨笑笑："我相信你的话，咱们把这件事撤到一边吧。"

在这个院落的隔墙，渡边、西泽和坂本教授正在屏幕上看着这一幕。隔墙那座房屋其实并不是远山先生的祖居，没错，远山正瑛生前曾任鸟取大学教授，但他的后代现在都住在外地。那个叫"远山贞子"的女人实际是渡边的同事，她的演技不错。相信在这位"远山后人"真诚的责备下，两个胎毛未退的中国孩子不会再说谎的。看到这儿时，渡边向西泽看了一眼，那意思是说：看来我的判断是对的。西泽不置可否。

坂本教授心中很不舒服，也许在情报人员看来，用一点类似的小计谋是非常正常的，但他们滥用了两个孩子对远山老人的崇敬，未免有点缺德。可是，如果那个神秘的球舱真是中国开发的新一代核弹投掷器？坂本无奈地摇摇头，继续看下去。

按照电影脚本，下面该"西泽昌一"出面了。他应该扮演一个观点右翼的青年，说几句比较刺耳的话，有意刺激两个中国孩子，让他们在情绪失控时吐出更多情报。这个角色，西泽昌一肯定会演好的，因为这可以说是本色表演——他确实叫这个名字，是西泽明训的儿子，本来就是个相当右翼的青年，颇得乃父衣钵。

屏幕上，西泽昌一说："既然妈妈提到这一点，我也有几句话，不吐不快。我的话可能坦率了一些，预先请两位原谅。"

嘎子真诚地说："没关系的，请讲，我不愿意我们之间有误会。"

"先不说你们来日本是不是技术上的失误，但这个球舱本来就是军用的，是用来投掷核弹的运载器，我说得没错吧？"

嘎子无法回答。他并不知道球舱的真实用途，舅舅从没说过它是军用的，但空间技术院的所有技术本来就是军民两用，这点确系真情。西泽昌一看出了他的迟疑，看出他的"理亏"，立即加重了语言的分量：

"能告诉我，你们的球舱是从哪儿出发的吗？"嘎子和小丫当然不能回答。"那么，这是军事秘密，对不对？"

嘎子没法子回答，对这家伙的步步进逼开始有点厌烦。昌一继续说下去："所以我断定这个球舱来日本并不是技术失误，而是有意为之，是针对日本这次夺岛军演的——今天球舱里坐了个小男孩，明天也许里边放着另一种'小男孩'，可以把东京1000万人送到地狱中，是不是？当然，你们俩可能并不了解这次行动的真实企图，你们也是受骗者。"

到这时，嘎子再也无法保持对此人的亲切感了。他冰冷地说："你说的'小男孩'是不是指扔到广岛的那玩意儿？你怕是记错了，它好像不是中国人扔的吧。再说，那时候日军正在南京比赛砍人头呢。"

西泽昌一勃然大怒："不要再重复南京大屠杀的谎言，日本人已经听腻了！"

嘎子和小丫也都勃然大怒，嘎子脱口而出："放你——"想起这是在远山老人的家里，他生生把后半句咽了下去。三个人恶狠狠地互相瞪着。而其他人（这屋里的贞子，和隔墙的渡边、西泽）都很着急，因为西泽昌一把戏演"过"了、演砸了，他刚才的那句话超出了电影脚本。这次意外的擦枪走火，肯定使精心的计划付诸东流。贞子很生气，用日语急急地斥责着，但西泽昌一并不服软，也用日语强硬地驳斥着——在现实生活中，贞子并不是他母亲，对他没有足够的威慑力。隔墙的渡边和西泽越听越急，但此刻他们无法现身，去阻止两人的争吵。

两人的语速都很快，小丫听不大懂，她努力辨听着，忽然愤怒地说："嘎子哥，那家伙在骂咱们，说'支那人'！"

"真的？"

"真的！他们的话我听不大懂，但这句话不会听错！"

嘎子再也忍不住了，推开小餐桌上的饭碗，在榻榻米上腾地站起来，恶狠狠地问西泽昌一："你真是远山先生的重外孙？"

贞子和昌一都一惊，不知道他们在哪儿露出了马脚。其实嘎子只是在讥讽他。

"我真的为远山老人遗憾。你刚才说'支那'，说错了，那是China，是一个令人自豪的称呼，五千年泱泱大国。没有这个China，恐怕你小子还不认字呢。现在都讲知识产权，那就请你把汉字和片假名还给中国——片假名的产权也属中国，你别以为把汉字拆成零件俺就不认识了！"他又转身对贞子说，"阿姨，我们不想和你儿子待在一起了，请立即安排，把我们送回军营吧。"

没等贞子挽留，他就拉着小丫出去。在正厅里，两人又对远山的遗像鞠了三个躬，然后出门，站在院子里气呼呼地等着。

盛怒的贞子把电话打到隔墙："这边的剧情你们都看清了吧，看看西泽君推荐了一个多优秀的演员！我无法善后，请西泽君下指令吧！"

西泽明训有些尴尬，渡边冷冷地瞥他一眼，对着话筒说："既然计划已经失败，请你把两个孩子送到原来降落飞机的地方，我马上安排直升机去接他们。"他补充道，"不要让西泽昌一再跟去，免得又生事端。"

西泽更尴尬了，但仍强硬地说："我并不认为我儿子说的有什么错……"

渡边厌烦地摆摆手："那些事以后再说吧。"他转向坂本，"教授，虽然我们的计划未能全部实施，但从已有的片言只字中，你能得出什么结论吗？"

坂本教授正要说话，忽然手机响了。他掏出手机："对，是我，坂本大辅。什么？他打算亲自来日本？嗯。嗯。"听完电话，他半是困惑半是欣喜，对渡边说，"是外务省转来的驻华大使的电话。陈小丫的父亲，即那个球舱实验的负责人陈星北打算马上来日本，他受中国政府委托，想和日本科学界商谈一个重大的合作计划，是有关那个球舱的。他指名要先见我，因为据他说，我的专业造诣最能理解这个计划的意义。驻华大使还问我是什么球舱，他对此事没得到一点消息，看来你们的保密工作做得很好。"

两人对事态进展都很诧异，西泽说："我们的大使简直是头蠢猪！那位陈星北的话你们能相信吗？他肯定是以合作为名，想尽早要回两个孩子和球舱罢了。我们决不能贸然答应他。"

渡边说："我们先不忙猜测，等他来再说吧。"他看看教授，"坂本先生，你好像还有什么话要说？"

坂本根本没听西泽刚才说的话，一直陷入沉思中。良久他说："我想，我可以得出结论了，单凭陈先生说要先来见我，就能推断出球舱实验的真正含义——陈先生已经能强力翘曲一个小尺度空间，使其闭合，从而激发出一个独立的子空间。这个子空间脱离了我们的三维空间，并能在更高的维度上游动。"他敬畏地说，"这本是1000年后的技术，但看来他做到了！"

中国和日本确实是一衣带水的邻邦，四小时后陈星北就到了东京成田机场，坂本亲自驾车去迎接他。渡边和西泽带着两个孩子来坂本家里等候。渡边已经通知说小丫父亲很快就来，但两个孩子一直将信将疑。坂本夫人在厨房里忙活，为大家准备晚饭。15岁的孙女惠子从爷爷那儿知道了两个中国小孩是"天外来客"，是从"外宇宙"回来的地球人，自然是极端崇拜，一直缠着他们问这问那，弄得嘎子、小丫很尴尬。他们不能透露军事秘密，但又不好意思欺骗或拒绝天真的惠子（明显这女孩和西泽昌一不是一路人）。后来好容易把话题转到呼伦贝尔大草原的景色，谈话才顺畅了。

外面响起汽车喇叭，陈星北在坂本陪同下，满面笑容地走进门。嘎子和小丫这才相信渡边的话是真的。自从球舱误入日本领土之后，他俩已经做好八年抗战的准备，打算把日本的牢底坐穿，没想到这么快就能见到亲人。两人欣喜若狂，扑上去，抱着他的脖子打转转。

小丫眼睛红红地说："爸爸，他们欺负我！今天有个坏蛋骂我们是支那人！"

陈星北沉下脸："是谁？"

嘎子不想说出"坏蛋"的姓名，不想把这件事和远山正瑛连起来，只是说："没事的，我已经把他臭骂了一顿。"

渡边咳嗽一声，尴尬地说："陈先生，我想对令爱说的情况向你致歉……"

"还是让我来解释吧。"坂本打断了他的话。刚才在路上，他和陈星北已经有了足够的沟通，现在他想以真诚对真诚。他转向两个孩子："我想告诉你们一个内幕消息，你们一定乐于知道的——你们今天见的那两个人并不是远山正瑛的后人。"

渡边和西泽大吃一惊，没想到坂本竟然轻易捅出这个秘密。嘎子愣了一下，这才意识到坂本的意思："冒名顶替？那两人是冒名顶替？哈哈，太好了，原来如此！"他乐了，对坂本简直是感激涕零，因为这个消息使他如释重负。"我想嘛，远山老人咋会养出这样的坏鸟！"

陈星北喝道："嘎子，不要乱讲话！"

嘎子伸伸舌头。屋里的气氛渐渐缓和了。

小丫偎在爸爸身边埋怨："我妈为啥不来看我？哼，一定把我给忘了。"

陈星北笑道："你们困在泡泡里那七天，你妈急得半条命都没了。后来一听说你们跑到冲绳了，她登时心平气和，还说：给小丫说，别急着回国，趁这机会好好逛逛日本，把日语学好了再回来。"

嘎子和小丫都急忙朝他使眼色，又是挤眼又是皱眉。他们在心里埋怨爸爸（舅舅）太没警惕性，像"困在泡泡里"、"七天"，这都是十分重要的情报，咋能顺口就说出来？两人在这儿受了三天审讯，满嘴胡编，一点儿真实情报也没露出去。这会儿虽然屋里气氛很融洽，基本的革命警惕性还是要保持的。陈星北大笑，把两个孩子搂到怀里："我受国家委托，来这儿谈这个课题的合作研究。喂，把你们那七天的经历，详细地讲给我们听。坂本先生可是世界有名的研究翘曲空间的专家。"

"现在就讲？"

"嗯。"

"全部？"

"嗯。"

嘎子知道了舅舅不是开玩笑，与小丫互相看看，两人也就眉开眼笑了。这些天，他们不得不把那段奇特的经历窝在心里，早就憋坏啦！坂本对陈星北说了一大通日本话，两个孩子听不懂，但能看出他的表情肃穆郑重。陈星北也很严肃地翻译着："坂本先生说，请你们认真回忆，讲得尽量详细和完整。他说，作为人类唯一去过外宇宙的代表，你们的任何经历，哪怕是一声咳嗽，都是极其宝贵的，不亚于爱因斯坦的手稿，或美国宇航局保存的月球岩石和彗星尘埃。"

嘎子和小丫点点头："好的，好的。"

两人乐得忍不住唇边的笑意。真应了那句话：一不小心就成世界名人啦！人类去过外宇宙的唯一代表！他们兴高采烈地交替讲着，互相补充，把那七天的经历如实呈献出来。

5

那天在实验大厅，两人关闭了舱门和舷窗，在通话器里听着倒计时的声音。……5、4、3、2、1，点火！球舱霎时变得白亮和灼热。球舱的外表面是反光镜面，舱壁也是密封隔热的，但舱外的激光网太强烈，光子仍从舱壁材料的原子缝隙中透过来，造成了舱内的热度和光度。但这只是一刹那的事，光芒和热度随即消失。仍是在这刹那之间，一件更奇怪的事发生了：两人感觉到重力突然消失，他们开始轻飘飘地离开座椅。

小丫惊喜地喊："嘎子哥，失重了，咱们都失重了！"

她非常震惊，明明他们是在地球表面，怎么会在瞬间失重？宇航员们的失重都是个渐进的过程，必须远离地球才行。

嘎子思维更灵光，立刻猜到了原因："小丫，肯定是宇宙泡完全闭合了！这样它就会完全脱离母宇宙，当然也就隔绝了母宇宙的引力。舅舅成功了！"

"爸爸成功了！"

"咱们来试试通话器，估计也不可能通话了，母宇宙的电磁波进不到这个封闭空间。"

他们用手摸着舱壁，慢慢回到座位，对着通话器喊话。果然没有任何声音，甚至没有一点儿无线电噪声。小丫问："敢不敢打开舷窗的外盖？"嘎子想想，说："应该没问题的，依咱们的感觉，舱外的激光肯定已经熄灭了。"两人小心翼翼地打开窗户的外盖，先露一条细缝，外面果然没有炫目的激光。他们把窗户全部打开，向外看去，外面是一片白亮。看不到大厅的穹顶，看不到地面，看不到云彩，也没有恒星和月亮，什么都没有。极目所见，只有一片均匀的白光。

嘎子说："现在可以肯定，咱们是处于一个袖珍型的宇宙里，或者说子空间里。这个子空间从母体中爆裂出去时，圈闭了超巨量的光子和能量。能量使空间膨胀，膨胀后温度降低，光子的'浓度'也变低。但估计这个膨胀是有限的，所以这个小空间还能保持相当的温度和光度。"

他们贪婪地看着外面的景色，那景象很奇特的，就像是被超级无影灯所照亮的空间。依照人们的常识或直觉，凡有亮光处必然少不了光源，因为只要光源一熄灭，所发出的光子就迅速逃逸，散布到黑暗无垠的宇宙空间中，眼前也就变黑了。但唯独在这儿没有光源，只有光子，它们以光速运动因而永远不会衰老，在这个有限而无边界的超圆体小空间里周而不息地"流动"，就如超导环中"无损耗流动"的电子。其结果便是这一片"没有光源"但永远不会熄灭的白光。

嘎子急急地说："小丫，抓紧机会体验失重，估计这个泡泡很快就会破裂的，前五次试验中都是在一瞬间内便破裂，这个机会非常难得！"

两人大笑大喊地在舱内飘荡，可惜的是球舱太小，两人甚至不能伸直身躯，只能半曲着身子，而且稍一飘动，就会撞到舱壁或另一个人的脑袋。尽管这样，他们仍然玩得兴高采烈。在玩耍中，也不时趴到舷窗上，观看那无边无际、奇特的白光。

小丫突然喊："嘎子哥，你看远处有星星！"

嘎子说："不会吧，这个人造的袖珍空间里怎么可能有星星？"赶紧趴到舷窗上，极目望去，远处确实有一颗白亮亮的"星星"，虽然很小，但看得清清楚楚，绝不会是错觉。嘎子十分纳闷。如果这个空间中有一颗恒星，或者是能够看到外宇宙的恒星，那此前所做的诸多假设都完全错了，很有可能他们仍在"原宇宙"里打转。他盯着那颗星星看了许久，忽然说，"那颗星星离咱们不像太远，小丫你小心，我要启动推进装置，接近那颗星星。"

他们在座椅上安顿好，启动了推进装置，球舱缓缓加速，向那颗星星驶去。

小丫忽然喊："嘎子哥，你看那颗星星也在喷火！"

没错，那颗圆星星正在向后方喷火，因而在背离他们而去。追了一会儿，两者之间的距离没有任何变化。小丫说："追不上呀，这说明它离咱们一定很远。"

嘎子已经推测出其中的奥妙，神态笃定地说："不远的，咱们追不上它是另有原因。小丫，我要让你看一件新鲜事。现在你向后看！"

小丫趴在后舷窗一看，立即惊讶地喊起来："后边也有一个星星，只是不喷火！"

嘎子笑着说："再到其他舷窗上看吧，据我推测，应该每个方向都有。"

小丫挨个窗户看去，果然都有。这些星星大都在侧部喷火，只是喷火的方位各不相同。她奇怪极了："嘎子哥，这到底是咋回事？你咋猜到的？快告诉我嘛。"

嘎子把推进器熄火："不再追了，一万年也追不上，就像一个人永远追不上自己的影子。告诉你吧，你看到的所有星星，都是我们的'这一个'球舱，它的白光就是咱们的反光镜像。"

"镜像？"

"不是镜中的虚像，是实体。还是拿二维世界做比喻吧。"他用手虚握，模拟成一个球面，"这是个二维球面，球面是封闭的。现在有一个二维的生物在球面上极目向前看，因为光线在弯曲空间里是依空间曲率而行走的，所以，他的目光将沿着圆球面看到自己的后脑勺——但他的大脑认为光线只能直行，所以在他的视觉里，他的后脑勺跑到了前方。向任何方向看，结果都是一样的，永远只能看到后脑勺而看不到自己的面部。不过，如果他是在一个飞船里，则有可能看到飞船的前、后、侧面，取决于观察者站在飞船的哪个位置。我们目前所处的三维超圆体是同样的道理，所以，我们向前看，看见的是球舱后部，正在向我们喷火；向后看，看到的是球舱前部，喷出的火焰被球舱挡住了。"

小丫连声惊叹："太新鲜了，太奇特了！我敢说，人类有史以来，只有咱俩有这样的经历——不用镜子看到自己。"

"没错。天文学家们猜测，因为宇宙是超圆体，当天文望远镜的视距离足够大时，就能在宇宙边缘看到太阳系本身，向任何方向看都是一样。但宇宙太大了，到目前为止还没有实现这个预言。"

"可惜咱们与球舱相距还是嫌远了，只能看到球舱外的镜像，看不到舷窗中自己的后脑勺！"

"小丫，你估计，咱们看到的球舱，离咱们直线距离有多远？"

"不好估计，可能有一两百公里？"

"我想大概就是这个范围。这就说明，这个袖珍空间的大球周长只有一两百公里，直径就更小了，这是个很小很小的微型宇宙。"

小丫看了看仪表板上的电子钟："呀，已经22点了，今天的时间过得真快！从球舱升空到现在，已经整整一个白天了，泡泡还没破。爸爸不知道该咋担心呢。"

嘎子似笑非笑，没有说话。小丫说："你咋了？笑得神神道道的！"

嘎子平静地说："一个白天，这只是我们小宇宙的时间，在那个大宇宙里，也许只过了一纳秒，也可能已经过了1000万年，等咱们回去，别说见不到爸妈，连地球你也不认得了。"

小丫瞪大了眼睛："你是胡说八道，是在吓我，对吧？"

嘎子看看她，忙承认："对对，是在吓你。我说的只是可能性之一，更大的可能是，两个宇宙的静止时间是以相同速率流逝，也就是说，舅舅这会儿正要上床睡觉。咱们也睡吧。"

小丫打一个哈欠："真的困了，睡吧。外面的天怎么还不黑呢？"

"这个宇宙永远不会有黑夜的。咱们把窗户关上吧。"

两人关上舷窗外盖，就这么半曲着身体，在空中飘飘荡荡地睡着了。

这一觉整整睡了九小时，两个脑袋的一次碰撞把两人惊醒，看看电子表，已经是早上7点。打开舷窗盖，明亮均匀的白光立时漫溢了整个舱室。小丫说："嘎子哥，我饿坏了，昨天咱们只顾兴奋，是不是一天没吃饭？"

"没错，一天没吃饭。不过这会儿得先解决内急问题。"他从座椅下拉出负压容器（负压是为了防止排泄物外漏），笑着说，"这个小球舱里没办法分男女厕所，只好将就了。"他在失重状态下尽量背过身，痛痛快快地撒了一泡尿。然后对小丫说："轮你了，我闭上眼睛。"

"你闭眼不闭眼我不管，可你得捂住耳朵。"

"干吗？"

小丫有点难为情："你没听说，日本的卫生间都是音乐马桶，以免女客人解手时有令人尴尬的声音？何况咱俩离这么近。"

嘎子使劲忍住笑："好，我既闭上眼，也捂住耳朵，你尽管放心吧。"

小丫也解了手，两人用湿面巾擦了脸，又漱了口，开始吃饭。在这个简装水平的球舱里没有丰富的太空食品，只有两个巨型牙膏瓶似的容器，里面装着可供一人吃七天的糊状食品，只用向嘴里挤就行。小丫吃饭时忽然陷入遐思，嘎子问："小丫，你在想什么？"

"我在想——我可不是害怕——万一咱们的泡泡永远不会破裂，那咱们该咋办？"

嘎子看着她，一脸鬼鬼道道的笑。小丫追问："你在笑啥？笑啥？老实告诉我！"

"我有个很坏蛋的想法，你不生气我再说。"

"我不生气，保证不生气。你说吧。"

嘎子庄严地说："我在想，万一泡泡不会破裂，咱俩成了这个宇宙中唯一的男人女人，尽管咱俩是表兄妹，说不定也得结婚（当然是长大之后），生他几十个儿女，传宗接代，担负起人类繁衍的伟大责任，你说是不是？"说到这儿，忍不住笑起来。

小丫一点不生气："咦，其实刚才我也想到这一点啦！这么特殊的环境下，表兄妹结婚算不上多坏蛋的事。发愁的是以后。"

"什么以后？"

"咱俩的儿女呀，他们到哪儿找对象？那时候这个宇宙里可全是嫡亲兄妹。"

嘎子没有这样"高瞻远瞩"的眼光，一时哑口。停一会儿，他说："不知道，我也不知道。其实历史上已经有先例。亚当和夏娃，但洋人的书上说到这个紧要关口时也是含糊其词，看来他们也无法自圆其说。"他忽然想起来，"说到亚当和夏娃，我想咱们也该把咱们这段历史记下来。万一，我只是说万一，咱们不能活着回去，那咱们记下的任何东西都是非常珍贵的。"他解释说，"泡泡总归要破裂的，所以这个球舱肯定会回到原宇宙，最大的可能是回到地球上。"

小丫点头："对，你说得对。仪表箱里有一本拍纸簿和一支铅笔，咱们把这儿发生的一切都记下来。可是——"

"可是什么？"

"可是，咱们的球舱'重入'时不一定在中国境内呀，这样重要的机密，如果被外国人，比如日本人得到，那不泄密了？"

嘎子没办法回答。话说到这儿，两人心里都有种怪怪的感觉。现在他们是被幽闭在一个孤寂的小泡泡内，这会儿如果能见到一个地球人，哪怕是手里端着三八大盖的日本兵，他们也会感到异常亲切的。

所以，在"那个世界"里一些非常正常、非常高尚的想法，在这儿就变得非常别扭、委琐。但要他们完全放弃这些想法，好像也不妥当。

两人认真地讨论着解决办法，包括用自创的密码书写。当然这是很幼稚的想法，世界各国都有造诣精深的密码专家，有专门破译密码的软件和大容量计算机。两个孩子即使绞尽脑汁编制出密码，也挡不住专家们的攻击。说来这事真有点"他妈妈的"，人类的天才往往在这些"坏"领域中才得到最充分的发扬：互相欺骗，互相提防，互相杀戮。如果把这些内耗都用来一致对外（征服大自然），恐怕人类早就创造出一万个繁荣的外宇宙了。

但是不行，互相仇杀似乎深种在人类的天性之中。一万年来的人类智者都没法解决，何况这两个十几岁的孩子。最后嘎子干脆地说："别考虑得太多，记下这一切才是最重要的。干吧。"

他们找到拍纸簿和铅笔。该给这本记录起个怎样响亮的名字？嘎子想了想，在头一页写上两行字：

创世记

记录人：巴特尔、陈小丫

前边空了两页，用来补记前两天的经历。然后从第三天开始。

创世第三天，地球纪年：公元2021年7月8日。

（巴特尔记录）

泡泡已经存在整整三天了。记得第一天我曾让小丫"抓紧时间体验失重，因为泡泡随时可能破裂"，但现在看来，我对泡泡的稳定性估计不足。我很担心泡泡就这么永存下去，把我俩永久囚禁于此。其实别说永久，即使泡泡在八天后破裂，我和小丫可能就已经窒息而死了。

今天发觉小丫似乎生病了，病恹恹地不想说话，身上没有力气。我问她咋了，她一直说没事。直到晚饭时我才找到原因：她像往常一样吃喝，但只是做做样子，实则食物和水一点都没减少。原来她已经四顿没吃饭了。我生气地质问她为啥不吃饭，她好像做错什么事似的，低声说："我想把食物和水留给你，让你能坚持到泡泡破裂。"

我说："你真是傻妮子，现在的关键不是食物而是氧气，你能憋住不呼吸吗？快吃吧，吃得饱饱的，咱们好商量办法。"

她想了想，大概认为我说得有理，就恢复了进食。她真的饿坏了，这天晚饭吃得格外香甜，似乎那不是乏味的糊状食物而是全聚德烤鸭。

创世第四天，地球纪年，公元2021年7月9日。

（巴特尔记录）

今天一天没有可记的事情。我们一直趴在舷窗上看外边，看那无边无际的白光，看远处的"天球上"那无数个闪亮的星星（球舱）。记得第一天我们为了追"星星"，曾短暂地开动了推进器，使球舱获得了一定的速度；那么，在这个没有摩擦力的空间，球舱应该一直保持着这个速度。所以，我们实际上是在这个小宇宙里巡行，也许我们已经巡行了几十圈。但我们无法确定这一点。这个空间里没有任何参照物，只有茫茫的白光，你根本不知道球舱是静止还是在运动。

小丫今天情绪很低落，她说她已经看腻了这一成不变的景色，她想家，想北京的大楼，想天上的白云，地下的青草，更想亲人们。我也是一样，想恩格贝的防护林，想那无垠的大沙丘，想爹妈和乡亲。常言说失去才知道珍惜，我现在非常想念那个乱七八糟的人间世界，甚至包括它的丑陋和污秽。

创世第五天，地球纪年，公元2021年7月10日。

（巴特尔记录）

今天小丫的情绪严重失控，一门心思要打开舱门到外边去，她说假如不能活着回去，那倒不如冒险去看看外面的世界。我竭尽全力才阻止住她。

可惜这个球舱太简易，没有用来探测外部环境的仪器。至今我们不知道外面的温度是多少，有没有氧气，等等。但依我的推断，如果它确实是从一个很小的高温空间膨胀而成的小宇宙，那它应该有大致相当于地球的温度，但空气极稀薄，近似真空，而且基本没有氧气（在高温那一刻已经消耗了）。

不穿太空服出舱是很危险的事（根据美国宇航局的动物实验，真空环境会使动物在10秒内体液汽化，一分钟内心脏纤颤而死），何况我们的舱门不是双层密封门，一旦打开会造成内部失压，并损失宝贵的氧气。

所以，尽管这个小球舱过于狭小，简直无法忍受，也只能忍受下去。小丫还是理智的，听了我的解释后不再闹了。也难怪，她只是一个13岁的小姑娘啊！

创世第六天，地球纪年，公元2021年7月11日。

（陈小丫记录）

嘎子哥在改造球舱的推进装置，今天我记录。

嘎子哥和我商量，要想办法自救。爸爸他们肯定非常着急，也在尽量想办法救我们。但嘎子哥说不能对那边抱希望。关键是我们小宇宙已经同母宇宙完全脱离，现代科学没有任何办法去干涉宇宙外的事情。

我说："咱们的燃料还有两小时的推进能力，能不能把球舱尽力加速，一直向外飞，撞破泡泡的外壁？"嘎子哥笑了，说我还是没有真正理解"超圆体"的概念。他说："还是拿二维球面做比喻吧。在二维球面上飞行的二维人，即使速度再高，也只能沿球面巡行，而不会'撞破球面'。他如果想撞破球面，只能沿球面的法线方向运动，但那已经超过二维的维度了。

"同样，在三维超圆体中，只有四维以上的运动才能'撞破球面'，但我们肯定无法做到超维度运动。"

他提出另一个思路：在三维宇宙中，天体的移动会形成宇宙波或引力波。由于引力常数极小，所以即使整整一个星系的移动，所造成的引力扰动也是非常小的。我们这个小小的球舱所能造成的引力扰动更是不值一提。另一方面，我们的宇宙也是非常非常小的，又是内禀不稳定的，所以，也许极小的扰动就会促使其破裂。他说不管怎样，也值得一试，总比干坐在球舱里等死强。

他打算把球舱的双喷管关闭一个，只用一边的喷管推进。这样，球舱在前进的同时还会绕着自身的重心打转，因而喷管的方向也会不停地旋转，使球舱在空间中做类似"布朗运动"那样的无规则运动，这样能造成最大的空间扰动。只用单喷管喷火还有一个好处是：能把点火的持续时间延长一倍。

现在他已截断了左边喷管的点火电路。

准备工作做好了，但嘎子哥说，要等到第七天晚上（氧气快要耗尽的时刻）再去这样干，也就是说，那是我们牺牲前的最后一搏，在这之前，还要尽量保存燃料以备不时之需。

创世第七天，地球纪年，公元2021年7月12日。

（巴特尔记录）

今天我们在异常平静的心态下度过了最后一天（按氧气量计算的最后一天）。我们先是一小时一小时地，后来是一分钟一分钟地，最后是一秒一秒地，数着自己的生命。直到晚上12点，小丫说："嘎子哥，点火吧。"我说："好，点火吧。"

现在我就要点火了，成败在此一搏。我左手拉着小丫，右手按下点火按钮。

（7月13日凌晨4点补记）

球舱点火后像发疯一样地乱转，离心力把我和小丫按到了舱壁上，颠得我们几乎呕吐。我们强忍住没有吐出来，在失重状态下，空中悬浮的呕吐物也是很危险的。俺俩一直没有说话，互相拉着手，默默地忍受着，等待着。四小时后，推进器熄火了。但非常可惜，我们的泡泡依然没有变化。

不管怎样，我们已经做了自己最大的努力。我和小丫收拾了舱室，给亲人们留了告别信，然后两人告别，准备睡觉。我俩都知道，也许这一觉不会再醒来了。假如真是这样，我想总该给后人留一句话吧。第二次世界大战中的捷克英雄尤利乌斯·伏契克告别人世的最后一句话是：

人们哪，我爱你们，你们要警惕！

但我想说一句相反的话：

人们哪，我爱你们，你们要互相珍惜！

6

日记到此为止，以下的情况是两个孩子补述的。

那晚他们睡得太晚，第二天早上8点还没有醒。忽然他们觉得浑身一震，或者说是空间一阵抖动，重力在刹那间复现，球舱坠落在某种硬物上，滚了几滚，停下了。小丫从球舱的上面（现在可以分出上下方位了）掉下来，砸到嘎子身上。

她从嘎子身上仰起头，迷迷糊糊地问："咋了？嘎子哥这是咋了？咱们死没死？"

嘎子比她醒得快，高兴地喊："打开了！打开了！小丫你看打开了！"

小丫也清醒过来："嘎子哥，泡泡打开了！"

通话器里立即传来清晰的声音："嘎子、小丫，是你们吗？听到请回答！"

"是我们，爸爸！泡泡突然打开了，我们能看见外面的天、太阳和云彩了！"

然后他们就发现了自己是在战场上，发现了持枪围来的日本兵。就像重力在刹那间出现一样，"这个世界"的规则也在刹那间充溢全身。嘎子立刻忘了自己曾经有过的哲人情怀（人们哪，你们要互相珍惜！），而忆起了伏契克的教导（人们哪，你们要警惕！）。这种急剧的转变非常自然就完成了，没有一点滞涩生硬。随之，两个在枪口包围中的孩子毁坏了通信器，把《创世记》藏在嘎子的内裤里（没有舍得毁掉），匆匆商量了对付审讯的办法，然后像小兵张嘎那样大义凛然地走出球舱。

这会儿嘎子从内裤中掏出那本记录交给舅舅，笑着说："幸亏今天的日本兵比当年文明，没有搜身，我才能把它完整地交给舅舅。"

陈星北接过来，与坂本一同阅读，那真叫如饥似渴，如获至宝。

看完后陈星北对坂本说："泡泡的破裂有可能与孩子们造成的内部扰动有关，但从目前的资料还得不出确切结论。另外，我最头疼的那一点仍没有进展，即如何控制泡泡破裂时的'重入'方位。"

坂本说："即使如此，他们两人的经历也弥足珍贵，它使很多理论上的争论迎刃而解。比如，确证了超圆体理论；证明了在不同宇宙中，静止时间的流逝速率相同；证明封闭空间能够隔绝引力、电磁力等长程力；球舱在那个宇宙中的推进和旋转，证明了动量守恒定律、角动量守恒定律及作用力反作用力定律等仍然适用，由此基本可以确定：所有物理定律在两个宇宙中同样有效。"他笑着说，"陈先生你不要太贪心，有了这些你还不满足？它足以让物理学掀起一场革命了。"

"我知道，但我同样关心它的实用层面。"

"实用上也不差呀，至少你已成功激发出一个独立宇宙，并让它保持七天的凝聚。至于如何把它发展成实用的反引力技术，咱们——全人类——共同努力吧。我一定尽我所能，说服国会，让你参加到这项共同研究中。"他把两个孩子拉过来，搂到怀里，"谢谢你们！我羡慕你们，非常非常羡慕你们，如果我今生能有一次这样的经历，死也瞑目了。"

小丫善解人意地说："那很容易办到的，下一次实验由你进舱不就得了。"

"你爸爸会同意吗？"

小丫大包大揽地说:"我来说服他,一定会的!"

在场的人都心情轻松地大笑起来。

坂本夫人请大家入席,说晚饭已经备好。坂本的家宴沿用西方习俗,没有大餐桌,饭菜都摆在吧台上,每人端着盘子自由取食,然后随意结合成谈话的小圈子。陈星北、坂本、嘎子和小丫自然是在一起,惠子刚才听了两人的详细经历,更是十二分的崇拜,一直挤在这一堆里,仰着脸听他俩说话。

这会儿谈话是以小丫为主角,她叽叽呱呱、绘声绘色地描述着那个奇特的小宇宙:没有光源但不会熄灭的白光、无重力的空间、球舱的背影所组成的天球大集合,等等。讲得兴起,饭都忘吃了,嘎子随后为她做着补充。所有人都听得很仔细,渡边和西泽也凑了过来。忽然陈星北皱起眉头,指指嘎子说:"嘎子,你啥时候变成了左撇子?"

嘎子奇怪地说:"没有呀,我……"他突然顿住,因为他已经看到,自己确实是用左手拿筷子,但在他的感觉中,仍是在使用惯用的右手,正因为如此,这些天来他一直没有意识到这一点。陈星北放下盘子,拉过嘎子,摸摸他的心脏,再摸摸小丫的心脏,表情复杂地说:"没错,嘎子你已经变成右手征的人了。"

在场人中只有坂本教授立即理解了他的意思,默默点头。嘎子也理解了,而其他人全都表情困惑。陈星北让坂本太太拿来一把剪刀和一张纸,他三五下剪出一个小人,在左胸处剪出一颗心脏形的空洞:"我来解释一下吧。请看这个二维人,心脏在左边,我们称为左手征。如果他不离开二维世界，那么无论他怎样旋转、颠倒，也绝不会变成右手征的人。"他把那个平面人放在桌面上随意旋转和颠倒，"但如果它能进入高维度世界，手征的改变就是很轻易的事。现在我让它离开二维平面。"他把那个纸人掂离桌面，在空中翻一个身，再落下来，现在纸人是"面朝下"，心脏也就变到右边了。"你们看，他的手征已经轻易改变了。这个规律可以推延到三维。三维空间的三维人如果能上升到四维空间中，等他再度'回落'到原三维世界时，自身手征改变的可能性是50%。嘎子和小丫的情况正好符合这个概率：嘎子的心脏变到右边了，小丫没变。"

渡边恍然大悟："我想起来了，球舱上的汉字也都反了！当时我还以为，这些字是从窗户里面写的呢。"

陈星北沉默了，心事重重地看着嘎子，而头脑灵光的嘎子也意识到了更深层次的问题，他努力镇定自己，但难免显得心思沉重。

小丫大大咧咧地说："你们有啥发愁的？心脏长右边怕啥，我知道世上有人天生心脏就在右边，照样活得好好的。"

嘎子闷声说："那不一样。心脏右置的人，他的分子结构仍是正常的，但我这么'彻里彻外'一颠倒，恐怕连氨基酸的分子结构也变了。"他知道在场很多人听不懂，便解释说，"从分子深层结构来说，生物都是带手征的。地球上所有生物体都由左旋氨基酸组成，这是生物进化中随机选择的结果。"

他们的对话一直是英语夹杂着汉语，惠子听不大懂，见大人的表情都很凝重，就悄悄询问爷爷。坂本教授解释说："这个少年将成为世上唯一右手征（右旋氨基酸）人，他可能无法接受别人的输血，甚至不能结婚生子（精卵子的手征不同）。"

惠子对嘎子的不幸非常担心，小声问："那怎么办？爷爷，你一定要想办法呀！"

坂本说："我和你陈伯伯都不是生物学家，我们会立即咨询有关专家的。"

小丫不服地说："不会吧，如果手征相反，那他还能吃地球上的食物吗？这些天他可一直在吃左手征的食物。"

嘎子对她的反诘也没法解释，只是说："手征的变换肯定是泡泡破裂那会儿才发生的。"

小丫机敏地反驳："就是从那会儿开始，你也吃了三天日本食物了，也没见你中毒或腹泻！总不能日本食物和中国食物手征相反吧？"

这个诘难很俏皮，她自己先咯咯地笑起来。陈星北和坂本互相看看，确实没法子解释这种现象。小丫更是得理不饶人："再说，手征反了有啥关系，真要有危险，让嘎子哥再去做两次实验，不就变回来了！"

在场人都一愣，立即哈哈大笑。没错，大人的思维有时反倒不如孩子直接。管他手征逆变后是不是有危险呢，如果有危险，再让他进行一两次超维旅行，不就变过来了嘛，反正是50%的概率。

惠子也受到启发，突然说："还有一个办法呢，下次超维度旅行时多派几个姑娘去，其中有人会变成右手征的人，让嘎子君和她结婚就可以嘛。"

大人们不由又乐了，不错，这也是解决办法之一，当然这个方法会带来很大的麻烦：从此世界上将会有左右手征的人并存，男女结婚前的婚检得增加一项，以保证夫妇俩手征相同。没等他们说出这个麻烦，惠子就自告奋勇地说："我愿意参加下一次超维度旅行！"

她含情脉脉地看着嘎子，她这句话的用意很明显，实际上是向嘎子射出了丘比特之箭。嘎子心头一热，以开玩笑来掩饰："你说的办法妙，那可是真正的'撞天婚'。"他摸摸自己的心脏，庆幸地说，"幸好它只改变心脏或氨基酸的手征，并不改变思想的手征。要是我从那个小宇宙跑一趟回来，得，左派变成右派，变成西——"他本来想说"变成西泽昌一那样的浑头"，但看在坂本教授和惠子的面子上，决定留点口德，没有说下去，"那我的损失才大呢。"

陈星北笑道："我倒希望，人们经过一次超维度旅行后都变成这样的镜像对称——你也爱我，我也爱你。套一句说腻了的中国老话，就是人人爱我，我爱人人。"他叹息一声，"我知道这很难，比咱的'育婴工程'不知道难多少倍。那只能是一万年后的远景目标了。好，不扯闲话，回到咱们的正题上。"

尾　声

一星期后，坂本教授送陈星北一家三口回到北京，并获准参观了陈星北他们的"育婴所"。

一年以后，中、日、美、俄、印、德、法、英八国政府正式签订了《合作开展育婴工程》的政府协议。陈星北心中大乐——这个私下流传的绰号终于登上大雅之堂了。中国的民间政治幽默家们把这项工作称为"新八国联军"，但这个名字显然是不合适的，因为它难免刺痛中国人内心深处的伤疤。所以，很快它就被另一个比较亲切的名字所取代：老八路（"老"是相对后来的新成员国而言）。

那年中国民间最流行的政治幽默是：日本兵带头参加八路军。

又两年，8国组织扩大为36国。又5年扩大为72国。很巧的是，这两个数字正合中国古代所谓的"天罡""地煞"之数。这时育婴工程已经有相当大的进展，保持"泡泡"持续凝聚态已经不困难了。至于"定向投掷"则仍然遥遥无期，陈星北说那还是500年后的远景。

是年23岁的巴特尔（嘎子）还在读博士后，但已经是育婴工程月球基地的负责人。坂本惠子在他手下工作，两人的关系基本上也到了正式签约的阶段。不过一个很大的问题是：两人的"八字不合"（手征不匹配）问题还没有最终得出结论，但至少已经断定，吃左旋氨基酸食物对右手征的嘎子在生理上没有什么影响，所以嘎子也就没有急于再去"外宇宙"把手征变回来。

陈小丫这时正在东京大学读硕士，专业嘛自然与"育婴工程"有关。坂本大辅教授已经退休，但小丫一向自称是他的私塾弟子，因为她就住在坂本的家里，于是坂本又兼做私塾老师，而且做得非常尽责和称职。

作者注：本文的部分构思受了北京交大宋颂的征文《油滴》的启发，谨此声明并致谢意。

沙漠蚯蚓

硅基生物的挑战

五月的一天，一代治沙专家、原"塔克拉玛干沙漠改造工程"指挥长、72岁的钱石佛先生，在妻子蔡玉茹和儿子钱小石的陪同下，来到市公安局正式报了案，他告发的犯罪嫌疑人是现任指挥长鲁郁。

鲁郁今年48岁，是钱先生的学生，也是钱先生十年前着力推荐的接班人。

从乌鲁木齐坐直升机出发，在空中俯瞰塔克拉玛干大沙漠，你能真正地体会到现代科技的威力——恶之力。现代科技激发了温室效应，在中亚一带形成了更为干燥的局部气候，短短200年间就使新疆的沙漠急剧扩大，使塔克拉玛干沙漠和克拉玛依沙漠连成一片，并取代撒哈拉沙漠成了世界沙漠之王。类似沙漠的形成，通常是大自然几百万年的工作量，而现在，即使把温室效应的孕育期也算上，满打满算不超过500年的时间。

从舷窗里放眼望去，视野中尽是绵延无尽的沙丘，一派单调的土黄色。偶然可见一片枯死的胡杨林或一片残败的绿洲。沙漠的南部，即原属于塔克拉玛干沙漠的区域，沙丘更为高大，方圆几百公里不见一丝绿色。这儿原有一条纵贯沙漠南北的公路，是20世纪末为开发塔中油田而建。公路两旁曾经有精心护理的防沙林，用水管滴灌，绿意盎然，在死气沉沉的土黄色上围了两条漂亮的绿腰带。但自从油田枯竭及沙漠扩大后，这条公路和防沙林带再没有人去维护。公路早被流沙吞噬，防沙林全部枯死，又被流沙掩埋，只露出枯干的树尖。

直升机到了沙漠腹地。现代科技在这儿展示着另一种威力。前边沙丘的颜色截然不同，呈明亮的蓝黑色。蓝黑色区域有数千平方公里，总体上呈相当规则的圆形，边缘线非常整齐。直升机低飞时可以看出，这儿的沙丘并非通常的半月形（流动沙丘在风力作用下总是呈半月形），而是呈珊瑚礁那样复杂的结构，多是一些不规则的同心圆累积而成，高低参差，棱角分明，显然不再具有流动性。两位警官靠在打开的舱门上，聚精会神地往下看，朱警官问钱小石：

"喏，这就是沙漠蚯蚓的功劳？"

"嗯，它们是我爸爸和鲁郁大哥一生的心血。不过，我爸爸历来强烈反对使用'沙漠蚯蚓'这个名字。他说这个名字把'生命'和'机器'弄混淆了。它们绝不是类似蚯蚓的生物，而是一种能自我复制的纳米机器。纳米机器发展到今天这个地步，和生物已经很难严格区分，但绝对不能混为一谈……"钱小石讲起了与纳米技术有关的常识。

早在1959年，著名科学家理查德·费因曼发表了一篇题为《在底部还有很大空间》的演讲，指出，人类对物质世界的制造工艺从来都是"自上而下"，是以切削、分割、组装的方式来制造，那么，为什么不能从单个分子、原子开始"自下而上"进行组装？甚至可以设计出某种特殊的原子团，赋予它们类似DNA的功能，在有外来能量流的条件下，"自我建造"具有特定功能的身体，就像蚊子卵能自我建造一个微型航空器，蚕卵能自我建造一个吐丝机那样，而且能无限复制（费因曼的这篇讲话实际不包含最后一个观点，是作者加上去的）。

科学史上普遍认为，这次演讲象征着纳米技术的肇始。

又240年后，纳米技术获得真正的突破。一位年轻的天才——钱石佛，设计成功了一种硅基原子团，它可以吸收自然界的光能来作为自身的动力，吞食沙粒，在体内转化成单晶硅，并能形成某种善于捕捉光子的量子阱，在体表形成蓝黑色的可以减少反射的氮化硅薄膜。这些结构共同组成了高效的光电转换系统，效率可达45%以上。当然最关键的是，这种原子团具有自我复制功能，当身体长大到一定程度，就像绦虫那样分成几节，变成独立的个体（蚯蚓在特殊情况下也能这样繁殖）。它们的身体残骸则像珊瑚礁那样堆积，造成沙漠形态的大转换。转换后的"固态沙漠"仍然不适合绿色植物的生长，仍是绝对的生命禁区。但不要紧，这些蓝黑色残骸保存着它"活着"时吸收的全部光能，是高能态物质，可以收集起来，很方便地转化为电能。这样，改造后的沙漠就成了人类最大的能源基地，而且是干净的可再生能源。

用"蚯蚓"来做它的绰号并不合适，它的身体很小，一个只有一毫米长。但由于它强大的自然复制功能以及它在自然界没有天敌、没有疾病，短短30年内它就覆盖并改造了7000平方公里的沙漠。按地球表面平均年光照总量5900MJ/m^2计算，相当于6亿千瓦的巨型电厂！正因为如此，它们才得到"沙漠蚯蚓"这个称呼——蚯蚓也是改造大自然的功臣，远在人类开始耕耘土地之前，蚯蚓就默默地耕耘着地球的土壤，它们对环境的良性作用，没有哪种生物能比得上——除了人类，但人类的作用是善恶参半的。

前边就是基地。指挥部和研究所建在高大的沙丘之下，所以地面上除了有一块不大的停机坪外，和其他沙面没有什么区别。直升机停下，他们跳下来，踩在蓝黑色的沙沙作响的沙面上。钱小石弯腰抓起一把沙子，举到两位警官眼前说："喏，这就是沙漠蚯蚓。"他看到两位警官怀疑的目光，笑着说，"对，这可不是沙子，也不是它们的残骸，这就是它们。"

朱警官接过来，它们硬邦邦、沉甸甸的，由于强烈的光照而触手灼热。颜色是蓝黑色，形状呈规则的长圆形，两头浑圆，与沙粒显然不同。单独个体的个头非常小，肉眼很难辨清它们的细节构造，比如看不清用来吞吃沙粒的口器，也感觉不到它们在动。女警官小李怀疑地问："这就是沙漠蚯蚓？活的？"

钱小石笑着说："对，要是按老百姓的说法，它是'活'的。按我爸爸的说法是，这些微型机器目前都处于正常运转状态。"

李警官相当失望："鼎鼎大名的沙漠蚯蚓，原来就这么个尊容啊。难怪钱老不同意称它为生命，它的确算不上。依我看，连机器也算不上，只能算是普通沙粒。"

沙丘之下基地的大门打开来。一位女秘书迎过来，笑容可掬地说："欢迎！欢迎！鲁总在办公室等你们。"

钱小石摇摇头，叹息道："让我爸爸这么一闹腾，我真没脸去见鲁郁大哥和大嫂了。唉，躲不过的，硬着头皮上吧。"

七天前钱老报案时，就是这两位警官接待的。钱老身体很硬朗，鹤发童颜，腰板笔直，步伐坚实有力。这副身板儿是长年野外工作练出来的。说话也很流畅，口齿清晰，极富逻辑性。他当时沉痛地说：当年正是他推荐鲁郁继任（沙漠治理）指挥长的。这是他一生中所犯的最大错误，说是犯罪也不为过——可是，当年的鲁郁确实是一个好苗子！忘我工作，专业精湛，为人厚道。谁能想到，这十年来，即自己退休这十年来，鲁郁完全变了！不是一般的蜕变，而是变成一个阴险的阴谋家，一个恶毒的破坏分子！他现在唯一的目的就是彻底毁灭塔克拉玛干沙漠改造工程！当年，在他（钱石佛）任指挥长时，工程进展神速，经那些纳米机器活化过的沙漠区域飞速扩展。按那个速度，今天应该已经覆盖整个塔克拉玛干大沙漠了。但这些年沙漠的活化速度已经大大放缓，甚至已经活化过的区域也染上了致命的"瘟疫"（只是借用生物学名词）。这种局面都是鲁郁有意造成的。

面对这样严重的指控，朱警官非常严肃地听着，小李警官则认真做着笔录。两位陪同的家属同样表情严肃，不时地点着头。不过，朱警官也在偷偷端详着老人的头部，看能不能找出手术的痕迹。前一天钱夫人已经提前来过，告诉他们，钱老 11 年前，即临近退休时，患过脑瘤，做过开颅手术。

钱夫人前一天提前来警察局，是来为警方打预防针——不要把她丈夫明天的报案当回事。她说，丈夫自从做了开颅手术后，完全变了一个人，多疑、专横、偏执。现在他每天忙得很，兢兢业业，日夜焦劳，四处搜集鲁郁的"罪状"，这已经成了他活下去的唯一目的。她说她和儿子开始尽力劝过老头子，但丝毫不起作用，甚至起了反作用。现在他们只能顺着老头子的想法来。比如，明天两人将一本正经地陪同他来报案。否则，如果连他俩也被老头子视为异己——对老头子来说打击就太大了……她难过地说："鲁郁那孩子，先是老头子的学生，后来是助手，几乎是在我眼皮底下长大的，我对他完全了解。绝对是个好人，心地厚道，道德高尚，把我俩当爹娘对待。真没想到，老头子现在非要跟他过不去，把他定性为阴谋家和罪犯！警官你们说说，罪犯搞破坏都得有作案动机吧？那鲁郁作为工程指挥长，为啥要破坏他自己毕生的心血？受敌国指使？没道理嘛。老头子这样胡闹，真让我和儿子恨得牙痒痒。但没办法啊，他是个病人。你们可别看他外表正常，走路咚咚响，其实是个重病人。俺们只能哄着他，哄到他哪天闭眼为止。"她轻叹一声，"就怕我先闭眼，那时老头子就更可怜了。"

"你说塔克拉玛干工程现在进展不顺利，出现了大片'瘟疫'？"

"没错，是这样，但这绝不是鲁郁有意造成的，甚至——不是鲁郁造成的。警官，你懂我的意思吗？也许……"她斟酌着把这句话说完，"这才是老头子的病根，但他是无意的，是以'高尚'的动机来做这件丑恶的事。"

这段话比较晦涩，绕来绕去的，不像钱夫人快人快语的风格。做笔录的小李警官没听明白，抬头看了头头一眼。但朱警官马上明白了，因为钱夫人的眼睛说出了比话语更多的东西。她实际是说：也许，今天工程的病根是在丈夫当政时就种下的，到现在才发展成气候。丈夫在潜意识中想为自己开脱，因而把现任指挥长当成了替罪羊。当然，由于老人大脑有病，这种想法并不明确，而是埋在很深的潜意识里，就像迁徙兴奋期的大雁或大马哈鱼会不由自主地向着某个方向前进，但其实它们并没有清晰的意愿。

蔡玉茹看到朱警官在沉吟，知道自己对丈夫的"指控"同样过于离奇，不容易被外人接受。她狠狠心说："有件事我原不想让外人知道，但我想不该对警方隐瞒。你们可知道，老头子的病情发展到什么程度了吗？这几年他经常在深夜梦游，一个人反锁到书房里，不知道捣鼓什么东西。梦游能持续两三个小时，但白天问起他，他对夜里的活动一无所知。"她解释说，"是真的不知道，不是装的。因为有一天白天，他非常恼火地质问我们，谁把他的个人笔记本电脑加了开机密码。我俩都说不知道，儿子帮他捣鼓了一会儿，没打开，说明天找个电脑专家来破解。但到晚上，他在梦游中又反锁了书房门，我隔着窗户发现一件怪事：老头子打开电脑，非常顺溜地输进去密码，像往常那样在电脑前捣鼓起来，做得熟门熟路！我这才知道，那个密码肯定是他在梦游中自己设置的。"

"你是说，他只有在夜里，梦游状态下，才能回忆起密码，而白天就忘了？"

"对。匪夷所思吧？但我和儿子观察了很久，确实如此。医生说，老头子是非常严重的人格分裂症。白天，第一人格牢牢压制着第二人格。第二人格努力要突破压制，就在夜里表现为梦游。"

对于丈夫做出如此尖锐的剖析，确实非常艰难，但她为了对鲁郁负责，不得不"家丑外扬"。朱警官钦佩这位大义的女士，连连点头："阿姨，我懂你的意思。谢谢你，谢谢你告诉我们这些。"

"朱警官，还有一点情况，我想应该让警方知情：关于老头子要报案的事，我已经提前告知了小鲁，让他有点心理准备。唉，打电话给小鲁两口子说这些话时，我真脸红啊！小鲁两口子倒是尽心尽意地安慰我。"

朱警官也真诚地安慰她："阿姨你不要难过，我理解你的难处，非常理解。至于案子本身你尽管放心，等明天钱老来报案时，我们会认真对待、认真调查，尽量给他一个满意的答复。当然绝不会冤枉鲁郁先生的，那可是个大人物，国家级工程的指挥长，谁敢拿一些不实之词给他定罪？反正我没这个胆儿，哈哈！"

基地虽然在地下，但明亮通透，同在地面上一样，只是没有地上的酷热。鲁郁老总个子稍矮，貌不惊人，衣着简单，乍看就像一个民工。他虽然已经知道了警方的来意，但却面色平静如常地同两位警官握手，同钱小石则是拥抱，还重重地拍了拍他的肩膀。

小钱笑着说："少跟我套近乎！我是警方公派人员，陪同两位警官来调查你的犯罪事实。"他叹口气，"郁哥你说，一个人病前病后咋能变化这么大？尤其是我爸爸这样的恂恂君子！我现在非常相信荀子的话：人之初，性本恶。大脑一旦得病、失控，就会恢复动物的丛林本能——竖起颈毛悚然四顾，怀疑黑暗中到处都是敌人。"

鲁郁平静地说："钱老永远是我的恩师。"停顿了片刻，他又加重声音重复，"我相信他永远都是我的恩师。"

他的重复似乎有一种特别的意味。等到几天后，一切真相大白于天下时，钱小石才意识到鲁郁大哥这句话的深意。

不管怎么说，警方调查还是要进行的。鲁总先让客人们看了有关沙漠蚯蚓的宣传片。有句俗话叫"眼见为实"，其实这话不一定正确。此前两位警官已经目睹和触摸了真正的沙漠蚯蚓，在他们印象中，它们只不过是普通的沙粒，是僵死的东西，最多形状有点特殊罢了。但看了宣传片，他们才知道沙漠蚯蚓的真实面目。影片中的图像在一维方向上放大了100倍后（体积上放大了100万倍），那玩意儿恰如蚯蚓般大小，长圆柱形，前方有口器，后方有排泄孔。口器轻微地嚅动着，缓缓包住沙粒。但身体基本是僵硬的。鲁郁解释说："塔克拉玛干沙漠都是细沙，直径大多在100微米以下，正好适宜沙漠蚯蚓吞食。"

他还说："沙漠蚯蚓的行动非常缓慢，肉眼难以察觉。你们看到的影片已经加快了50倍，下面要加快1000倍。"

加快1000倍后它们僵硬的身体忽然变柔软了，蠕动着，前进着，吞咽着，排泄着，体表的颜色在逐渐加深，躯体变长，然后镜头一变，开始分裂。镜头拉远，浩瀚沙漠中是无数蚯蚓，铺天盖地地吃过去，一波大潮过后，黄白色的沙海很快转换成蓝黑色的"珊瑚礁"。

两位警官看得入迷。鲁郁提醒说："注意看这一段！"

随着它们的吞吃，蓝黑色的残骸逐渐堆积、变厚。这种情况对它们不利，因为"食物"（沙粒）和阳光被隔开了。现在，沙漠蚯蚓先在表层晒太阳，等到体色变成很深的蓝黑色，就蠕动着向下钻，一直钻到浅黄色的沙层，才开始吞咽活动。吞咽一阵，它们又钻到地表去晒太阳，如此周而复始。

鲁郁说："这种习性的改变——把吸收光能和吞咽食物两个过程分割开——并非钱老师的原始设计，而是它们自己进化出来的。从物理学的角度讲，这种习性牵涉到两段程序的改变：光能转为电能之后的储存和电能的再释放。这是沙漠蚯蚓在生物功能上的巨大进步。这次进化并非受我们的定向引导，我们所做的工作，只是用各种刺激剂来加速它们的进化。但究竟出现哪种进化，我们在事前却心中没数。这还是钱老退休前的事。"

两位警官意识到，鲁郁与钱老有一点显著的不同，他一点儿不在乎对沙漠蚯蚓使用"生物化"的描述。

朱警官笑着说："鲁总你说它们是在进化？钱老可是强烈反对使用这类生物化的描述。他说，这是纳米机器，绝不是生物，对它们只能说'程序自动优化'。"

鲁郁不在意地说："我当然知道钱老师的习惯，不过这只是个语义学的问题，主要看你对生命如何定义。喂，下边就可以看到沙漠蚯蚓群中的瘟疫了。"他停顿片刻，微笑着补充，"瘟疫——又是一个生物化的描述。"

镜头停在一个地方。从表面看一切正常，地表仍是蓝黑色的类似珊瑚礁的堆积。仔细看，地表上有几处圆形的凹陷，大约各有一个足球场大。凹陷处的蓝黑色比较暗，失去了正常的金属光泽。鲁郁解释说："沙丘经过活化后体积会膨胀，反过来说，死亡区域就会表现为凹陷。"图像逐渐放大，并深入堆积层的内部，现在看到异常了。这儿看不到那些钻上钻下的"活"的蚯蚓，它们都僵硬了，死了，至少是休眠了。

鲁郁说："这种瘟疫是五年前开始出现的。按说，作为硅基生命，或者按钱老的说法是硅基纳米机器，它们在地球上是没有天敌的，既没有'收割者'（指食肉动物），也没有病菌病毒。但这种死亡还是发生了。知道为什么吗？我可以告诉你们，这是某种有害元素造成的。"

两位警官富含深意地互相看看："噢，原来是这样。"

那天接待钱老报案时，因为事先有钱夫人的吹风，两位警官非常同情这位人格分裂的老人，一直和家属配合着，认真演戏，假装相信钱老所说的一切。但这个老头子的眼里显然揉不进沙子，谈了半小时后，他突然冷峻地说："我说的这些，是否你们一直不相信？认为这只是一个偏执狂的胡言乱语？甚至是一个失败者在制造替罪羊？"

两位警官被点中罩门，颇为尴尬，连连说："哪能呢！哪能呢！我们完全相信你的话。"

老人冷笑着："别哄我了。我知道，连我老伴儿和儿子，心里恐怕也是这个想法。说不定，你们事前已经瞒着我沟通过了。"那对母子此刻也很尴尬，低下头，不敢直视老人的眼睛。"其实，我也不想我推荐的继任者是个坏蛋，我巴不得他清白无辜呢。这样吧，你们去调查时，只用查清一件事，就能证明鲁郁的清白。"

"是什么？请讲。"

"我创造的硅基纳米机器是没有天敌的，没有哪种细菌或病毒能害得了它们，所以说，它们中间出现的'瘟疫'实在让人纳闷！我这几年一直私下研究，发现只有一种物质能害得了它们，能中断二氧化硅转换到单晶硅的过程，从而造成大规模的灾难。这就是元素碲。但自然界中碲是比较罕见的。所以，这件事很容易落实。你们去落实吧。"他冷笑着说。

两位警官对视着，沉默不语，不安的感觉开始像瘴气一样慢慢升腾。他们曾对昨天钱夫人的话深信不疑，但现在开始有了动摇。她说丈夫是个偏执的病人，但看今天老人的谈吐，口齿清楚，逻辑严谨，不像是精神病人。尤其是老人的最后一段话，可以说是一针见血。他以惊人的洞察力，提出一件很容易落实的"罪证"。一旦落实，或者鲁郁有罪，或者报案者是胡说，一目了然。朱警官有物理学位，知道碲这种物质并非市场上的小白菜，它的购入和使用应该是容易查证清楚的。能提出这么明晰的判断标准，怎么看也不像是偏执病人啊！他不会既费尽心机去诬陷继任者，又提出一个明显的证据，让那家伙轻易脱罪吧？

钱老身后的妻子苦笑着，避开丈夫的视野，向两位警官轻轻摇头，那意思是说：别信他的！看钱小石的表情，和妈妈是同一个意思。朱警官想，也许这母子两人对鲁郁知之甚深，所以才不认同老头子的看法。但作为警官，而且完全不了解鲁郁其人，他们不能轻视老人提出的这个"犯罪判断标准"。

朱警官郑重地说："钱老你放心，我们一定尽快查证清楚。"

这句话昨天他对钱夫人也说过，但那时只是轻飘飘的一句话语而已。今天不同，今天这句话里浸透了沉甸甸的责任感。老头子看透了这一点，显然很满意——朱警官苦笑着想，谁说这人大脑不正常？他的目光就像千年老狐，具有锐利的穿透力。在这样的目光之下，朱警官总觉得自己被剥得赤身裸体。

"好的，那就拜托二位了。如果你们能证实鲁郁的清白，我再高兴不过了。"老人的报案就以这么一句善良的祈盼结束，有点……迹近伪善。朱警官迅速看看那对母子，看他们对这番表白有何想法。他们一点不为老人的表白所动，苦笑着向朱警官使眼色，那意思分明是：可别信他的煽惑，我们早就领教过了！

朱警官真不知道该信谁的，他此刻有一个比较奇怪的、非常强烈的感觉：如果你事先认定钱老是个偏执狂，那么你完全能用这个圈圈套住他的行为，但如果你没有先入为主，你会觉得，他的所有言谈都是正常的、清晰的、一以贯之的，并由纯洁的道德动力所推动。

朱警官脑子里两个钱老的形象在打架……

事实上钱老赢了，赢得干净利索。

先不管他是不是精神病人，但他确实点明了这个案子的死穴。其后的查证落实太容易了，简直弄得两位警官闪腰岔气，他们为侦破本案而鼓足的劲力突然落空，没有了着力处。他们到基地后很容易就查清了真相，而且鲁郁也一点儿没打算隐瞒：工程部这五年来确实花费重金，采购了大量的碲，是向全世界求援和采购的。当然，求购的公开原因不是为了"杀死沙漠蚯蚓"，而是说为了扑灭它们之中正在流行的瘟疫。世界各国都十分重视塔克拉玛干的治沙工程，不光为了沙漠改造，主要为了下一个世纪的能源，所以对鲁郁的请示有求必应。

购买碲的所有往来函件和往来账目一清二楚，在工程部的账表上分项单列，整理归档，加了封条，专等警方的调查。两位警官到来的两天前，鲁郁组织了一次全区域的直升机喷洒行动，规模很大，还特意拍了纪录片。这部片子也已经归档，非常痛快地提供给警方：

两架军用直升机整装待发，含碲气雾剂已经装在机舱里。两名驾驶员和十几名工作人员站在机外的沙地上，排成一排，都穿着笨重的隔离服，因为碲对人类也有毒性，是一种相当厉害的神经毒素，并可诱生周围神经的脱髓鞘作用。被喷洒区域今后很长时间（在碲自然降解之前）都将是动物生命的禁区。行动组员的表情肃穆沉重，他们都知道这次任务的危险性，是人身和政治上的双重危险。他们不仅冒着生命危险，今后也将面对社会的善恶审判。这会儿，他们都有"风萧萧兮易水寒"的悲壮。

同样穿着隔离服的指挥长鲁郁走近他们，亲手签署了命令。特写镜头放大了命令上的文字：

我作为塔克拉玛干沙漠改造国家工程指挥长，决定在2237年5月20日上午开始含碲气雾剂的工业性喷洒行动。喷洒区域是沙漠蚯蚓活化区域的圆周边缘，喷洒后务必造成活化区域与外界的全面隔断。

我对这次行动负有全部法律责任。

鲁郁

2237年5月20日上午8点

鲁郁向那排人展示书面命令后，吩咐秘书把它收好、归档。然后发布命令：

"喷洒行动现在开始！"

参与人员爬上直升机。旋翼旋转起来，两架直升机升空，组成编队，沿着活化区域的圆周边缘并肩飞去，每个机尾处拖出一条气状的鲜红色尾巴。两条尾巴扭曲着、膨胀着，合并到一起，弥漫了空域，沿着活化区域的蓝黑和黄白交界线，慢慢沉降到沙面上。直升机飞远了，红色尾巴也变淡了，然后它们消失在沙海和天幕中。在这段时间里，鲁郁等几人在原地等待着，不语不动，如同一组刀法苍劲的沙雕，隔着防毒面具，能看到他们平静中带着苍凉的面孔。

沙漠中活化区域为7000平方公里，周长大约为300公里。一小时后，两架直升机完成了喷洒，拖着红色的尾巴从地平线出现，飞到头顶后尾巴消失。直升机降落，鲁郁同机组人员一一握手。然后共同登机离开这儿。他们要回到沙漠中心，那儿是含碲气雾剂没有影响到的安全区域。以下的镜头经过放大和加快，并深入残骸堆积层中。沙漠蚯蚓在其中钻上钻下，非常活跃，但在鲜红色的气雾慢慢沉降后，沙层表面的沙漠蚯蚓很快中毒，行动逐渐变慢，身体变得僵化，直到最终停止了蠕动。这个死亡过程缓缓地向沙层下延伸。

"鲁郁先生，你为什么要这样做？为什么要杀死这些珍贵的沙漠蚯蚓？要知道，这是钱先生一生的心血，同样是你自己的半生心血啊！"

鲁郁苍凉地说："我没有什么可说的。我这样做，是接受了一位先知的指令。"

记录的小李警官听到这句混账话，不由瞪了嫌犯一眼。一个意识健全的科学家，面对警方审讯，却把罪责推给什么先知，可不是耍无赖吗！朱警官示意小李不要冲动，仍然心平气和地问："什么先知？宗教的先知，还是科学的先知？"

"我不知道他是谁，他始终对我隐身和匿名。"

这下子连朱警官也受不了了，苦笑道："鲁郁先生，你不会说自己也是……不会说自己是精神病人吧？正常人是不会听从一个隐身匿名者的指令，犯下这样的重罪的！"

"我的智力完全正常。警官先生，你们想要知道的东西我会毫无保留地坦白，而且绝不会以精神疾病为由来脱罪。但我有一个要求，在我坦白之前，请你们先替我查寻一个人。"

"什么人？"

"就是我说的那位先知，这几年，他一直向我发匿名邮件，严重地扰乱了我的心境，邮件内容一般是一两句精辟的话，总是正好击中我信仰的薄弱处；他甚至给我发过几篇科幻小说，是读后让人透心冰凉的那种玩意儿。七八年来，正是这些东西潜移默化，彻底扭转了我的观点，让我——很艰难地——做出了杀死沙漠蚯蚓的决定。现在，我渴望知道这个人的真实身份。"

朱警官暗暗摇头，觉得"智力完全正常"的鲁郁所说的这番话很难说是正常的。一个具有超凡智慧的科学家，却被几封匿名邮件牵着鼻子走，改变了信仰，甚至去犯罪，这可能吗？他温和地说："好的，请你提供有关信件和邮件地址。"

"都在我的私人电脑上，你去查吧，我告诉你开机密码。"他告诫道，"不要将这件事想得太容易，我也用黑客手法多次追踪过他，一直没成功。对方做了很好的屏蔽。"

"放心吧，不管他如何屏蔽，对公安部网络中心来说都不是难事。我想问一句，关于这位先知的身份——你有一些猜测吗？"

鲁郁沉默片刻："有。但我不会事先告诉你们，以免影响你们的判断。"

小李警官又瞪了他一眼，朱警官没有急躁，温和地说："好吧，就依你。我先查实这件事，然后再继续咱们的谈话。"

第三天上午朱警官重新坐在鲁郁面前。鲁郁端详着警官的复杂表情，率先开口："已经查清了？看你的神情，我想你已经查清了。"

"嗯，的确查清了。警方已经知道他是谁，悄悄弄到他的电脑，破解了开机密码，在里面找到了曾发给你的所有东西的备份。你——事先已经猜到了他的身份？"

"对。"鲁郁苦笑道，"咱们第一次见面时我就说过，钱老是我永远的恩师，永远的。不管是在他领我走上沙漠蚯蚓的研究之路时，还是躲在暗处诱惑我、促使我狠下心杀死沙漠蚯蚓时。"他叹息道，"其实这些沙虫已经无法根除了，喷洒剧毒的碲，也只能暂时中断它们在地球上的蔓延，但我只能尽力而为。朱警官，你以为我杀死沙漠蚯蚓心里就好受吗？心如刀割！我背叛了前半生的信仰，实际是后半生的我杀了前半生的自己。"他苦笑道，"只有一点可以拿来自我安慰：我倒是一直没有背叛钱先生，不管是在他退休前，还是退休后。不说这些了，来，我向你坦白本案的所有详情。"

"是老头子干的？是他诱惑鲁郁杀死沙漠蚯蚓？"

"对，或者更准确地说，是夜里那个他。"

"不可能！"钱夫人震惊地说，"朱警官，你不了解沙漠蚯蚓在老头子心目中的地位。它们比他本人的生命都贵重。他不可能自己去杀死自己。"

钱小石虽然也很震惊，但反应多少平缓些。他问："那些发给鲁郁大哥的东西，那些'阴暗的诱惑'——都在我爸爸的电脑上？"

"对。你们可以看看，我提供开机密码。"

"难以理解啊。我真的不能相信，爸爸的信仰会有这么大的转变。"

"恐怕正是转变太大，超过了一个人的心理承受力，才造成人格的分裂——裂变成一个白天的他和夜里的他。鲁总说，其实在钱老退休前就多少表现出了某些精神'分裂'的迹象。第一点迹象，早在这项工程启动时，他便力排众议，坚决主张把基地放在沙漠中心。鲁郁说当时他就有些不解，因为把基地放在沙漠边缘，逐步向腹地推进，才是更合适的方案，那样后勤上的压力会大大减小，可以节约巨量资金。可能早在那时，钱老对自己的发明就有潜意识的恐惧吧，所以一定要把它囚禁在沙漠中心。第二点迹象你们也知道的，他强烈反对所谓的'生物化描述'，这种反对过于强烈，多少有些病态。鲁总说根本原因是——如果把这种玩意儿认作机器，则心理上觉得安全，因为机器永远处于人类的控制之下；如果把它们看成生物，则它们最终将听命于上帝，人类的控制只能是某种程度上的，这就难免有隐患，有不确定的未来。"

他尽可能介绍了所有已知情况。母子俩虽然难以接受，但最终还是认可了朱警官的话。就像是走出昏暗的房子突然被阳光（真相）耀花了眼，但片刻之后，事情的脉络就清楚地显现在明亮的阳光之下，无可怀疑。母子俩叹息，苦笑摇头。钱小石担心地问："鲁郁大哥会咋样判决？"

朱警官长叹一声："鲁总决心杀死沙漠蚯蚓，以防它们最终威胁人类的生存，这样的观点是对是错，我不敢评价。但对也罢，错也罢，都不能为他脱罪。要知道他是瞒着政府，采取的私人行动！太过分了，可以说胆大妄为。据他说，他不能按正常程序行事，他知道很难说服社会和政府同意来消灭沙漠蚯蚓，即使能说服，也已经来不及了。他只能自己扛起这个责任——也是为了替老师赎罪。司法界的大腕们估计，他肯定要获刑，很可能是20年的重刑。"

母子俩心头很沉重——可以说他是被老头子害的！是两个老头子，夜里的老头子诱惑他犯罪，白天的老头子又向警方告发他，真是配合默契啊！朱警官看着母子俩难过的表情，劝解说："你们也不要太难过，我可以向你们透露一点内幕。据说上边有人建议，鲁郁即使获20年重刑，也要监外执行，执行期间仍担任塔克拉玛干工程的指挥长，戴罪立功，处理工程的善后。这虽然是小道消息，十有八九会实现。"

母子俩心里多少好受了一些。也就是说，政府和科学界私下里已经认可了鲁郁的观点，虽然对他的胆大妄为要严厉处罚，但同时也要创造条件，保证他把这件事——剿灭沙漠蚯蚓——继续推行下去。钱夫人想了想，苦笑着问："真要这样，小鲁这边不用担心了。老头子那边呢，该咋向老头子说？"

朱警官谨慎地说："我考虑，还是由你来向他通报比较合适，毕竟你对他的心理状况最清楚。哪些该说，哪些该瞒，你们娘儿俩决定吧。总的原则是既要糊弄住他，让他对案件的结果满意，又不造成过大的刺激。"

"好的，我想办法安抚他吧。"

朱警官留下那台电脑的开机密码，同两人告辞。这天下午，钱小石避开父亲，悄悄把手提电脑打开，浏览了那些邮件，包括几篇科幻小说，它们确如鲁郁所说，是让人阅读之后"透心冰凉"的那种。想想父亲（夜里的父亲）为了诱惑鲁郁改变信仰，竟然在年过花甲之后学会写小说，而且是在梦游状态下干的！真是难为他老人家了。钱小石忽然想到一件事：那次他说第二天请专家来帮父亲破解密码，但当天晚上，就是母亲发现老头子梦游中能顺利开机之后，父亲（白天的父亲）便再不追问此事，并且从此不在白天摸那台电脑！想想颇为后怕，如果白天的他看见了晚上的他所写的东西，那真不知该如何收场了，也许父亲会因此而彻底疯掉？

看来，父亲的意识深处必定有一个地方始终醒着，引导他悄悄避开了这个暗礁。

……这是飞船考察的第3240个有生命星球，也是第143个有文明的星球。此星球曾达到文明初级的第二级文明，其典型特征是：已经把触角伸向外太空，但仍使用落后的化学动力飞船。不过，这个文明眼下已经停滞和倒退。

耶安释船长已经经历了一万光年的考察历程，领教了宇宙生命的多姿多彩。眼前这个星球上的生命同样相当奇特。这是个三色世界：70%的面积是蔚蓝色的海洋，陆地上则分为蓝黑色和绿色两大区域。两者之间不是处于稳定平衡，而是正在激烈地搏杀。蓝黑色和绿色有截然的分野，前者中没有一丝绿色，后者中则星星点点散布着一些蓝黑色的小圆（小圆中同样没有一丝绿色）。单从这个态势，就能判定两者的输赢了。

耶安释把飞船定位在低空，详细考察了这个星球上的情况。绿色和蔚蓝色区域里生活着碳基生命，已经有近40亿年（按当地纪年）历史，有数目众多的绿色植物和动物物种，其中创造第二级文明的物种是一种自称"人类"的两足直立动物。蓝黑色区域则生活着硅基生命，只有不足300年历史，处于非常初期的进化阶段，比如，其内部尚没有物种的分化，没有"收割者"。这种硅基生命把所有的族群能量全部向外使用，用于拓展和占领。这种策略简单而有效，其结果是：在这种低级生命咄咄逼人的进攻中，陆地上相对高级的碳基生命已经溃不成军。

硅基生命，或按人类的称呼叫沙漠蚯蚓、沙虫、撒旦虫、黑祸等，只依赖阳光和硅原子就能繁衍，在这个阳光充足的富硅星球上可说是得天独厚。被它们"活化"过的区域内，地貌全都改变了，无论是原来的沙漠、高山、耕地、水泥建筑，都被翻新成蓝黑色的礁状堆积。有些地方尚残存着高耸入云的大楼，显然是人类文明的遗存。大楼底部的表层部分已经被沙虫啃食了，变成了蓝黑色的、有波状同心圆的堡礁，而最上面的几十层仍然保留着原来的景观，棱角分明，色彩明亮，就像是一个个仅余半体完好的巨人，令人目不忍睹。

……绿色区域里的人类一直急迫地同飞船联系。耶安释船长先做了几天准备，熟悉了人类文明的历史，调好了同步翻译机。又准备了一个类似人形的替身。是一个瘦骨嶙峋的老年男子，面容慈祥，白须过胸，深目高鼻，麻衣跣足。耶安释过去多次与低级文明进行过对话，当他如实为他们描述未来时，低级文明的代表常常埋怨他太冷酷，缺乏人情味儿。所以，他今天使用了这个小小的技巧（替身），也许有助于改善谈话气氛。

他在飞船上接见了人类的代表。一共三个人，一位老者，一位中年男人，一位年轻女人，按人类的审美标准，最后这位应该非常漂亮，惹人爱怜。

中年男人做了第一波次的陈述：

"在人类文明处于生死存亡的关头，能有幸见到高等级文明的使者是我们的幸运。你是我们的弥赛亚，是我们的耶和华、安拉和释迦牟尼。人类恳求你们尽快施以援手，帮助人类战胜那些野蛮的沙虫。我们的后代将永远铭记你们的恩德。"

耶安释船长："我们非常同情你们的处境。在此次考察中，我已经接触过13个正在消亡的文明，所以对你们的不幸有真切感受。可惜，在第五级以上的文明中，有非常严格的太空道德，绝不允许干涉其他生命的进程。你们只能依靠自己的力量尽量渡过难关。"

年轻女人的眼中涌出大量的水珠，扑簌簌地落到地上。那是被人类称为泪水的东西，是他们感情悲伤的典型外在表现。她哽咽着说："我们已经与沙虫搏斗了200多年，实在无能为力了。你们忍心一走了之，让野蛮的沙虫把人类吞噬掉吗？"

"对不起，我非常同情你们，但我们真的不能违犯太空道德。再说，我们不认为各类生命有善恶之分。"

年轻女人还要哭求，三个人类代表中的老者叹息着制止了她，说："既是这样，我们就不让耶安释船长为难了。我们不会再求你们采取什么行动，但你能否给我们提一些有用的建议？如果这不违背你的道德的话。"

"我倒不介意提供一些口头上的建议，可惜……你们碳基生命是一种很脆弱的生命，这在宇宙生命中是相当少见的。真的太脆弱了，比如你们不耐高温，80摄氏度就能使蛋白质凝固；不耐辐射，稍高的辐射就能破坏DNA；不能离开水、食物和空气，几天的缺水、十几天的缺食，尤其是短短几分钟的缺氧就能导致死亡。你们利用植物化学能来间接利用光能，用速度奇慢的神经元来进行思维，都是很低效的办法。我绝非在贬低碳基生命，正相反，我由衷敬佩你们。在我看来，如此脆弱和低效的生命，很可能因为种种意外，如流星撞击、大气成分变化、冰川来临等而早就夭折了，但地球上的碳基生命竟然延续了40亿年，甚至曾短时间内达到第二级文明，实在难能可贵！另一方面，我也很……怜悯你们，坦白地说吧，以碳基生命的生命力强度，不可能抵挡得住硅基生命的攻势。因为后者的身体结构更为高效、实用和坚固。两者差别太大了。所以，只要硅虫在地球上一出现，碳基生命的结局其实就早已注定了。"

中年男人闷声问道："海水能阻挡这些沙虫吗？到目前为止，它们的势力还未扩展到海洋。我们正考虑全体迁居到海洋中。"

耶安释船长摇头："不会很久的。海洋也有硅基岩石圈，它们很快会进化出适应海洋环境的变种来。"

"太空移民呢？也许这是人类唯一的自救之路。"

"你们可以试试。但我提醒你们，千万不要因疏忽而把沙虫带到新星球，一个也不行！它们能耐受太空旅行的严酷条件，所以即使黏附在飞船外壳上也能偷渡过去。还有，但愿你们落脚的新星球上没有另外一种强悍生命，否则像你们这样脆弱的生命仍然不是对手。不管怎样，你们试试吧，我祝你们好运。顺便问一点历史事实，我查过你们的文字记载，但记载上似乎有意回避——这些沙虫是从自然界中自然进化出来的，抑或最初是人类设计出来的？"

三个人面色惨然地沉默很久，之后那位老者才说："是因为人类，人类中一个败类。"

"噢，是这样。"

中年男人问："我能冒昧问一句，您是属于哪种生命？依我们肉眼看来，您也很像是碳基生命。"

"啊不，你们看到的这具躯体只是我的替身。这是高级文明中通行的礼貌———进行星际交往时尽量借用对方的形象。其实我也是硅基生命，更准确地说，是硅硫基生命。当然，这个身份绝不会影响到我公平对待地球上的两种生命。"

三个人类代表久久无语，他们看来彻底绝望了。

耶安释船长真诚地说："你们不必太悲伤。眼下的沙虫虽然是一些只知吞食和扩张的贪婪家伙，但它们也会按同样的规律向前进化，终有一天会建立文明。依我的经验，那时他们肯定会奉地球碳基生命为先祖，奉人类文明为正统，这是没有疑问的。需要担心的是，在当前这个进化级别，原始沙虫对富硅地表的活化太过彻底，也许10亿年后，当后代的'沙人'考古学家们想要挖掘人类文化时，地面上已经找不到任何人类遗迹了。所以，我建议你们建一个'藏经洞'，把人类文明的重要典籍藏进去，为10亿年后的沙人考古学家备下足够的食粮。然后用富含碲的物质封闭起来，使其免遭沙虫的破坏。这样，人类虽然从肉体上灭亡了，但人类文明仍将在沙人文明中得到延续。"他谦逊地说，"我初来乍到，对人类的心理毕竟了解不深，不知道我所描绘的前景对你们是不是一个安慰。"

三个人类代表不祥地沉默着，年轻女性的泪水也干涸了。最后，老者惨然一笑，朝耶安释船长深深鞠躬："谢谢，这对我们是一个安慰，真的是极大的安慰。再见，祝你在今后的旅途中一路顺风。"

"谢谢，我会牢记你们真挚的祝福。也祝你们好运。"

三个人头也不回地离开了飞船。

"老头子，朱警官今天来过了，是上午来的。"

钱石佛冷冷地说：“我还以为他们把我的报案忘了呢。他们如果再不来，我会直接到公安部去。他们既然来了，为什么不见我？”

蔡玉茹心情复杂地看着丈夫的眼睛，也悄悄看着他的头颅。虽然外表上没有异常，但她很清楚丈夫的哪块头骨是镶嵌的人造材料。多半是因为那次手术，造成了丈夫人格的分裂——当然这并非唯一的原因。因为在手术之前，他意识中的“裂缝”就早已存在了——前些天，在警方允许下，她同拘留中的鲁郁通了话。通话中她忍不住失声痛哭，鲁郁劝她不要为他难过，说：“能为钱老师做点事，我是很高兴的。其实最苦的不是我，是钱老师啊！老师对沙漠蚯蚓的爱太强烈了，虽然对自己亲手创造的‘异类’逐渐产生了惧意，但过于强烈的爱却压制着这些惧意。在整整30年中，他的压制很成功，‘反面的想法’只能藏在潜意识中，就像蘑菇菌丝休眠在土壤深处。直到他退休，直到他做了脑部手术，这些潜意识的想法才获得足够的动力，推开‘正面的’压制，演变成另一个人格。从老师白天和晚上两个人格的陡峭断差，足以看出他心灵中的搏斗是何等惨烈！他才是最苦的人啊！”

作为妻子，蔡玉茹知道鲁郁说的都是实情。所以，虽然丈夫的怪异行径让她“恨得牙痒痒”，但她理解丈夫。这会儿她温和地说：“老钱，他们怕你激动，让我慢慢转告你。你对鲁郁的揭发，特别是你提的那个判断标准，警方全都落实了。鲁郁确实采购了大量的碘，并对塔克拉玛干沙漠的活化区域进行了大规模喷洒。正是它造成了大面积的沙漠瘟疫。”

“哼，我知道肯定是他干的，别人想不出这个招数。这个浑蛋！"

"鲁郁已经被拘留。据说，他可能会被判20年的重刑。"

丈夫面颊上的肌肉明显地悸动了一下，没有说话。蔡玉茹悄悄观察着，心里有了底。现在是白天，在这个钱石佛的意识中，应该是对鲁郁充满义愤的。但他并没有对"阴谋家应得的下场"拍手叫好，而是表现出了某种类似痛苦或茫然的表情。

蔡玉茹继续说下去："老钱，你不要为鲁郁太难过。据内幕消息说，他的刑期肯定要监外执行，执行期间还会继续担任工程指挥长。"

她一边小心地说着，一边悄悄观察丈夫的表情。告诉这些情况颇有些行险——"坏蛋"鲁郁将逃脱惩罚，还会担任原职，从而能继续祸害沙漠蚯蚓，丈夫（白天的他）得知后会不会大发雷霆？但凭着妻子的直觉，她决定告诉他。一句话，她不相信夜里的他此刻会完全睡死，这个他一定也在侧耳倾听着这场交谈呢。分裂人格之所以能存在，是基于丈夫刻意维持的两者的隔绝状态。如果能把"另一个他"在白天激活，让两者正面相遇，两个他就没有继续存在的逻辑基础了。这样干有点风险，但唯有挤破这脓包，丈夫的心灵才能真正安稳。

果然如她所料，丈夫并没有动怒，沉闷了许久，才多少有点言不由衷地咕哝道："我怎么会为他难过！这个浑蛋！"

蔡玉茹咬咬牙，按照既定计划继续说道："据说，鲁郁杀死沙漠蚯蚓是受一个隐身人的诱惑，那人给他发了很多匿名邮件，甚至还有科幻小说呢。不过科学界眼下已经达成共识，那个隐身人的担忧其实很正确，很有远见。"

她紧张地等着丈夫的反应。现在，她正试图使丈夫的两个人格迎面相逢，结局会是怎样？是同归于尽，还是悄然弥合？她心中并无太大把握。丈夫迅速看她一眼，生气地说："我累了，我要去睡觉！"随即转身离去，把这个话题撂开了。

从此，他不再过问鲁郁的事，不再为自己的沙漠蚯蚓担心。夜里也不再梦游，不去电脑上捣鼓，甚至把电脑的开机密码也彻底忘记了。他成了一个患健忘症的退休老人，浑浑噩噩地安度晚年。母子俩对这个结局颇为满意，当然也有点后怕，有点心酸。不管怎样，这已经是最好的结局了。

一年后，钱石佛在睡梦中安然离世。

此后20年中，犯人鲁郁继续指挥着他对沙漠蚯蚓的剿灭行动。他的行动很成功，更多的沙漠蚯蚓染上瘟疫，中止了生命活动。活化区域停止向外扩展，并逐渐凹陷。看来全歼它们指日可待。

这些低级的、无自主意识的、浑浑噩噩的硅基生命，当然意识不到面临的危险，更不会有哪一个会突然惊醒，振臂高呼，奋起反抗。但人类对"意识"这个概念的理解其实太狭隘，太浅薄，太自以为是。所有生物，包括最低等的生物，其进化都是随机的，没有目的、没有既定方向的。但众多的生物数量，加上漫长的进化时光，最终能让随机变异沿着"适应环境"的方向前进，使猎豹跑得更快，使老鹰的目光更锐利，使跳蚤的弹跳力更强，使人类的大脑皮层沟回更深……就像是各物种都有一个智慧的"种族之神"，在冥冥中为种群指引着正确的进化方向。群体的无意识，经过"数量"和"时间"的累积和倍乘，就产生了奇异的质变，变成了无影无形的种群智慧。它与人类最珍视的个体智慧虽然不在同一层面，不在同一维度，无法横向比较，但最终的效果是一样的。

现在，在这些浑浑噩噩的硅虫之上，它的"种族之神"已经被疼痛惊醒，感受到它的大量子民（细胞）在非正常死亡。它知道自己到了生死关头，应该迅速变异以求生。于是它冷静地揣摩着形势，思考着，开始规划正确的进化方向……

失去它的日子

白痴时代

在宇宙爆炸的极早期（10－35秒），由于反引力的作用，宇宙经历了一段加速膨胀。这个暴涨阶段极短，到10－33秒即告结束。此后反引力转变为正引力，宇宙进入减速膨胀，直到今天。

可以想见，两个阶段的结合使宇宙本身产生了疏密相接的孤立波。这道原生波之所以一直被人遗忘，是因为它一直处于膨胀宇宙的前沿。不过，一旦宇宙停止膨胀，该波就会在时空边界上反射，掉头扫过"内宇宙"——也许它在昨天已经扫过了室女超星系团、银河系和太阳系而人类没有觉察。因为它是"通透性"的，宇宙的一切：空间、天体、黑洞、星际弥散物质，包括我们自身，都将发生完全同步的涨缩。因此，没有任何"震荡之外"的仪器来记录下这个（或这串）波峰。

摘自靳逸飞著《大物理与宇宙》

8月4日　晴

虽然我们老两口都已退休了，早上起来仍像打仗。我负责做早饭，老伴如苹帮30岁的傻儿子穿衣洗脸。逸壮还一个劲儿催促妈妈：快点，快点，别迟到了！老伴轻声细语地安慰他：别急别急，时间还早着哩。

两年前我们把他送到一个很小的瓶盖厂——21世纪竟然还有这样简陋的工厂——不为挣钱，只为他的精神上有点安慰。这步棋真灵，逸壮在厂里干得很投入、很舒心，连星期日也闹着要去厂里呢。

30年的孽债呀。

那时我们年轻，少不更事。怀上逸壮五个月时，夫妻吵了一架，如苹冲到雨地里，挨了一场淋，引发几天的高烧，儿子的弱智肯定与此有关。为此我们终生对逸壮抱愧，特别是如苹，一辈子含辛茹苦、任劳任怨，有时傻儿子把她的脸都打肿了，她也从未发过脾气。

不过逸壮不是个坏孩子，平时他总是快快活活的，手脚勤快，知道孝敬父母，疼爱弟弟。他偶尔的暴戾与性成熟有关。他早已进入青春期，有了对异性的爱慕，但我们却无法满足他这个很正当的要求。有时候见到街上的或电视上的漂亮女孩，他就会短暂地精神失控。如苹不得不给他服用氯丙嗪，服药的几天里他会蔫头耷脑的，让人心疼。

除此之外，他真的是一个心地良善的好孩子。

老天是公平的，他知道我们为逸壮吃的苦，特地给了我们一个神童作为补偿。逸飞今年才25岁，已经进了科学院，在国际上也小有名气了。邻家崔嫂不大懂人情世故，见到逸壮，总要为哥俩的天差地别感慨一番。开始我们怕逸壮难过，赶紧又是使眼色又是打岔。后来发现逸壮并无此念，他反倒很乐意听别人夸自己的弟弟，听得眉飞色舞的，这使我们又高兴又难过。

招呼大壮吃饭时，我对老伴说：给小飞打个电话吧，好长时间没有他的电话了。我接通电话，屏幕上闪出一个二十七八岁的女子，不是特别漂亮，但是极有气质——其实她只是穿着睡衣，但她的眉眼间透着雍容自信，一看就知道是大家闺秀型的。看见我们，她从容地说：是伯父伯母吧，逸飞出去买早点了，我在收拾屋子。有事吗？一会儿让逸飞把电话打回去。我说：没事，这么多天没见他的电话，爹妈惦记他。女子说：他很好，就是太忙，不知道他忙的是什么，他研究的东西我弄不大懂。对了，我叫君兰，姓君名兰，这个姓比较少见，所以报了名字后常常有人还追问我的姓。我是写文章的，和逸飞认识一年了。那边坐着的是逸壮哥哥吧，代我向他问好。再见。

挂了电话，我骂道：小兔崽子，有了对象也不说一声，弄得咱俩手足无措，人家君兰倒反客为主，说话的口气比咱们还家常。老伴担心地说：看样子她的年龄比小飞大。我说：大两岁好，能管住他，咱们就少操心了。这位君兰的名字我在报上见过，是京城有点名气的女作家。这当儿逸壮一直在远远地盯着屏幕，他疑惑地问：这是飞弟的媳妇？飞飞的媳妇不是青云？我赶紧打岔：快吃饭，快吃饭，该上班了。

逸壮骑自行车走了，我仍悄悄跟在后边当保镖。出了大门，碰见青云也去上班，她照旧甜甜地笑着，问一声"靳伯早"。我看着她眼角的细纹，心里老大不落忍。中学时小飞跳过两级，比她小两岁。她今年该是27岁了，但婚事迟迟未定。我估摸着她还是不能忘情于小飞。小飞跳到她的班级后，两人的成绩在班里都是拔尖儿的：青云是第一，小飞则在2～5名之间跳动。我曾当着青云的面，督促小飞向她学习。青云惨然道：靳伯，你千万别这么说。我这个"第一"是熬夜流汗硬拼出来的，小飞学得多轻松！篮球、足球、围棋、篆刻、乐器，样样他都会一手。好像从没见他用功，但功课又从没落到人后。靳伯，有时候我忍不住嫉妒他，爹妈为啥不给我生个像他那样的好脑瓜呢！

那次谈话中她的"悲凉"给我印象很深，那不像是一个高中女孩的表情，所以十年后我还记得清清楚楚。也可能当时她已经有了预感？在高三时，她的成绩忽然下降，不是慢慢下降，而是直线下降。就像是张得太紧的弓弦一下子绷断了。她高考落榜后，崔哥崔嫂、如苹和我都劝她复读一年，我们说：你这次只是发挥失常嘛。但她已到了谈学习色变的地步，抵死不再上学，后来到餐馆里当服务员。

青云长得小巧文静，懂礼数，心地善良，从小就是小飞的小姐姐。小飞一直喜欢她，但那只是弟弟式的喜爱。老伴也喜欢她，是盼着她有朝一日做靳家的媳妇。不久前她还隐晦地埋怨青云没把小飞抓住，那次青云又是惨然一笑，直率地说：靳婶，说句不怕脸红的话，我一直想抓住他，问题是能抓住吗？我们不是一个层次的，我一直是仰着脸看他。我那时刻苦用功，其中也有这个念头在里边。但我竭尽全力，也只是和他同行了一段路，现在已经望尘莫及了。

送逸壮回来，我喊来老伴说：你最好用委婉的方式把君兰的事捅给青云，让她彻底断了念头，别为一个解不开的情结误了终生。如苹认真地说：对，咱俩想到一块儿去了，今晚我就去。就在这时，我感到脑子里来了一阵"晃动"。很难形容它，像是有人非常快地把我的大脑（仅是脑髓）晃了一下，或者像是一道压缩波飞速从脑髓里闪过——不是闪过，是从大脑的内部、从它的深处突然泛出来的。

这绝不是错觉，因为老伴正与我面面相觑，脸色略微苍白，看来她肯定也感觉到了这一波晃动。"地震？"两人同时反应道，但显然不是。屋里的东西都平静如常，屋角的风铃也静静地悬垂在那里。

我们都觉得大脑发木，有点儿恶心，一小时后才恢复正常。真是怪了，这到底是咋回事？时间大致是7点30分。

8月5日 晴

那种奇怪的震感又来了，尽管脑袋发木，我还是记下了准确的时间：6点35分。老伴同样有震感，脑袋发木，恶心。但逸壮似乎没什么反应，至少没有可见的反应。

真是咄咄怪事。上午喝茶时，和崔哥、张叔他们聊起这事，他们也说有类似的感觉。

晚上接大壮回家，他显得分外高兴，说今天做了2000个瓶盖，厂长表扬他，还骂别人"有头有脑的还赶不上一个傻哥"。我听得心中发苦，也担心他的同伴们今后会迁怒于他。但逸壮正在兴头上，我只好把话咽到肚里。

逸壮说：爸爸，国庆节放假还带我去柿子洞玩吧。我说：行啊，你怎么会想到去那里？他傻笑道：昨天看见小飞的媳妇，不知咋的我就想起它了。逸壮说的柿子洞是老家一个无名溶洞，洞极大极阔，一座山基本被滴水掏空了，成了一个大致为圆锥形的山洞。洞里阴暗潮湿，凉气沁人肌骨，时有细泉叮咚。一束光线正好从山顶射入，在黑暗中劈出一道细细的光柱，随着太阳升落，光柱也会缓缓地转动方向。洞外是满山的柿树，秋天，深绿色的柿叶中藏着一只只鲜红透亮的圆果。这是中国北方难得见到的大溶洞，可惜山深路险，没有开发成景点。

两个儿子小的时候，我带他们回去过两次，有一次把青云也带去了。三个孩子在那儿玩得很开心，难怪20年后逸壮还记得它。

晚上青云来串门，困惑地问我，那种脑子里的震动是咋回事，她见到的所有人都感觉到了，肯定不是错觉，但没有一个人知道原因。地震局也问了，他们说这几天全国没有任何"可感地震"。我想问问小飞，他已经是脑科学家了。最近来过电话吗？她似不经意地说。我和老伴心中发苦，可怜的云儿，她对这桩婚事已经不抱任何希望了，但她有意无意地常常想听到逸飞的消息。

逸壮已经凑过去，拉着"云姐姐"的手，笑嘻嘻地瞅她。他比青云大三岁呢，但从小就跟着小飞混喊"云姐姐"，我们也懒得纠正他。青云很漂亮，皮肤白里透红，刚洗过的一头青丝披在肩上，穿着薄薄的圆领衫，胸脯鼓鼓的。她被逸壮看得略有些脸红，但并没把手抽回去，仍然笑着，和逸壮拉家常。多年来逸壮就是这样，老实说，开始我们很担心傻儿子会做出什么不得体的举动，但后来证明这是多虑。逸壮肯定很喜欢青云的漂亮，但这种喜欢是纯洁的。即使他因为肉体的饥渴而变得暴戾时，青云的出现也常常是一针有效的镇静剂。我不知道这是为什么，也许他的懵懂心灵中，青云已经固定成了"姐姐"的形象？也许他知道青云是"弟弟的媳妇"？青云肯定也看透了这一点，所以，不管逸壮对她再亲热，她也能以平常心态处之，言谈举止真像一位姐姐。这也是如苹喜欢她的重要原因。

我朝如苹使了个眼色，让她把昨天的打算付诸实施，但逸壮比我们抢先了一步。他说：云姐姐，昨天打电话时我们看见小飞屋里有个女人，长得很漂亮，可是我一点也不喜欢她。她再漂亮我也不喜欢她。我爸不喜欢她，我妈也不喜欢她。青云的脸变白了，她扭头勉强笑道：靳叔、靳婶，小飞是不是找了对象？叫啥名字，是干什么的？

这下弄得我俩很理亏似的，我咕哝道：那个小兔崽子，什么事也不告诉爹妈，我们是打电话无意碰上的。那女子叫君兰，是个作家。我看看青云，又硬起心肠说：听君兰的口气，两人的关系差不多算定了。青云笑道：什么时候吃喜酒？别忘了通知我。

我和如苹在努力措辞，想安慰她，又不能太露形迹，这时傻儿子又把事情搞糟了。他生怕青云不信似的，非常庄重地再次表白：我们真的不喜欢她，我们喜欢的是你。这下青云再也撑不住了，眼泪唰地涌出来。她想说句掩饰的话，但嗓子哽咽着没说出一个字，扭头就跑了。

我俩也是嗓中发哽，但想想这样最好，长痛不如短痛。自从儿子进了科学院后，我就看准了这个结局。不是因为地位、金钱这类的世俗之见，而是因为两人的智力和学识不是一个层级，硬捏到一块儿不会幸福的。正像逸壮和青云也不属一个层次，尽管我俩很喜欢青云，但从不敢梦想她成为逸壮的媳妇。

傻儿子知道自己闯了祸，缩头缩脑的，声音怯怯地问：我惹云姐姐生气了吗？我长叹一声，真想把心中的感慨全倒给他，但我知道他不会理解的。因为上帝的偶尔疏忽，他要一辈子禁锢在懵懂之中，他永远只能以5岁幼童的心智去理解这个高于他的世界。不过，看来他本人并不觉得痛苦。"人有智慧忧患始"，他没有可以感知痛苦的智慧。但如果正常人突然下落到他的地位呢？

其实不必为他惆怅，就拿我自己来说，和小飞也不属于一个层次。我曾问他在科学院是搞什么专业，他的回答我就听不懂。他说他的专业是"大物理"，人类所有的知识都将统一于此，也许只有数学和逻辑学除外。大爆炸产生的宇宙按"大物理"揭示的简并（物理学专用术语）规律，演化成今天千姿百态的世界；所以各门学科逆着时间回溯时，自然也会逐渐汇流于大爆炸的起点。宇宙蛋是绝对高熵的，不能携带任何信息，因此当人类回溯到这儿，也就到达了宇宙的终极真理。我听得糊里糊涂——而且，这和我多年形成的世界观也颇为冲突，以后我就不再多问了。

有时不免遐想：当爱因斯坦、麦克斯韦、霍金和小飞这类天才在智慧之海里自由遨游时，他们会不会对我这样的"正常人"心生怜悯，就像我对大壮那样？

我从不相信是上帝创造人类——如果是，那上帝一定是个相当不负责任、技艺相当粗疏的工匠。他造出了极少数天才、大多数庸才和相当一部分白痴。为什么他不能认真一点，使人人都是天才呢？

不过，也许他老人家正是有意为之？智慧是宇宙中最珍奇的琼浆，自不能暴殄天物，普洒众生。一笑。

晚上检查了壮儿的日记，字仍是歪歪斜斜的，每个字有核桃大。上面写着：我惹云姐姐哭了，我很难过。我很难过。

可叹。

8月6日 晴

那种震感又来了，5点40分，大致是23小时一次，也就是每天来震的时间提前一小时。脑袋发木，不是木，是发空，像脑浆被搅动了，需要很长时间才能沉淀，恢复透明。如苹也是这样，动作迟滞，脸色苍白，说话吭哧吭哧的。

同街坊闲谈，他们都有同样的感觉。还说电视上播音员说话也不利索了。晚上我看了看，还真是这样。

一定是有什么原因，也许是一种新的传染病。如苹说我是瞎说，没见过天下人都按时按点发病的传染病。我想她说得对。要不，是外星人的秘密武器？

我得问问儿子，我是指小飞，不是大壮。虽然他不是医生，可他住在聪明人堆里，比我们见多识广。我得问问他。今天不问了，今天光想睡。如苹也早早睡了，只有逸壮不想睡，奇怪，只有他一直没受影响。

8月7日 阴

4点45分，震感。就像我15年前那场车祸，大脑一下子定住了、凝固了，变成一团混沌、黑暗。很久以后才有一道亮光慢慢射进来，脑浆才慢慢解冻。陈嫂家的忠志说：可恶，今天不开出租了，脑袋昏昏沉沉的，手头慢，开车非出事不可。我骑车送壮儿时也是歪歪倒倒的，十字路口的警察眼睛瓷瞪着，指挥的手势比红绿灯明显慢了一拍。

我得问飞儿。还是那个女人接的电话，我想了很久才想起她叫君兰。君兰说话还利索，只是表情木木的，像是几天没睡觉，头发也有些乱。她说：逸飞一夜没回，大概在研究，那儿也是这样的震感。伯父你放心，没事的。她的笑容很古怪。

8月8日 雨

震感3点50分。如苹从那阵就没睡觉，一直傻坐着，但忘了做饭。逸壮醒了，急得大声喊：妈我要上班！我不吃饭了！我没敢骑车去送他，我看他骑得比我稳当多了。如苹去买菜，出门又折回来，说下雨了，然后就不说话。我说：下雨了，你是不是说要带雨伞？她说对，带了伞又出去。停一会儿她又回来，说：还得带上计算器。今天脑袋发木，算账算不利索。我把计算器给她，她看了很久，难为情地说：电源咋打开？我忘了。

我也忘了，不过后来想起来了。我说：我陪你去吧。我们买了羊肉、大葱、菜花、辣椒。卖羊肉的是个姑娘，她找钱时一个劲问：我找的钱对不对？对不对？我说不对，她就把一捧钱捧给我，让我从里面挑。我没敢挑，我怕自己算得也不对。

回来时我们淋湿了，如苹问我：咱们去时是不是带了雨伞？我说：你怎么问我呢？这些事不是一直由你操心吗？如苹气哭了，说：脑袋里黏糊糊的，急死了！急死了！

8月9日 晴

给小飞打电话。我说：如苹你把小飞的电话号码记好，别忘了。也把咱家的电话号码记在本上，别忘了。把各人的名字也写上，别忘了。如苹难过地说：要是把认的字也忘了，那该咋办呀！我想了很久，也没想出办法。我说：我一定要坚持记日记，一天也不拉下，常写常练就不会忘了。急死了！

小飞接的电话，今天他屋里没有那个女人，他很快地说：我知道原因，我早就知道原因。你们别担心，担心也没有用。这两天我就回家，趁火车还运行。火车现在是自动驾驶。小飞说话呆怔怔的，就像是大壮。头发也很乱，衣服不整齐。如苹哭了，说：小飞你可别变傻呀，我们都变傻也没关系，你可别变傻呀。小飞笑了，说：别担心，担心也没用。别难过，难过也没用。因为它来得太快了。他的笑很难看。

8月10日

大壮还要去上班，他坚持不让我送。他说：爸你们是不是变得和我一样了？那我更得去上班，挣钱养活你们。我很生气，我怎么会和他一样呢？可是我舍不得打他。

我没领来退休金，发工资的电脑出问题了，没人会修。我去取存款，电脑也出问题了。怎么办呢？急死了！

大壮也没上成班。他说：工人都去了，傻工人都去了，只有聪明厂长没上班。有人说他自杀了。

青云来了，坐在家里不走，乐哈哈地说：我等逸飞哥哥回来，他今天能到家吗？让我给他做饭吧，我想他。她笑，笑得不好看。大壮争辩说：是小飞弟弟，小飞是你弟弟，不是哥哥。她说：那我等小飞弟弟回来，他回来我就不发愁了，我就有依靠了。

8月11日

我们上街买菜，大壮要挽我们。我没钱了，没钱也不要紧，卖菜的人真好，他们不要钱。卖粮食的打开门，让人们自己拿。街上没有汽车了，只有一辆汽车，拐呀拐呀，一下撞到邮筒上，司机出来了，满街都笑他。司机也笑，他脸上有血。

8月12日

今天没事可记。我要坚持记日记，一天也不拉下。我不能忘了认字，千万千万不能忘。

8月13日

今天去买菜，还是不要钱。可是菜很少，卖菜的很难为情，她说：不是我小气，是送菜的人少了，我也没办法，赶明儿没菜卖了，我可咋办呀。我们忘了锁门，回去时见青云在厨房炒菜，她高兴地对我喊：小飞回来了！小飞回来就好了！

小飞回来也没有办法。他很瘦，如苹很心疼。他不说话，皱着眉头，老是抱着他的日记，千万千万不能丢了，爸爸、妈妈，我的日记千万不能丢了。我问小飞：咱们该咋办？小飞说：你看我的日记吧，我提前写在日记里了。日记里写的事我自己也忘了。

靳逸飞日记

8月4日

国家地震局、美国地震局、美日地下中微子观测站、中国授时站我都问了，所有仪器都没有记录——但所有人都有震感。真是我预言过的宇宙原生波吗？

假如真是这样，那仪器没有反应是正常的，因为所有物质和空间都在同步涨缩。但我不理解为什么独独人脑会有反应——即若它是宇宙中最精密的仪器，它也是在"涨缩之内"而不是"涨缩之外"呀！逻辑上说不通。

8月5日

又一次震感。已不必怀疑了，我问了美、日、俄、德、以色列、澳、南非、英、新加坡等国的朋友，他们都是在北京时间6点35分30秒（换算）感觉到的。这是对的。按我的理论，震感抵达各地不会有先后，它是从第四维空间发出，波源与三维世界任一点都绝对等距。

它不是孤立波也不奇怪——在宇宙边界的漫反射中被离散了。可惜无法预言这组波能延续多久，一个星期、一个月，还是十万年？

想想此事真有讽刺意义。所有最精密的仪器都失效，只有人脑才有反应——却是以慢性死亡的方式做出反应。今天头昏，不写了。但愿我的判断是错误的。

8月8日

不能再自我欺骗了。震波确实对智力有相当强的破坏作用，并且是累加的。按已知的情况估算，15～20次震波就能使人变成弱智人，就像大壮哥那样。上帝啊，如果你确实存在，我要用最恶毒的话来诅咒你！

8月9日

在中央智囊会上我坦陈了自己的意见。怎么办？无法可想。这种过于急剧的智力崩溃肯定会彻底毁掉科学和现代化社会——如果不是人类本身的话。假如某种基因突变使人类失去双腿、双手、胃肠、心肺，现代科学都有办法应付。但如果是失去智慧，那就根本无法可想。

快点行动吧——在我们没变成白痴之前。保存资料，保存生命，让人类尽快找回原始人的本能。所有现代化的设备、工具，都将在数月之内失去效用，哪怕是一只普通打火机。因为我们很快就会失去能够使用它们的智力，接着会失去相应的维修供应系统。只有那些能够靠野果和兽皮活下去的人，才是人类复兴的希望。

上帝多么公平，他对智力的破坏是"劫富济贫"，智商越高的人衰退得越迅猛，弱智者则几乎没有损失。这是个好兆头啊，我苦笑着对大家说：它说明智力下滑很可能终止于像我哥哥那样的弱智者水平，而不是猩猩、穿山甲或腔棘鱼。这难道不值得庆幸吗？

8月10日

　　君兰说她要走了。请走吧。我们吸引对方的是才华，不是肌肉、尾羽和性激素。如果才华失去，我们不如及早分离，尚能保留住对方往日的形象。她的智力下滑比我更甚，她已经不能写文章了。我从她的眼睛中看到了她的恐惧，看到了她的崩溃。上帝、佛祖、安拉、老聃、玉皇，我俯伏在地向你们祈祷，你们尽可收去我的肢体、眼睛、健康、寿命和一切的一切，但请为我留下智慧吧。

8月11日

　　越是先进国家越易受到它的打击，西方国家肯定已经崩溃，所有的信息流（网络、同步卫星、短波长波、光缆通信、航班）全部没了，中断了。但那边的情况我们无法去确认，人类又回到了哥伦布以前的隔绝状态。

　　哭泣无益，绝望无益，焦躁无益。得赶紧抓住残存的智力，为今后做点补救。明天回家，带家人离开注定要崩溃的城市，我想就回柿子洞吧。今天先列一个生活必需品的清单，我怕到家后就……清单要尽量列全。不能用电子笔记本，用纸本。但愿我不要忘了这些亲切的方块字。我的英语、德语、还有其他几种语言已经全都忘了，就像是开水浇过的雪堆。

　　老天，为我留一点智慧吧，哪怕就像大壮哥哥那样。

　　带上全家到柿子洞去，在那儿熬过一年、十年。但愿邪恶之波扫过后智力还能复原。

8月18日

小飞催我们快点、快点、快点，趁我们的灵智还没毁完。按小飞的清单分头准备。

第一项是火种（一定要保留火种！即使我们变成了茹毛饮血的野人，只要保留住火种，它就能慢慢开启人的智慧。不要打火机，要火柴，尽可能多的火柴。还要姥爷留下的火镰）。

商店没有人。我到商店里拿走所有的火柴。我问小飞，"火镰"是啥东西。小飞也忘了，小飞想得很辛苦。后来小飞把脸扭过去，泪水唰唰地往下流。大壮哭着为他擦泪：你别哭，你哭我们都想哭。后来大壮上阁楼里扒出了他姥爷留下的旱烟袋和——我想起来那就是火镰！那个小钢片和白石头，用它能打出一点火星，嚓，嚓。小飞笑了，脸上挂着泪。他说：就是它，等火柴用完，就用它生火。大壮哥谢谢你，你真聪明。大壮笑了，很好看。他说：我也不知道啥叫火镰，可是我想咱姥爷就留下这一样东西，小时候我常玩。大壮问：小飞，旱烟袋也带上吗？小飞想了半天，犹豫地说：带上吧，既然在一块儿放着，很可能生火时得用上它。小飞真细心。

第二项是武器（要刀、长矛。不要枪支，弹药无法补充。走前记着到体育用品商店买几把弓箭）。小飞，弓箭在哪儿？我不记得你带回来。小飞又流泪了，他忘了。小飞别难过，我们只带刀子算了。

第三项是干粮。如苹烙了很多烙饼。还带了方便面。

第四项是冬天的衣服。今天不写了，很累。

8月19日

青云眼睛肿了，像两个桃子。崔哥崔嫂找不到了，已经三天了。我们帮青云找呀找呀，可是我们不敢走远，怕忘了回家的路。如苹说：青云你跟我们走吧。大壮小飞说：云姐姐你跟我们走吧，到柿子洞去。青云立刻笑了，笑得很好看。她说：靳婶你歇着，让我来烙馍。她边干边哼着歌。

今天来震应该是2点，这会儿快来了。青云钻到如苹怀里，我和小飞互相看着，谁都很恐惧。可是害怕也挡不住，它还是来了，我们吐了一阵，去睡觉。

8月30日

下了火车又走了很多天。路上一堆一堆的人，乱转，都不知道干啥。青云说：他们多可怜，喊上他们一块走吧。小飞很残忍（这个词用得不好）地说：不能喊，柿子洞能盛几个人？青云小声问：他们咋办？小飞狠狠地说：总有人能熬过去的，总有一些能熬过去的。

我们太累了，我有10天没记日记。这不好，我说过要天天记日记，一天也不拉下，我不能忘了识字。可是我们都忘了多带笔。只有我一支圆珠笔、小飞一支钢笔，大壮书包里有三支画画的铅笔。铅笔最好，不用墨水。如果铅笔也用完呢？小飞说：我不记日记了，笔全都留给你吧，等你去世我再接着记，这是这个氏族的历史呀。

晚上在小溪边睡，山很高，树不多，有很多草。我们在水里抓了"旁血"。这两个字不对，可是我想不起来。就是那种有八条腿，横着爬。很好吃。

夜里很冷，大壮、小飞和铁子拾了柴，生起很大的"沟"火。这个沟字也不对。铁子我们不认识，他是自己跟上我们的，他是个男的，今年12岁。火真大啊，毕毕剥剥地响，把青云的头发燎焦了，火苗有几米高。有剑齿虎不怕，有剑齿象也不怕。那时还没有老虎和狮子吧？也没有恐龙，恐龙已经死绝了。也没有火柴，是雷电引起的天火。开始我们也怕火，和野兽一样怕火。后来不怕了，用它吓狼群，用它烤肉吃，我们的猴毛退了，就变成人了。

青云真的喜欢小飞，一天到晚跟着他，仰着脸看他，再累还是笑。晚上她和小飞睡在一起，他们都脱光衣服，青云尖声叫着。大壮有时爬起来看他俩，铁子有时也抬起头看。我和如苹都使劲闭着眼，不看。那不好，我明天就告诉小飞和青云那不好。不是那件事不好，是让别人看见不好。

8月32日（主人公智力问题，笔误）

我们担心找不到柿子洞，可是找到了，很顺利。小的洞口，得弯着腰进去。进去就很大，像个大金字塔。我们都笑啊笑啊，这是我们的家，我们要在这儿一直住到变聪明的那一天。

柿子还没熟，不过我知道山里有很多东西能吃，我们不会饿死的。还要存些过冬。有山韭菜、野葱、野蒜、野金针、石白菜、酸枣、野葡萄、杨桃、地曲连、蘑菇。溪里还有小鱼和螃蟹。我想起这两个字了！

今天很幸福，一直没有来震。我们也没呕吐。后来我们都睡了。青云和小飞还是搂着睡。我今天没批评他们不好，等明天再说吧。

9月5日

我们一下子睡了两天三夜！是电子表上的日历告诉我们的。睡前的日记我记成了8月32日，真丢人，小飞说：不要改它，留着吧。醒来后，我发现脑子清爽多了，就像是醉酒睡醒后的感觉。我小声对小飞说：两天三夜都没来震了，是我们睡得太熟？小飞坚决地摇头：过去夜里来震时，哪次不是从梦里把人折腾醒？不是这个原因。我问：那会是什么？是山洞把震挡住了？小飞苦笑道：哪能那么容易就挡住，美国、日本地下几千米的中微子观测站也挡不住。这种震波是从高维世界传来的，你可以想象它是从每一个夸克深处冒出来的，没有任何东西能挡住它。

大家都坐起来，从眼神看都很清醒。突然清醒了，我们反倒不自然，就像一下子发现彼此都是裸体的那种感觉。如苹惊问：青云呢？青云到哪儿啦？我看见她在远处一个角落里。她已经把衣服穿得整整齐齐，还下意识地一直掩着胸口。大家喊她时，她咬着嘴唇，死死地盯着地下，不开口。大壮真是个浑小子！他笑嘻嘻地跑过去拉着青云的手：云姐姐，你干吗把衣服穿上？你不穿衣服更好看，比现在还要好看。青云的面孔唰地红透了，狠狠地甩脱大壮跑出洞去。如苹喊着：云儿！云儿！跟着跑出去。我出去时，青云还在一下一下用头撞石壁，额上流着血，如苹哭着拉不住。我骂道：青云！你糊涂啊，咱们刚清醒了一点儿，不知道明天是啥样哩，你还想把自己撞傻吗？

我拉住她硬着心肠说：我知道你是嫌丢人，我告诉你那不算丢人。若是咱们真的变回到茹毛饮血、混沌未开的猿人，能传宗接代是头等大事！我们还指着你呢。

我和如苹把她拉回去，小飞冷淡地喝一声：哭什么！现在是哭的时候吗？是害羞的时候吗？青云真的不哭了，伏到小飞怀里。

洞里很冷，小飞让大壮和铁子出洞拾柴火，燃起一堆篝火。烟聚在山洞里，熏得每人都泪汪汪的。大壮和铁子在笑，绕着火堆打闹，别人都心惊胆战地等着来震，比糊涂的时候更要怕。

天一直没有震感。

9月6日

小飞一早就把我叫醒。我觉得今天大脑更清爽了点儿，但还没有沉淀得清澈透明。小飞说：我想做个试验，今天24小时洞外都要保持有人，我想看看究竟是不是山洞的屏蔽作用——按说是不可能屏蔽的，但我们要验证。我想让你们几个换班出去，我不出去。爸，我想留一个清醒的人观察全局。说这话时他把头转向一边，不看我们，口气硬硬的。

我安慰他：孩子，你的考虑很对。我们要把最聪明的脑袋保护好，这是为了大家，不是为了你。他凄然一笑：谢谢爸爸的理解。

我和如苹先出去拾柴火和找野菜。没多久就来震了，9点30分，仍是脑浆被搅动，呕吐。歇息一阵我们强撑着回去了。留在洞中的人都没事。

9月7日

我和如苹还要出去值班，我们心怀恐惧，但我不想让孩子们受罪。后来青云和铁子争着去了。在洞里歇了一天，脑子恢复不少。外边的人又"震"了，时间是8点35分，留在洞内的人仍没事。小飞说：不必怀疑了，肯定这个金字塔形的洞穴有极强的屏蔽作用。究竟为什么他还不知道，可能是特殊的几何形状形成了反相波峰，冲销了原来的震波。

9月8日

青云坚决不让我和如苹出洞，拉着大壮出去了，她说：我年轻，震两次没关系。他们是6点出去的，8点大壮把她拖回来，她面色苍白，吐得满身都是污秽。但大壮似乎没受什么影响。

青云连着经两次震，又变痴了，目光茫然而恐惧，到晚上也没恢复。快睡觉时我见她悄悄偎到小飞旁边，解着衣扣轻声问：靳叔说那不是坏事，是吗？靳叔说那是头等大事，是吗？

我不忍看下去。小飞把她揽到怀里，把她的衣服扣子扣好，絮絮地说了一夜的话。

9月9日

小飞说不用试验了，今后大家出去拾柴火、打野果都要避开来震的时刻。这个时间很好推算的，每隔22小时55分一次。他苦笑道，这么一道小学算术题，三天前我竟然算不出来！

他躲在洞子深处考虑了很久，出来对我说：爸爸，我要赶紧返回京城，抢救一批科学家，把他们带到洞里来。靠着这个奇异的山洞，尽量保留一点文明的"火种"。至于后面的事等以后再说吧，当务之急是先把他们带来——趁着他们的大脑还没有不可逆的损坏。

只是，他苦笑道，这一趟往返最少需要10天，我怕10次震动足以把我再次变成白痴，那时的我能否记得出去时的责任、记得回山洞的路？不过，不管怎样，我要去试试。

我和如苹、青云都说让我们替你去吧，大壮和铁子也说我们替你去吧。小飞说：不行，这件事你们替不了。这两天我要做一些准备，把问题考虑周全，尽量减少往返的时间。

9月11日

已经三天了，小飞没有走，他在洞里一圈一圈地转，他说：要考虑一切可能，做一个细心周到的计划。但他一直躲避着我和如苹的目光。我把他喊到角落里，低声说：小飞，让我替你去吧，我想我能替你把事情做好。我们得把最聪明的脑袋留在洞里，对不？小飞的眼泪唰地流出来，他狠狠地用袖子擦了一把，泪水仍是止不住。他声音嘶哑地说：爸，我知道自己是个胆小鬼、懦夫，我知道自己早该走了，可我就是不敢离开这个山洞！我强迫自己试了几次，就是不敢出去！你和妈妈给了我一个聪明的大脑，过去虽然我没有浪费它，但也不知道特别珍惜。现在我像个守财奴一样珍爱它。我不怕死，不怕烂掉四肢，不怕变成中性人，什么都不怕，就是怕失去灵智，变成白痴！

我低声说：这不是怯懦，这是对社会的责任感。小飞，让我替你去吧。他坚决地摇摇头，不，我还要自己去。我已经克服了恐惧，明天我就出发。如果……就请二老带着青云、大壮一块儿生活。

9月12日

按推算今天该是凌晨4点来震。大家很早就起来，发现青云不在洞里。4点5分，她歪歪倒倒地走回来，脸色煞白。她强笑着说：我出去为小飞验证了，没错，震波刚过，你抓紧时间走吧。小飞咬着牙，把她紧紧搂到怀里。她安慰道：别为我担心，你看我不是很好吗？可惜我只能为你做这一点点事情。小飞忍着没让泪珠掉下来，也没有多停，他背上挎包，看看大家，掉头出了山洞。

9月13日

大脑越来越清醒了，亿万脑细胞都像是勤勉忠诚的战士，先前它们被震昏了，但是一旦清醒过来，就急不可待地、不言不语地归队。我的思维完全恢复了震前的水平，也许还要更灵光一些。

小飞走了，我们默默为他祈祷，盼着他顺利回来。他是我们的希望。我们不想成为衰亡人类中唯一的一组清醒者，那样的结局，与其说是弱智者的痛苦，不如说是对清醒者的残忍。

洞中的人状态都很好，除了青云。她比别人多经受了两次震击，现在还痴呆呆的，有点像梦游中的人。如苹心疼她，常把她搂到怀里，低声絮叨着。大壮不出去干活时总是蹲在她旁边，像往常那样拉着她的手，笑嘻嘻地看着她。这一段的剧变使我们产生了错觉，认为大壮也会像正常人那样逐渐恢复智力。但现在我们不得不承认，他仍落后于我们这些幸运的人。这使我们更加怜悯他。

9月15日

青云总算恢复了。她在闲暇时常常坐在洞口，痴痴地望着洞外。不过我们很清楚，这只是热恋中的"痴"，不是智力上的傻。她不问小飞的情况——明知问也是白问，只是默默地干着活。

带入洞中的干粮我们尽量不去动。但我们都没野外生存的经验，每天采集的野菜野果根本不够果腹，更别说储备冬粮了。好在我们发现了几片苞谷地，苞谷基本成熟了。如果再等一个月没人来收割，它就是我们的。

9月17日

今天铁子碰见一个人，一个看来清醒的人！他隔着山涧，乐哈哈地喊：你们是住在轩辕洞的那家人吧（原来柿子洞的真名是轩辕洞），有空儿来我家串串，我家就在前边山坡上那棵大柿子树下边。柿子也熟了，来这儿尝个鲜。喊完就扛着苞谷走了。

铁子回来告诉我们，大家都很兴奋。洞外也有神志清醒的人，这是偶然，还是普遍？是不是那令人恐惧的魔鬼之波已经过去了？不过铁子的话不可全信，毕竟他只是一个12岁的孩子。再说，即使是弱智的人，也并非不能说几句流畅的话（大壮就能）。

虽然尽往悲观处分析，但从内心讲我相信铁子的话。不错，一个弱智者也能说出几句流畅的话，但一个刚受过魔鬼之波蹂躏的正常人绝不会这样乐呵。

明天我要去找找这个乡民。

9月18日

夜里我被惊醒，听见洞口处有窸窸窣窣的声音，我在黑暗中尽力睁大眼睛，隐约见一个身影摸着洞壁过来，在路上磕磕碰碰的。我赶紧摸出头边的尖刀，低声喝问：是谁？那人说：是我，青云！

我擦了一根火柴，青云加快步子过来。靳叔，没有震波了！她狂喜地说，小飞在外边不会受折磨了！

火柴熄了，但我分明看见一张洋溢着欢乐之情的笑脸。她偎在我身边急切地说：按推算该是昨晚10点30分来震，我在9点30分就悄悄出去了，一直等到现在。现在总该有凌晨3点了吧，看来那种震波确实消失了！可能几天前就消失了呢。

如苹爬起来搂住青云大哭起来，哭得酣畅淋漓。所有人都醒了，连声问是咋了？咋了？靳叔、靳婶！爸、妈！我说：没事，都睡吧，是你妈梦见小飞回来了。我想起自己出洞值班时那种赶都赶不走的惧怕，想来青云强迫自己出洞时也是同样的心情吧，便觉得冰凉的泪水在鼻凹处直淌。

折腾了一阵刚想睡熟，又被强劲的飞机轰鸣声惊醒。轰鸣声时高时低，青白色的强光倏地在洞口闪过。听见洪亮的送话器的声音：青云！铁子！大壮！听见喊声快到洞外点火，我们要降落！

是小飞的声音！我们都冲出洞外，看见天上射下来青白色的光柱，绕着这一带盘旋。我们用力叫喊，打手电，青云和铁子回洞中抱来一捆树枝，找到一处平地燃起大火。直升机马上飞来，盘旋两圈后在火堆旁落下，旋翼的强风把火星吹得漫天飞舞。小飞从炫目的光柱中跑出来，大声喊：爸、妈，震波已经过去了，我接你们回去！

我们乐痴了，老伴喜得搓着手说：快速回洞去收拾东西！小飞一把拉住她说：什么也不要带了，把人点齐就行。我和君兰是派往郑州的特派员，顺路捎你们一段，快走吧！

一个女人从黑影中闪出来：伯父、伯母，快登机吧。她的声音柔柔的，非常冷静。我认出她是君兰，外表仍是那样高雅、雍容。她挽着我和如苹爬进机舱，大壮和铁子也大呼小叫地爬上来。我忽然觉得少了一个声音，一个绝不该少的声音。是青云。她没有狂喜地哭喊，没有同小飞拥抱，她悄悄地登上飞机，把自己藏在后排的黑影里。

直升机没有片刻耽误，立即轰鸣着离地，强光扫过前方，把后面的山峰淹没到黑暗中，洞口的那堆火很快缩小、消失。小飞说京城开始恢复正常，正向各大城市派遣特派员，以尽快恢复各地秩序。我见君兰从人缝中挤到后边，紧挨着青云坐下，两人头抵着头，低声说着什么。我努力向后侧着耳朵，在轰鸣声中辨识着后边的低语。

君兰的声音：小飞说了你的情况……我愿意退出……和小飞同居半年……怎样使小飞更幸福……听你的……

青云沉默了一会儿才说话，声音很低，也很冷静：……更般配……祝你们幸福……

薄暮渐消，朝霞初染。太阳从地平线上探出头，似乎很羞怯地犹豫片刻，然后便冉冉升起，将光明遍洒山川。飞机到了一座小城市，盘旋两圈便开始降落。开始我没认出这是哪儿，小飞扭回头说：到家了，我和君兰不能在这儿耽误，请你们照顾好自己，开始新的生活吧。

直升机降落了。不少人围过来，好奇地看着直升机。君兰抢先跳下地，扶着我和如苹下去。我同君兰握手告别：再见，君兰姑娘，你是个聪明女子。我又同小飞拥别：小飞，安心干你的大事，不要为家里操心。我们会照顾好青云和她腹中的孩子。好了，同你的妻子吻别，赶快出发吧。

如苹惊讶地盯着我，青云震惊地瞪着我，君兰不动声色地看着我。小飞瞟了我一眼，一言不发，走过去吻吻青云的嘴唇，反身登机。

直升机迅速爬升到高空，泅入蓝天的背景中。青云默默走过来，感激地依在我的身旁。大壮傻乎乎地盯着她的腹部追问：你真的有小宝宝了吗？真的吗？宝宝生下来该咋喊我？青云的脸庞微微发红，但她没有否认，很坦然地说：该向你喊伯伯的。

我们穿过人群回家，在门口看见崔哥崔嫂。他们分明还没有完全恢复，见了失踪多日的女儿竟没有哭，没有问长问短，只是嘻嘻地笑。青云冲过去把他们拥到怀里，边笑边流泪。我拍拍崔哥的肩膀笑道：亲家你好哇。回去让青云做碗醒酒汤，清醒清醒，咱还得商量着操办婚事呢。然后我领着大壮和铁子走进家门。

在机上我曾问小飞，轩辕洞真的有屏蔽作用吗？为什么？小飞说现在不是研究的时候，等社会秩序正常后，一定认真研究这件事。但下机后我想起忘了一件大事——忘了问小飞，这种震波还会再来吗？

但愿它不会再来了。

杀人偿命

以恶制恶

本世纪初，一代科学狂人胡狼（有关胡狼和白王雷的故事，参见本人的小说《科学狂人之死》）所发明的"人体多切面同步扫描及重砌技术"，即俗称的"人体复制术"，已经广泛应用于星际旅行。这项技术实际上终结了人类"天潢贵胄"的地位，把无比尊贵神秘的"人"解构为普通的物质。当然了，这种解构也激起了人类社会强烈的反弹，其结果便是两项有关"人"的神圣法则的确立，即：

个体生命唯一性法则；

个体生存权对等性法则；

一个附带的结果是：在人类社会摒弃死刑200年后，古老的"杀人偿命"律条又回到现代法律中来……

——摘自女作家白王雷所著《百年回首》

地球—火星073次航班（虚拟航班）到站了，从地球发来的携带高密度信息的电波，经过14分钟的光速旅行到达火星站。后者的巨型计算机迅速对信息解压缩，并依这些信息进行人体重建。这个过程耗时甚长，30分钟后，第一个"重生"的旅客在重建室里逐渐成形。这是一个50岁的男人，赤裸的身体，板寸发式，肌肉极强健，脸上和胸前各有一道很深的刀疤。身上遍布狞恶的刺青，大多为蛇的图案。他的身体重建全部完成后，随着一声响铃，一条确认信息发回地球。等它到达地球，那儿就会自动启动一道程序，把暂存在地球空天港扫描室的旅客原件进行气化销毁。

像所有经过身体重建的旅客一样，这个人先用迷茫的目光四处环顾，脑海中闪现出第一道思维波：我是谁？

人体（包括大脑）的精确复制，同时复制了这人的人生经历和爱憎喜怒。等第一波电火花扫过大脑，他立即回忆起了一切，目光也变得阴鸷。他是金老虎，地球上著名的黑帮头子，此次来火星是要亲手杀死一个仇人，为他的独子报仇。一年前，他的儿子因奸杀两名少女被审判，为了从法律中救出儿子，他用尽了浑身解数。按说以他的势力，让儿子逃脱死刑并不是特别困难的事，但不幸这次他遇到的主审法官是罗大义，一粒煮不熟砸不碎的铁豌豆，对他的威胁利诱硬是油盐不进。儿子被注射处死的当天，他找到这个家伙，当着众人的面，冷酷地说："你杀了我儿子，我一定要亲手杀死你！"

姓罗的家伙不为所动，笑着说："你要亲自动手？那好啊，能与你这样的超级恶棍同归于尽，也值了。"

金老虎冷笑着："你是说那条'杀人偿命'的狗屁法律？姓罗的我告诉你，这回只是我偶然的失败，很丢脸的失败，下一次决不会重蹈覆辙了。我不但要在公开场合亲手杀了你，还一定能设法从法网中脱身。不信咱们走着瞧。"

罗大义仍然笑着："好的，我拭目以待。"

这会儿金老虎走出重建室，穿上衣服。两个先期抵达的手下已经候在门口，递给他一只手表和一把带血槽的快刀，这是按金老虎的吩咐准备的，他说不要现代化的武器，用这样的古老武器来进行复仇最解恨。他戴好手表，用拇指拨一拨刀锋，欣赏着利刃特有的轻快的哧哧声，然后把快刀藏在衣服下，耐心地等着。罗大义也在这个航班上，是来火星做巡回法官。

上次的失败不仅让金老虎失去独子，更让他在江湖上丢了面子。

他必须公开、亲自复仇，才能挽回他在黑道上的权威。至于杀人的法律后果，他没什么好担心的，经过与法律顾问戈贝尔一年来的缜密策划，他们已经在法律上找到一个足够大的漏洞。戈贝尔打了保票，保证在他公开行凶后仍能避开法律的惩罚。

　　随着重建室里一遍遍的铃声，"重生"的旅客一个个走出来。现在，赤裸的罗大义出来了，面容平静，正在穿衣服。金老虎走过去，冷冷地说："姓罗的，我来兑现诺言了。"

　　罗大义扭头看到他手中的快刀，非常震惊。他虽然一直在提防着金老虎，也做好了赴死的准备，但没想到金老虎竟敢在空天港杀人。这儿人来人往，至少有几十双眼睛看着，还有24小时监控录像，在这儿行凶，绝不可能逃脱法律的惩罚。难道金老虎……但他已经来不及做出反应了，两个打手扑过来，从身后紧紧抱住他，金老虎举高左腕，让他看清手表的盘面，狞笑着说："你不妨记住你送命的时间。现在是你完成重建后的第八分钟，这个特殊的时刻将会帮我脱罪。姓罗的你给我死吧！"

　　他对准罗大义的心脏狠狠捅了一刀，刀没至柄，鲜血从血槽里喷射出来。周围一片惊骇的喊声，有人忙着报警，远处的几名警察发现了这儿的异常，迅速向这里跑来。在生命的最后一息，罗大义挣扎着说："你逃不了法律的惩……"

　　两个月后，审判在案发地火星举行。除了五名陪审员是在本地甄选外，其他五名地球籍陪审员以及罗大义去世后继任的巡回法官劳尔，已经通过空间传输来到火星。地球籍陪审员中包括白王雷女士，她已经是108岁的高龄，但受惠于精妙的空间传输技术，百岁老人也能轻松地享受星际旅行了。这位世纪老人曾是龚古尔文学奖得主，是一代科学狂人胡狼的生死恋人。由于胡狼的特殊历史地位（人体空间传输技术的奠基人），再加上她本人德高望重，所以毫无疑问，白王雷在陪审员中的地位举足轻重。

同时到达的还有罗大义的遗孀和两个女儿。她们戴着黑纱，手里高举着死者的遗像。黑色的镜框里，那位舍生就义的法官悲凉地注视着已与他阴阳两隔的世界。法庭旁听席上还坐着上次奸杀案两名被害少女的十几名家属，他们都沉默不语，手里扯着两幅手写的横幅：

为罗法官讨回公道！

为我们的女儿讨回公道！

两行字墨迹未干，力透纸背。家属们的悲愤在法庭内激起了强烈的共鸣。

公诉人宣读了起诉书。这桩故意杀人案性质极为恶劣，是对法律的公然挑衅，而且证据确凿，单是愿意做证的现场证人就有64人，还有清晰连续的案发现场录像，应该说审判结果毫无悬念。但公诉人不敢大意。金老虎势力极大，诡计多端，又有一个比狐狸还狡猾的律师。他虽然恶贯满盈，但迄今为止，法律一直奈何不了他。这次他尽管是在公开场合亲手杀人，但他曾多次挑衅性地扬言，一定能找到逃避法律惩处的方法。

且看他的律师如何翻云覆雨吧。

金老虎昂首站在被告席上，用阴鸷的目光扫视众人，刀疤处的肌肉不时微微颤动，一副"我就是恶棍，你奈我何"的泼皮相，一点也不在乎众人的敌意。律师戈贝尔从外貌上看则是一个标准的绅士，鹤发童颜，温文尔雅，戴着金边眼镜，头发一丝不乱，说话慢条斯理，脸上始终带着亲切的微笑。当然，没人会被他的外貌所欺骗，在此前涉及金氏家族的多起案件中，他就是带着这样亲切的微笑，多次帮金老虎脱罪的……

轮到被告方做陈述了。被告律师戈贝尔起身，笑着对庭上和旁听席点头致意："我先说几句题外话。我想对在座的白王雷女士表示崇高的敬意。"戈贝尔向陪审员席上深深鞠躬，"白女士是一代科学伟人胡狼先生的生死恋人，而胡狼先生又是空间传输技术的奠基人。今天我们能在火星上参加审判，其实就是受胡狼先生之惠。我早就盼着，能当面向白女士表达我的仰慕之情。"

满头银发的白女士早就熟悉面前这两人：一个脸带刀疤的恶棍和一个温文尔雅的恶棍。她没有让内心的憎恶流露出来，微微欠身，平静地说："谢谢。"

戈贝尔转向主审法官，正式开始陈述："首先，我要代表我的当事人向法庭承认，基于血亲复仇的原则，他确实在两个月前，在火星空天港的重建室门口，亲手杀死了一个被称作'罗大义'的家伙，时间是这家伙完成重建后第八分钟，以上情况有众多证人和录像做证，我方亦无异议。"

法官和听众都没料到他会这样轻易地认罪，下边响起嘈杂声。法官皱起眉头想警告他，因为在法庭上使用"家伙"这样粗鄙的字眼儿是不合适的。戈贝尔非常机灵，抢在法官说话之前笑着说："请法官和罗大义的亲属原谅，我用'家伙'来称呼被害人并非是鄙称，而是想避免使用一个定义明确的词：'人'。'人'这个名词是万万不能随便使用的，否则我就是默认我的当事人犯了'故意杀人罪'。"他话锋一转，"不，我的当事人并未杀'人'。"他用重音念出末尾这个字，"下面我将给出说明。"

公诉人警惕地看着他，知道自己将面对一场诡异难料的反攻。

"法官先生，请允许我详细叙述人体空间传输技术的一些技术细节。一会儿大家将会看到，这些技术细节对审判的量刑至关重要。"

"请只讲与案件有关的东西。"法官简洁地说。

"好的，我会这样做。我想回忆一段历史。众所周知，胡狼先生当年发明这项技术的初衷，其实并非空间旅行，而是人体复制。这是一个惊世骇俗的甚至本质上很邪恶的发明。想想吧，用最普通的碳氢氧磷等原子进行多切面的堆砌，像泥瓦匠砌砖那样简单，就能完全不失真地复制出一个人，一个活生生的人！还能囊括他的所有记忆、知识、癖好、欲望和爱憎！自打地球诞生以来，创造生灵和人类本是上帝独有的权力，现在他的权柄被一个凡人轻易夺走了！"他摇摇头，"扯远了，扯远了，我们且不忙为上帝担心。但人的复制确实是一项可怕的技术，势必会毁掉人对自身生命的尊重。为此，胡狼的生死恋人，白王雷女士不惜与胡狼决裂，及时向地球政府告发他，才使人类社会抢在他实施复制之前制订了严厉的法律，确立了神圣的'个体生命唯一性'法则。后来，阴差阳错，胡狼还是复制了自身，最后两个胡狼都死了。他死后这80年里，这项发明最终虽没用于非法的人体复制，但却转而用在了合法的空间旅行中。"

他说的是人们熟悉的历史，审判厅中没有什么反应。

"人体复制技术和空间传输技术的唯一区别，是后者在传输后一定要把原件气化销毁，绝不允许两者并存于世上。我想，这些情况大家都清楚吧？"他向大厅扫视，大家都没有表示异议。"但其后的一些细节，也许公众就不清楚了。"

他有意稍作停顿，引得旁听者侧耳细听。

"由于初期空间传输的成功率太低，只有40%左右，所以，为了尊重生命，人类联盟对销毁原件的程序做了一点变通，那就是：在传输进行后，原件暂不销毁，而是置于深度休眠状态。待旅客传输成功、原发站收到确认回执后，即自动启动对原件的销毁程序；如果传输失败，则原件可以被重新唤醒。后来，虽然空间传输的成功率大大提高，但这个'销毁延迟'的规定仍然一直保留着，未做修改。也就是说，今天所有进行空间传输的旅客，都有'真身与替身共存'的一个重叠时段，具体说来，该时段等于到达站的确认信息以光速返回所需的时间，比如在本案案发时，地球—火星之间的距离为14光分，那么，两个罗大义的重叠时段就是14分钟。"

法官劳尔说："这些情况我们都清楚，请被告方律师不要在众所周知的常识上过多停留。"

"你说这是众所周知的常识？没错，今天的民众把这个技术程序视为常识，视为理所当然。但在当年，有多少生物伦理学家曾坚决反对！尤其是我尊敬的白王雷女士，当时是最激烈的反对者，直到今天仍未改初衷。"他把目光转向陪审员座位上的白女士，"我说得对吗，白女士？"

白王雷没想到他竟问到了陪审席上，用目光征求了法官的同意后，简短地回答："你说得没错。"

"你能否告诉法庭，你为什么激烈反对？"

"从旅行安全的角度看，这种保险措施无可厚非。但只要存在着两个生命的重叠期，法律就是不严谨的。这条小小的缝细，也许在某一天会导致法律基石的彻底坍塌。所以我和一些同道一直反对这个延迟，至于传输失败造成的死亡风险，则只能由旅行者自己承担了，毕竟乘坐波音飞机也有失事的可能。"她轻轻叹息一声，"当然，我的主张也有残酷的一面。"

"你的主张非常正确！我向白女士的睿智和远见脱帽致敬。可惜由于人类社会的短视，毋宁说由于旅客的群体畏死心理，白女士的远见一直未能落实。我的当事人杀'那家伙'，本质上也算是代白女士完成她的未竟之志，虽然他采取的是'恶'的形式。"

听众都愣了！这句话从逻辑上跳跃太大，从道德上跳跃更大（善恶之间的跳跃），让大家完全摸不着头脑，众人的目光不约而同地聚集到白女士身上。白女士也没听明白，她不动声色地听下去。

"好了，我刚才说过，我的当事人承认他杀死了'罗大义'——注意，这三个字应该加上引号才准确。毋庸讳言，这个被杀死的人，确实是地球上那个罗大义的精确复制品，带有那人的全部记忆。而且，如果原件的法律身份已经转移给他，那么他就远不是什么替身或复制品，他干脆就是罗大义本人！正像经历过空间传输的在座诸位，包括我，也都是地球上相应个体的'本人'。我想，在座诸位没人怀疑自己的身份吧？没人认为自己只是一件复制品或替身吧？"他开玩笑地说着，忽然话风陡转，目光凌厉，"但请法庭注意我的当事人杀死罗大义的时间，是在他完成重建后的第八分钟。此时，火星空天港的确认信息还没有到达地球，原件还没有被销毁，虽然那个原件被置于深度休眠，但一点不影响他法律上的身份。如果硬说我的当事人犯了杀人罪，那么在同一时刻，太阳系中将有两个具有罗大义法律身份的个体同时存在。请问我的法律界同行，可敬的公诉人先生，你能否向法庭解释清这一点？你想颠覆'个体生命唯一性'法则吗？只要你能颠覆这个法则，那我的当事人就承认他杀了人。"

在他咄咄逼人的追问下，公诉人颇为狼狈。这个狡猾的律师当然是诡辩，但他已经成功地把一池清水搅浑。其实，只要有正常的理解力，谁都会认可金老虎杀了罗大义。但如果死抠法律条文，则无法反驳这家伙的诡辩。根本原因是：现行法律上确实有一片小小的空白。往常人们习惯于把它作为一个不可分割的"点"，这就避开了它可能引起的悖乱。但如果把它展开，把时间的一维长度纳入法律上的考虑，则这个"点"中所隐藏的悖乱就会宏观化，就会造成法律上的海森伯猫佯谬。

公诉人考虑一会儿，勉强反驳道："姑且承认那个被杀的罗大义尚未具备法律身份，但此刻罗大义的重建已经完成，那个确认信号已经在送往地球的途中，它肯定将触发原件的自毁，这一串程序都是不可逆的。也就是说，在被告捅出那一刀的时候，他已经决定了两个罗大义的死亡，包括替身和真身。所以，被告仍然应对被害人的死亡负责。"

戈贝尔律师轻松地说："照你的说法，只能说原件是死于不可抗力，与我的当事人无关。其实这串程序也并非不可逆，没准哪一天科学家们会发明超光速通信，那么，重建的罗大义被捅死后，他的原件仍来得及挽救。所以，"他从容地笑着说，"现在又回到了我刚才说过的那句话——我的当事人其实是想以'恶'的方式来完成白女士的未竟之志，想把有关法律的内在矛盾显化，以敦促社会尽快修改有关法律，或取消空间传输的延迟销毁程序。当然，不管最终是否做出修改，反正我的当事人是在法律空白期作案，按照'法无明律不为罪'的原则，只能做无罪判决。"

他与被告金老虎相视一笑，两人以猫玩老鼠的目光扫视着法庭。法庭的气氛比较压抑，从法官、陪审员到普通旁听者都是如此。这番庭辩，可说是大家听到过的最厚颜无耻的辩护——但又非常雄辩。被告方几乎是向社会公然叫板：没错，老子确实杀了人，但你们能奈我何！

三个法官目光沉重，低声交谈着。陪审员们都来自于民间，没有经过这样的阵仗，都显得神色不宁，交换着无奈的目光。只有白王雷女士仍然从容淡定，细心的人会发现，她看被告方的目光更冷了一些。

双方的陈述和庭辩结束了，戈贝尔最后还不忘将法官一军："本案的案发经过非常明晰，相信法庭会当庭作出判决。"

劳尔法官落槌宣布："今天的审理暂时中止，由合议庭讨论对本案的判决。现在休庭。"

法官和十名陪审员陆续走进法庭后的会议室。劳尔法官要搀扶白女士，但她笑着拒绝了，自己找一个位子坐下。虽然已经是百岁老人，但她的脚步还算硬朗，尤其是经过这次身体重建后，走起路来似乎更轻快了一些。

会议室里气氛压抑。大家入座已毕，劳尔法官简短地说："各位陪审员有什么看法？请表达各自意见。"

陪审员们都下意识地摇头，然后都把目光转向白王雷，他们都尊重这位老人，希望她能首先发言。

白女士没有拂逆大家的心愿，简单地说："这是两个地地道道的恶棍！他们是在公然挑战法律，挑战社会的良心。我想，如果不能对被告定罪，罗先生会死不瞑目，而我们也无法面对自己的良心。"

陪审员泽利维奇叹息道："我想这是所有人的同感。问题是，戈贝尔那只老狐狸确实抓住了法律的漏洞！如果判被告故意杀人罪，的确会颠覆'个体生命唯一性'法则。"

年轻的女陪审员梅伦激愤地说："但我们绝对不能让这个罪犯逃脱！这不仅是为了罗大义先生，也是为了以后。因为目前的法律存在这片模糊区域，本案的判决结果肯定会成为今后类似案件的参照。咱们不能开这个头。"

门外有喧嚷声，是罗大义的妻女和奸杀案被害人家属来向法官请愿，经过刚才的庭审，他们非常担心凶手会脱罪。他们被法警拦在门外，喧嚷了很久，最终被劝回去了。会议室内还在讨论着，所有人都希望将这个恶棍判处死刑，但却无法面对法律上的困境。有人建议修改法律，做出明文规定：在"两个生命并存时段"内，无论是真身还是替身都受法律保护。但这个提议被大家否决了，因为它会带来更多法律上的悖乱；也有人建议采纳当年白女士等人的意见，干脆取消那个销毁延迟期。但戈贝尔那只老狐狸说得对，即使这些修改生效，也不会影响到本案的判决——被告是在法律的空白期作案的。

白王雷女士发言后，一直安静地坐着，没有参加到讨论中去。法官注意到了她的安静，于是问："白女士，你想什么呢？"

大家静下来，期盼地看着她。

白王雷微笑着说："我刚才忽然想到一个古老的民间故事，一个关于聪明法官的故事。当然它不会引领我们走出法律困境，不过我还是想讲给大家，也许多少会有启发。"

劳尔法官很感兴趣："请讲。"

"是我年幼时读过的一则故事。说的是一个贫穷的行路人，有一天经过一家饭店。饭店里熬着满满一锅肉，香气四溢，令人馋涎欲滴，但行路人身无分文，只好乞求老板施恩，把他随身带的干粮挂在锅的上方，以便能吸收一点炖肉的香味。老板爽快地答应了。等干粮浸透了香味，行路人开心地吃完干粮，老板却伸手要他付钱——香味的钱！行路人不服，也拿不出钱，两人拉拉扯扯到了地方法官那儿。幸运的是，这个法官既公正又聪明，机智地给出了公正的判决。你们猜得出是什么判决吗？"

大家考虑了一会儿，说出了几种方案，但都不对。大家等不及，催白女士快说结果。

白女士说："判决是这样的：法官对老板说，'他享用了你肉汤的香味，当然应该给你付酬。现在我判他付给你——钱币的声音！'然后法官借给行路人一袋银币，让他在贪心老板的耳朵上用力摩擦，一直到老板求饶……你们看，用声音来偿付香味，法律上没有明确的条文吧？但不管怎样，他终究实现了一种公平，有点儿另类的公平。"

她笑着结束了讲述。劳尔法官思维敏捷，马上领悟到了她的意思，高兴地说："谢谢白女士！我想，我们可以学习那个不循常规的法官，给本案一个另类的公平……"

"……经查明，被告人杀死被害者时，关于罗大义重建完成的确认信息尚未到达地球，原件尚未销毁，罗大义的法律身份仍附于原件身上。因此，基于'个体生命唯一性'神圣原则，被害者不能认为具有人的身份。公诉人指控被告犯故意杀人罪，与事实不符，法庭予以驳回。"

法庭上立时响起愤怒的嘈杂声，十几个受害人家属泪流满面，纷纷跳起来，想对法官提出抗议。公诉人同样无法掩饰愤怒和失望。金老虎和律师则得意地互相对视。法警努力让法庭恢复肃静，法官好整以暇地等着，直到法庭恢复安静，才继续念下去：

"同时，基于生存权对等性原则，法庭对被告做出如下判决……"

火星到地球的074次虚拟航班已经到了。第一个被重建的是戈贝尔律师。一个温文尔雅的长者，脸色红润，一头白发，连胸毛也是白的，活脱脱一头北极熊。如所有经历了空间传输及重建的旅客一样，他先是目光迷茫地四处扫视，脑海中闪过第一波思维火花，立即清醒了，知道了他是谁，从何处来。他立即怅然若失，几天前在火星法庭上那种胜利者的得意荡然无存。他呆呆地站着，甚至忘了穿衣服。在空天港服务小姐的提醒下，才到衣物间取来衣服，机械地穿着，一边尴尬地盯着重建室的出口。

在他的注视中，下一个旅客逐渐成形，一个50岁的男人，身体强壮，身上遍布刺青，胸前和脸上各有一道刀疤。他同样目光迷茫了一瞬，之后立即清醒了，站起身来想逃跑，想凭他的强劲肌肉做最后的反抗。但已经晚了，两个守在这里的地球法警已经紧紧地抓住他的双臂。

身后一声响铃，这标志着他重建完成的确认信息已经向火星发送，14分钟后（目前地球与火星的空间距离是14光分），那儿就会启动对原件的销毁程序。

他是金老虎，在火星巡回法庭强制下，经空间传输遣返地球，在身体重建完成后将立即进行死亡注射。当然，这并不是对金老虎的死刑判决——法庭已经认定，被杀死的罗大义不具有人的法律身份，当然无权判金老虎死刑。不过，劳尔法官竟然想出了一个邪招，以其人之道，还治其人其人之身——要知道，此时的金老虎同样不具有法律身份，火星上那个休眠状态的原件还没有被销毁呢。这样一来，对一个"非人"进行死亡注射从法律上就说得通了，也不违背"个体生命唯一性法则"。至于这次注射实际将导致俩老虎（真身和复制件）全都死亡，那当然是因为不可抗力，不关法庭的事。

一个穿白大褂的漂亮女法医走过来，手里拿着一支注射器。金老虎浑身一抖，再次用力，想挣脱法警的手。但是不行，刚刚完成重建的这具身体软绵绵的，使不出一丝力气，而法警的两双手像老虎钳那样有力。女法医微笑着（好心的她一向用笑容来安抚死刑犯），动作温柔地用酒精在他臂弯处消毒（金老虎脑海中闪出一个愤怒的念头，对一个正被处死的人，还用得着假惺惺地消毒吗？），找到大血管，把针头轻轻扎进去，一管无色液体注入。注射完成后，两名法警也松手了。女法医看看手表，说："药液将在17分钟内起作用。你如果愿意，可以抓紧时间同家人通话。呶，给你手机。"女法医想了想，又好心地提醒他，"记着，别说财产分割之类的废话，那是瞎耽误时间。你现在并不具有人的身份，即使你立下遗嘱，也是没有法律效力的。"

到了此刻，金老虎反而平静了，现在他只剩下一个愿望，此生中最后一个愿望。他冷冷地扫了一眼戈贝尔，那个该死的家伙一直呆然木立，畏缩地看着即将送命的主子。金老虎活动了一下手脚，高兴地发现，身体重建后的滞涩期已经过去了，而毒药显然还没起效。他皱着眉头说："我想同我的律师单独待一会儿，可以吗？"

女法医爽快地说："可以。"她向两个法警示意，法警虽然有些犹豫，但最终还是随她退出房间，把门虚掩上。忽然，他们听到屋里有异响。两名法警反应很快，迅疾推开门。屋内的两人倒在地上，戈贝尔被压在下边，赤身裸体的金老虎正用力卡着戈贝尔的喉咙，暴怒地骂："王八蛋！比猪还笨的东西，老子白养了你！你害死了老子，老子拉你做垫背！"

法警用力掰金老虎的手，但这家伙简直像一头垂死挣扎的野兽，力大无比！戈贝尔喉咙里咻咻地喘息着，两眼已经泛白。一名法警从身后掏出高压警棒，喊他的同伴快松手，然后照凶犯的光屁股上戳了一下。那两人立即浑身抽搐，瘫在地上。女法医匆忙俯下身，检查戈贝尔的鼻息和瞳孔，怕他已经被扼死。还好，过了一段时间后，戈贝尔爆发出一阵剧烈的咳嗽。他睁开眼，见金老虎凶狠地瞪着他，不干不净地咒骂着，仍然作势要扑过来。两名法警正用力按着他。女法医花容失色，用手按住胸脯，余惊未消地说："还好没出事，还好没出事。"她长长地吁出一口气，对两位法警愧疚地说，"怪我太大意了，都怪我。我的天！差点儿在咱仨的眼皮底下出了一桩命案。要是那样，咱们咋对头头交代！"

虽然刚才的窒息使戈贝尔头昏眼花，但他的律师本能已经苏醒，在心里暗暗纠正着女法医的不当用语——"命案"这个词是不能随便乱用的。算来从自己重建到现在，肯定尚不足17分钟——经过这场官司，他对这个"生命重叠"的时间段可是太敏感了——那么这个戈贝尔尚不具备人的身份，即使这会儿被金老虎杀死，也构不成命案。警方的案情报告最多只能这样写：

某月某日某时，在地球空天港重建室，非人的金老虎扼杀了非人的戈贝尔……

附录

王晋康创作年表

【中短篇小说】

◎1993年

《亚当回归》/《科幻世界》1993年第5期

◎1994年

《科学狂人之死》/《科幻世界》1994年第2期

《黑匣子里的爱情》/《科幻世界》1994年第5期

《魔鬼梦幻》/《科幻世界》1994年第9期

《天火》/《科幻世界》1994年第11期

◎1995年

《美容陷阱》/《科幻世界》1995年第2期

《星期日病毒》/《科幻世界》1995年第5期

《追杀》/《科幻世界》1995年第6期

《生命之歌》/《科幻世界》1995年第10期

《告别老父》/《我们爱科学》1995年第12期

◎1996年

《义犬》/《科幻世界》1996年第1期

《斯芬克斯之谜》/《科幻世界》1996年第7期

《天河相会》/《科幻世界》1996年第8期

《西奈霾梦》/《科幻世界》1996年第10期

《人与狼》/《躬耕》1996年第1期（非科幻）

◎1997年

《拉格朗日坟场》/《科幻世界》1997年第1期

《生死平衡》/《科幻世界》1997年第4-5期连载

《七重外壳》/《科幻世界》1997年第7期

《三色世界》/《科幻世界》1997年第10期

《秘密投票》/《科幻世界》1997年增刊

◎1998年

《魔环》/《科幻世界》1998年第1期

《太空雕像（太空清道夫）》/《科幻世界》1998年第4期

《豹》/《科幻世界》1998年第6-7期连载

《完美的地球标准》/《科幻大王》1998年第3期

《牺牲者》/《科幻大王》1998年第5-7期连载

《最后的爱情》/《光明之箭：现代科幻作品精选集》海洋出版社1998年

《四重紧身衣》/《我们爱科学》1998年第5-9期连载

◎1999年

《解读生命》/《科幻世界》1999年第1期

《失去它的日子》/《科幻世界》1999年第6期

《养蜂人》/《科幻世界》1999年第9期

《可爱的机器犬》/《科幻世界》1999年第12期

《海拉》/《科幻大王》1998年第8期–1999年第5期连载

《侏儒英雄》/《科幻大王》1998年第6期

◎2000年

《母亲》/《科幻世界惊奇档案》2000年远航号

《无奈的追杀》/《大科技》2000年1–3期连载

《黄金的魔力》/《科幻大王》2000年第2–3期连载

《步云履》/《科幻大王》2000年第8期

◎2001年

《50万年后的超级男人》/《科幻世界》2001年第2期

《他才是我》/《科幻世界》2001年第5期

《替天行道》/《科幻世界》2001年第10期

《盗火》/《科幻大王》2001年第8期

《龙的传说》/《科幻大王》2001年第11期

◎2002年

《新安魂曲》／《科幻世界》2002年第5期

《水星播种》／《科幻世界》2002年第5期

《临界》／《科幻世界》2002年第10期

《生存实验》／《科幻世界》2002年第12期

《三人行》／《科幻大王》2002年第10期

《替身》／《科幻大王》2002年第11期

◎2003年

《数学的诅咒》／《科幻世界》2003年第4期

《夏天的焦虑》／《科幻世界》2003年第6期

《时空旅行三则》／《科幻大王》2003年第1期

《善恶女神》／《科幻大王》2003年第5期

《灵童》／《科幻大王》2003年第6期

《间谍斗智》／《科幻大王》2003年第8期

◎2004年

《黑钻石》／《2003年度中国最佳科幻小说集》（韩松主编，四川人民出版社2004年）

◎2005年

《一生的故事》/《科幻世界》2005年第6期

《转生的巨人（最伟大的人）》/《科幻世界》2005年第12期

《人之初》/《躬耕》2005年第2期（非科幻）

◎2006年

《终极爆炸》/《科幻世界》2006年第3-4期连载

《论本能》/《科幻世界》2006年增刊

《长别离》/《科幻世界》2006年增刊

《格巴星人的大礼》/《科幻大王》2006年第5期

《天下无贼之鬼谷子（鬼谷子算法）》/《科幻大王》2006年第9-10期连载

《月球进行曲之前奏》/《科幻大王》2006年第11期

《一掷赌生死》/《世界科幻博览》2006年第2期

《爱因斯坦密件》/《世界科幻博览》2006年第4期

《我们向何处去》/《世界科幻博览》2006年第8期

《失去的瑰宝》/《王晋康科幻小说精选·卷2·七重外壳》四川科技2006年12月

《观察记录：母爱与死亡》/《王晋康科幻小说精选·卷1·水星播种》四川科技2006年12月

◎2007年

《泡泡》/《科幻世界》2007年1-2期连载

《高尚的代价》/《科幻世界》2007年第4期

《沙漠蚯蚓》/《科幻世界》2007年第10期

《杀人偿命》/《世界科幻博览》2007年第8期

《百年之叹》/《世界科幻博览》2007年赠刊

《2127年的母系氏族》/《九州幻想·九月风华》21世纪出版社2007年9月（改写于《最后的爱情》）

◎2008年

《拉克是条狗》/《科幻世界》2008年第3期

《活着》/《科幻世界》2008年第8期

《决战美杜莎》/《科幻世界》2008年第12期

《透明脑》/《科幻大王》2008年第2期

《兀鹫与先知》/《科幻大王》2008年第4期

《我证》/《少年闪耀（第2辑春晓号）》/明天出版社2008年3月

◎2009年

《有关时空旅行的马龙定律》/《科幻世界》2009年第10期

《五月花号》/《科幻大王》2009年第2-3期连载

◎2010年

《百年守望》/《科幻世界》2010年第10期

◎2011年

《夏蜗回归》/《科幻世界》2011年第12期

《孪生巨钻》/《新科幻》2011年第2期

《神肉》/《王晋康科幻小说精选集2：替天行道》时代文艺出版社2011年

◎2013年

《天一星》/《新科幻》2013年第10期

◎2014年

《胡须》/《课堂内外（初中版）》2014年7-8月合刊

◎未发表作品

《南柯新梦》

《卡尔·萨根和上帝的对话》

《镜中世界》

《滤除恶德》

【长篇小说】

◎《生死平衡（长篇版）》／江苏少儿／1997年

◎《生命之歌（长篇版）》／载于《生命之歌》（新华出版社1998年，pp.265-378）

◎《追杀K星人》（《追杀》长篇版）／四川少儿／1999年／中国著名科幻作家丛书

◎《拉格朗日墓场》（《拉格朗日坟场》长篇版，又名《奔向太阳》）／花山文艺／2002年／花山科幻文库

◎《死亡大奖》／福建少儿／2002年／中国惊悚科幻小说丛书

◎《少年闪电侠》／河北教育／2002年／中国当代科幻小说新作系列

◎《生死之约》（《斯芬克司之谜》长篇版）／湖北少儿／2003年／自然之谜大幻想丛书

◎《海豚人》／河南人民／2003年／王晋康科幻精品集

◎《豹人》／河南人民／2003年／王晋康科幻精品集

◎《癌人》／河南人民／2003年／王晋康科幻精品集

◎《类人》／作家出版社／2003年／锋线科幻系列

◎《寻找中国龙》／海天出版社／2004年／狂人幻想系列

◎《蚁生》／首载于《幻想1+1》2006年创刊号，福建人民出版社2007年

◎《十字》／重庆出版社／2009年

◎《与吾同在》／重庆出版社／2011年

◎《血祭》／四川文艺／2012年（与杨国庆合著）

◎《时间之河》／载于《时间之河》（董仁威、姚海军主编，人民邮电社2012年8月，pp.1-162）

◎《上帝之手》／四川文艺／2014年

◎《逃出母宇宙》／四川科技／2014年

◎《古蜀》／大连出版社／2015年

◎《追杀K星人》／北京理工大学出版社／2015年（短篇集）

为促进中国本土科幻文学更好发展，《虫》MOOK
系列图书面向全球华语科幻作者、书迷广泛征集科幻短
篇、中篇、长篇原创作品。

我们郑重承诺，对于来稿每稿必复。

投稿邮箱：bfwhzf@163.com
科幻作者、读者交流群：QQ群1：16812541
　　　　　　　　　　　　QQ群2：28184811

扫一扫走进科幻，关注《虫》MOOK更多资讯。